L'Évangile selon Pilate

Eric-Emmanuel Schmitt

L'Évangile
selon Pilate

ROMAN

Albin Michel

IL A ÉTÉ TIRÉ DE CET OUVRAGE
VINGT-CINQ EXEMPLAIRES
SUR VÉLIN BOUFFANT DES PAPETERIES SALZER
DONT QUINZE EXEMPLAIRES NUMÉROTÉS DE 1 À 15
ET DIX HORS COMMERCE NUMÉROTÉS DE I À X

© Éditions Albin Michel S.A., 2000
22, rue Huyghens, 75014 Paris

www.albin-michel.fr

ISBN broché : 2-226-11674-5
ISBN luxe : 2-226-12002-5

A mon père.

PROLOGUE

Confession d'un condamné à mort
le soir de son arrestation

Israël est une terre d'oliviers, de cailloux, d'étoiles et de bergers, une terre où les dattes sèchent sur la paille des greniers, une terre d'angoisse où les cœurs mûrissent dans l'attente du sauveur, une terre d'orange, de citron et d'espoir, Israël est mon jardin, le jardin où je suis né, ce jardin même où je dois bientôt mourir.

Dans quelques heures, ils vont venir me chercher.

Déjà ils se préparent.

Les soldats nettoient leurs armes. Des messagers s'éparpillent dans les rues noires pour convoquer le tribunal. Le menuisier caresse la croix sur laquelle je vais sans doute saigner demain. Les bouches chuchotent, tout Jérusalem sait déjà que je vais être arrêté.

Ils croiront me surprendre... je les attends. Ils cherchent un accusé, ils trouveront un complice.

Mon Dieu, faites qu'ils ne soient pas modérés ! Rendez-les sots, violents, expéditifs. Epargnez-moi la fatigue de les exciter contre moi ! Qu'ils me tuent ! Vite ! Et proprement !

Comment tout cela est-il arrivé ?

J'aurais pu être ailleurs, ce soir, à festoyer dans une auberge à puces, au milieu de pèlerins de mon pays, comme tout Juif à la Pâque. Je serais reparti dimanche à Nazareth avec l'allégresse tranquille du devoir accompli. Dans une maison que je n'ai pas, m'auraient peut-être attendu une femme que je n'ai pas non plus, et derrière la porte, ravies de revoir leur père, des petites têtes bouclées et souriantes. Voici où ce rêve m'a réduit : attendre en ce jardin une mort que je redoute.

Comment tout cela commença-t-il ? Y a-t-il un début au destin ?

J'ai vécu une enfance rêveuse. A Nazareth, chaque soir, je m'envolais au-dessus des collines et des champs. Lorsque tout le monde dormait, je passais la porte silencieuse, j'ouvrais les bras, je prenais mon élan et mon corps s'élevait. Je me souviens très bien de la résistance de l'air sous mes coudes, un air plus compact, plus solide et consistant que l'eau, un air embaumé de l'odeur humide des jasmins qui me portait où je voulais, sans un souffle de vent. Souvent, par paresse, je traînais ma paillasse jusqu'au seuil et survolais la campagne grise en demeurant étendu sur elle. Les ânes levaient la tête et leurs beaux yeux noirs de fille regardaient passer mon navire au milieu des étoiles.

Et puis il y eut cette partie de chat perché. Après, plus rien ne fut jamais semblable.

Nous sortions de l'école, nous ne pensions qu'à faire courir nos jambes. Nous étions quatre inséparables, Mochèh, Ram, Kèsed et moi. Dans la carrière de Gzeth, nous avons improvisé une partie de chat perché... J'éprouvais comme jamais l'envie de gagner, je me mis à grimper sur une immense pointe rocheuse, les prises s'enchaî naient, je ne respirais même plus, je montais, je montais et je me retrouvai sur la plate-forme, seize coudées au-dessus du sol. En bas, mes camarades n'étaient plus qu'une calotte de cheveux avec de petites jambes autour. Ils ne me trouvaient pas. Aucun ne songeait à lever la tête.

J'étais tellement inaccessible que je ne partici pais plus au jeu. Au bout de quelques minutes, je poussai un grand cri pour signaler ma présence. Ils se cassèrent le cou, m'aperçurent et applaudirent.

– Bravo Yéchoua ! Bravo !

Jamais ils ne m'auraient cru capable de monter si haut. J'étais heureux. Je savourais ma victoire.

Puis Kèsed cria :

– Maintenant viens avec nous ! C'est mieux à quatre.

Je me levai pour redescendre et là, la peur me prit. Je ne voyais absolument pas comment revenir... Accroupi, je palpai le rocher par lequel j'étais venu : il était lisse. Je suais. Comment faire ?

Soudain la solution m'apparut : voler ! Il suffisait que je m'envole. Comme chaque nuit.

Je m'approchai du bord du rocher, les bras écartés... L'air n'était pas dense, liquide sous mes bras, comme dans mon souvenir... Je ne me sentais plus porté, au contraire, c'étaient mes épaules, mes seules épaules, qui soutenaient péniblement le poids de mes bras tendus... J'étais coulé dans du bronze... D'ordinaire, il suffisait que je soulève légèrement les talons pour m'envoler mais là, mes talons, rebelles, restaient au sol... Si je les soulevais, j'avais le sentiment que j'allais simplement tomber. Pourquoi étais-je subitement si lourd ?

Le doute fondit sur moi, me plombant les épaules. Avais-je jamais volé ? N'était-ce pas un rêve, un pur rêve ? Tout se brouilla, le sol se rapprocha.

Je me réveillai sur le dos de mon père, Yoseph, que Mochèh était allé chercher en hâte. J'avais perdu conscience. Mon père descendait le rocher, sachant trouver les prises imperceptibles.

En bas, il m'embrassa. Mon père était ainsi : tout autre m'aurait grondé, lui m'embrassait.

– Au moins, tu as appris quelque chose aujourd'hui.

Je lui souris. Je ne saisis pas tout de suite ce que j'avais appris.

Je le sais maintenant : je venais de quitter l'enfance. Je démêlais les fils des songes et de la réalité, je découvrais qu'il y avait d'un côté le rêve, où je planais mieux qu'un rapace, et d'un autre côté le monde vrai, dur comme ces roches sur lesquelles j'avais failli m'écraser.

J'avais aussi entrevu que je pouvais mourir. Moi ! Yéchoua ! D'ordinaire, la mort ne me concernait pas. Oh, je voyais bien des cadavres à la cuisine et dans les cours des fermes, mais quoi ? C'étaient des animaux ! Çà et là, on m'annonçait qu'une tante, un oncle venaient de décéder, mais quoi ? Ils étaient des vieillards ! Ce que moi je n'étais et ne serais jamais. Ni bête, ni vieillard. Non, moi j'étais parti pour vivre toujours... Moi, j'étais immortel, je ne sentais la mort nulle part en moi... Je n'avais rien à faire avec la mort. Et pourtant, là, chat perché sur mon rocher, je venais de sentir son souffle humide sur ma nuque. Dans les mois qui suivirent, j'ouvris des yeux que j'aurais préféré garder fermés. Non, je n'avais pas tous les pouvoirs. Non, je ne savais pas tout. Non, je n'étais peut-être pas immortel. En un mot : je n'étais pas Dieu.

Car je crois que, comme tous les enfants, je m'étais d'abord confondu avec Dieu. Jusqu'à sept ans, j'avais ignoré la résistance du monde. Je m'étais senti roi, tout-puissant, tout-connaissant et immortel... Se prendre pour Dieu, le penchant le plus ordinaire des enfants non battus.

Grandir fut démentir. Grandir fut une chute. Je n'appris la condition d'adulte que par les blessures, les violences, les compromis et les désillusions. L'univers s'était désenchanté. Car qu'est-ce qu'un homme ? C'est simplement quelqu'un-qui-ne-peut-pas... Qui-ne-peut-pas tout savoir. Qui-ne-peut-pas tout faire. Qui-ne-peut-pas ne pas mourir. La connaissance de mes limites avait fêlé l'œuf de mon enfance : la lucidité

16

m'avait fait grandir, c'est-à-dire rapetisser. A sept ans, je cessais définitivement d'être Dieu.

Le jardin est encore paisible ce soir, banal comme une nuit de printemps. Les grillons chantent l'amour. Les disciples dorment. Les peurs que je ressens n'ont pas d'échos dans l'air.

Peut-être la cohorte n'a-t-elle pas encore quitté Jérusalem ? Peut-être Yehoûdâh a-t-il eu peur et s'est-il rétracté ? Va, Yehoûdâh, dénonce-moi ! Confirme-leur que je suis un imposteur, que je me prends pour le messie, que je veux leur ôter le pouvoir. Charge-moi. Appuie leurs pires soupçons. Va, Yehoûdâh, vite. Et qu'ils m'arrêtent et m'exécutent, vite.

Pour eux, l'histoire doit finir. Pour moi, il est temps qu'elle commence.

Comment se font les choses ?

Comment en suis-je arrivé là ?

Ce sont les autres qui, toujours, m'ont énoncé mon destin ; ils savaient lire le parchemin que j'étais et que moi je ne déchiffrais pas. Oui, toujours, ce sont les autres qui m'ont diagnostiqué, comme on repère une maladie.

– Que veux-tu faire plus tard ?

Un jour, mon père vint me chercher sous l'établi, dans les blonds copeaux, là où, sous un rayon d'or, je rêvassais en laissant couler la sciure entre mes doigts.

– Que veux-tu faire plus tard ?

– Je ne sais pas... Comme toi ! Menuisier ?

– Et si tu devenais rabbi ?

Je regardais mon père sans comprendre. Rabbi ? Le rabbi de notre village, rabbi Isaac, était si vieux, si branlant avec sa barbe moisie, encore plus ancienne que lui... je ne pouvais m'imaginer ainsi. Et puis, il me semblait confusément que l'on ne devenait pas rabbi ; on l'était dès le départ ; on naissait rabbi. Moi, je n'étais né que Yéchoua, Yéchoua de Nazareth, c'est-à-dire bon à pas grand-chose.

– Réfléchis bien.

Et mon père reprit le rabot pour dégrossir une planche. J'y songeais paresseusement, d'autant plus étonné par la proposition de mon père qu'à l'école biblique les journées ne se passaient pas sans heurts. Mochèh, Ram et Kèsed, eux, n'exigeaient jamais d'explications ; ils retenaient sans broncher ce que l'on nous donnait à apprendre.

Moi, on m'appelait « Yéchoua aux mille questions ». Tout déclenchait mes interrogations. Pourquoi ne pas travailler le jour du Sabbat ? Pourquoi ne pas manger du porc ? Pourquoi Dieu punit-il au lieu de pardonner ? Et les réponses m'apparaissaient rarement satisfaisantes, notre instructeur se retranchant derrière un « C'est la loi » définitif. Je demandais alors : « Qu'est-ce qui justifie la loi ? Qu'est-ce qui fonde la tradition ? » Je demandais tellement d'éclaircissements, que, parfois, je me trouvais interdit de parole pour une journée entière. J'avais besoin que tout ait un sens. J'avais trop soif.

— Mais papa, le rabbi Isaac pense-t-il du bien de moi ?

— Beaucoup. C'est lui qui est venu me parler hier soir.

Cela m'étonna plus encore. A force de harceler le rabbi Isaac, j'avais cru lui faire sans cesse toucher les arêtes de son ignorance.

— Le saint homme pense que tu ne trouveras la paix que dans une démarche religieuse.

Cette remarque m'impressionna plus que les autres. La paix ? Moi, rechercher la paix ?

Néanmoins, la phrase avait été prononcée.

Elle me revenait en tête chaque jour : « Et si tu devenais rabbi ? »

Peu après, mon père mourut. Il tomba d'un coup, sous le soleil de midi, alors qu'il livrait un coffre à l'autre bout du village ; son cœur s'était interrompu sur le bord du chemin.

J'ai pleuré éperdument pendant trois longs mois. Mes frères et mes sœurs avaient séché leurs larmes, ma mère aussi, trop soucieuse de ne pas nous rendre tristes, mais moi je ne pouvais pas m'arrêter, je pleurais l'absent bien sûr, ce père au cœur plus tendre que le bois qu'il travaillait, mais surtout je pleurais de ne pas lui avoir dit que je l'aimais. J'en venais presque à souhaiter qu'au lieu de cette mort rapide, il eût éprouvé une longue agonie : au moins aurais-je pu lui répéter mon amour jusqu'à son dernier souffle.

Le jour où je cessai de sangloter, je n'étais plus le même. Je ne pouvais rencontrer personne sans lui dire que je l'aimais. Le premier à qui j'infligeai cette déclaration, mon camarade Mochèh, devint violet.

– Mais pourquoi dis-tu des stupidités pareilles ! ?

– Je ne dis rien de stupide. Je te dis que je t'aime.

– Mais on ne dit pas ces choses-là !

– Et pourquoi ?

– Ah, Yéchoua, ne fais pas l'imbécile !

« Idiot, imbécile, crétin », je rentrais chaque soir les poches pleines de nouvelles insultes. Ma mère tenta de m'expliquer qu'il y avait une loi non écrite qui faisait taire les sentiments.

– Laquelle ?

– La pudeur.

– Mais maman, il n'y a pourtant pas de temps à perdre pour leur dire qu'on les aime : ils peuvent tous mourir, non ?

Elle pleurait doucement lorsque je disais cela, elle me caressait les cheveux pour apaiser mes pensées.

– Mon petit Yéchoua, disait-elle, il ne faut pas trop aimer. Sinon tu vas beaucoup souffrir.

– Mais je ne souffre pas. Je suis en colère.

Car chaque jour m'apportait de nouveaux arguments pour me mettre en colère.

Mes colères avaient des noms de femme, Judith, Rachel...

Judith notre voisine avait dix-huit ans et s'était prise d'affection pour un Syrien ; lorsqu'il vint la demander en mariage, les parents de Judith refusèrent : leur fille n'épouserait pas un homme qui ne respecte pas la loi juive. Ils enfermèrent leur fille chez eux. Une semaine plus tard, Judith s'était pendue.

Rachel avait été mariée de force à un riche propriétaire de bétail, un homme plus âgé qu'elle, ventru, fessu, poilu, rougeâtre, énorme, intolérant, qui la battait. Il la trouva un jour dans les bras d'un jeune berger de son âge. Tout le village lapida l'adultère. Elle mit deux heures à mourir des pierres qu'on lui jetait. Deux heures. Des centaines de pierres sur une chair de vingt ans. Rachel. Deux heures. C'est comme cela que la loi d'Israël défend les mariages contre nature.

Tous ces crimes avaient un nom : la Loi.

Et la Loi avait un auteur, Dieu.

Je décidai que je n'aimerais plus Dieu.

Je chargeais Dieu de toutes les sottises, toutes les malversations des hommes ; j'aspirais à un monde plus juste, plus aimant ; je retournais l'univers contre Dieu, comme la preuve de sa nullité ou de sa paresse. J'instruisais son procès du matin au soir.

Le monde me révoltait. Je m'étais attendu à ce qu'il fût beau comme une page d'écriture, harmonieux comme un chant de prière. J'avais attendu de Dieu qu'il fût un meilleur artisan, plus soigneux, plus attentif, qui soignerait les détails autant que l'ensemble, un Dieu qui fût soucieux de la justice et de l'amour. Or Dieu ne tenait pas ses promesses.

– Tu me fais peur, Yéchoua. Qu'est-ce qu'on va faire de toi ?

Le rabbi se lissait la barbe.

Qu'allait-on faire de moi ? Devant le mal, la colère ne me quittait plus. De tous les sentiments, celui que j'ai le plus éprouvé pendant la première partie de ma vie fut sans doute la colère, une sorte d'indisposition à l'injustice, un refus de pactiser ; je n'accepte pas les choses telles qu'elles sont, je les veux telles qu'elles doivent être. Qu'allait-on faire de moi ?

Je rouvris l'atelier de mon père. J'étais l'aîné, je devais faire vivre mes frères et sœurs. Je lissais et assemblais des planches pour en faire des coffres, des portes, des charpentes, des tables ; j'y arrivais moins bien que lui mais, seul menuisier du village, je ne pâtissais pas de la concurrence.

L'atelier devint, selon le mot de ma mère, le temple des pleurs. A la moindre contrariété, les habitants du village venaient m'y raconter leurs difficultés. Je ne leur disais rien ; j'écoutais, j'écoutais pendant des heures, une simple oreille ; à la fin, je trouvais les quelques mots gentils que m'inspirait leur situation ; ils repartaient soulagés. Cela devait les rendre indulgents pour mes planches mal équarries.

Ce qu'ils ne savaient pas, c'était que l'entretien me faisait autant de bien qu'à eux, il dissipait ma colère. En essayant d'emmener les Nazaréens dans une région de paix et d'amour, j'y allais moi-même. Ma révolte s'effaçait devant la nécessité de continuer à vivre, d'aider l'autre à vivre. Je m'apercevais que Dieu était à faire.

C'est à cette époque que les Romains passèrent en Galilée et que je découvris que j'étais juif. Juif, il fallait que je le reçoive comme une insulte pour m'en rendre compte. A Nazareth, ils ne stationnèrent que le temps d'une halte pour boire, mais ils le firent avec l'arrogance, crachat aux lèvres, de ceux qui se croient supérieurs, de ceux qui s'estiment nés pour dominer. Des autres villages nous arrivaient le bruit de leurs exploits, le nombre de patriotes tués, de filles violées, de maisons mises à sac. Notre peuple fut toujours soumis à de multiples invasions, dominations, tutelles, comme si notre état le plus courant devait être celui d'occupés. Israël a la mémoire de ses malheurs et je me dis même, certains soirs tristes, que si Israël n'avait sa foi, il ne serait peut-être que la mémoire de ses malheurs. Quand les Romains eurent traversé et humilié la

Galilée, je devins un vrai Juif. C'est-à-dire que je me mis à attendre. Attendre le sauveur. Ils humiliaient nos hommes, ils humiliaient notre foi. A la honte que j'éprouvais, je ne trouvais que cette réponse active : espérer le Messie.

Les messies pullulaient en Galilée. Il ne se passait pas six mois sans qu'il en apparaisse. Invariablement, le sauveur arrivait sale, décharné, le ventre creux, le regard fixe et doté d'un bagou à se faire écouter des libellules. On ne le prenait pas bien au sérieux, mais on l'écoutait quand même, « au cas où », comme disait ma mère.

— Au cas où quoi ?

— Au cas où ce serait le vrai.

Invariablement, il annonçait la fin du monde, des ténèbres auxquelles ne survivraient que les justes, une nuit qui nous débarrasserait de tous les Romains. Il faut avouer que, dans une vie de labeur constant comme la nôtre, il faisait bon s'arrêter un instant à écouter les récits incendiaires de ces illuminés. Ils avançaient tant de folies auxquelles l'on n'aurait jamais pensé, et surtout ils nous faisaient si peur, mais peur le temps d'un discours, peur sans conséquences, qu'ils devenaient notre spectacle préféré. Certains étaient même capables de faire pleurer la foule. Ils étaient très prisés. Mais ils nous marquaient peu.

En fait, ils étaient des conteurs d'histoires et les Juifs adorent les histoires.

Ma mère regardait mes meubles d'un petit air triste.

— Tu n'es pas bien doué, Yéchoua.

— Je m'applique.

— Même en s'appliquant, un cul-de-jatte ne sautera pas un mur.

Je détestais sa gentillesse consternée. Je croyais que mon destin était de faire ce qu'avait fait mon père. J'avais abandonné tout espoir de devenir rabbi. Certes, je passais les longues heures de la sieste à prier et à lire, mais seul, librement, en multipliant les débats intérieurs. Beaucoup de Nazaréens me considéraient comme un mauvais pratiquant : j'allumais mon feu le jour du Sabbat, je soignais un petit frère ou une petite sœur malade même le jour du Sabbat. Rabbi Isaac, devenu plus vieux, s'inquiétait de ces comportements mais empêchait les autres de s'en agacer outre mesure.

— Yéchoua est plus pieux qu'il n'en donne l'apparence, laissez-lui le temps de comprendre ce que vous avez compris.

Mais à moi, il parlait plus sévèrement :

— Sais-tu qu'on a lapidé des hommes pour ce que tu fais ?

— Je ne fais rien de mal.

Je me voyais d'autant moins rabbi que j'entretenais une méfiance tenace envers les gens qui savent et les lois qui évitent de réfléchir. La religion comme elle était établie, organisée, hiérarchisée, ressassait une parole morte, elle avait perdu l'esprit pour la lettre. C'est dans le silence et la méditation que j'essayais de retrouver la parole de Dieu.

— Quand vas-tu donc te marier, mon Yéchoua ? Regarde Mochèh, Ram et Kèsed : ils ont tous des enfants déjà. Et tes plus jeunes frères m'ont déjà rendue grand-mère. Qu'est-ce que tu attends ? demandait ma mère.

Je n'attendais rien, je n'y pensais même pas.

— Allez, mon Yéchoua, hâte-toi de te marier. Il serait temps d'être un peu plus sérieux, maintenant.

« Sérieux ! » Alors, elle aussi, elle le croyait ! Comme tout le village, ma mère s'était mis dans la tête que j'étais un tombeur de femmes !

Le séducteur de Nazareth... Sous prétexte qu'on me voyait passer des heures à discuter ou me promener avec telle ou telle, on en avait conclu que j'avais dix liaisons. Il est vrai que j'aimais la compagnie des femmes et qu'elles aimaient la mienne. Mais nous ne disparaissions pas dans les buissons ou dans les granges pour nous frotter l'un contre l'autre, nous parlions. Rien d'autre. Nous parlions. Les femmes parlent plus vrai, plus juste : elles ont la bouche près du cœur.

Mochèh me voyait revenir en ricanant.

— Tu ne vas pas me faire croire que vous ne faites rien ensemble ?

— Si. Nous parlons de la vie, de nos péchés.

— Oui, oui... Quand un homme parle à une femme de ses péchés, c'est généralement pour en rajouter un.

Ma mère s'inquiétait toujours plus.

— Quand vas-tu te marier ? Tu ne vas pas finir vieux garçon, tout de même ? Tu ne veux pas d'enfants ?

Non, en vérité, je ne voulais pas d'enfants, je ne me sentais pas mûr pour engendrer, j'avais l'impression d'être encore un fils. Comment aurais-je pu offrir la main à un enfant ? Pour l'emmener où ? Et lui dire quoi ?

Mais la pression s'exerçait continuellement, de la part de ma mère, mes sœurs, mes frères : pourquoi ne te maries-tu pas ?

Alors il y eut Rébecca.

On croit l'air transparent et l'on découvre qu'il est opaque : le sourire de Rébecca fendit l'espace et vint se ficher en moi, me laissant paralysé, le cou en feu, la langue sèche. Elle s'empara de moi en une seconde. J'étais sa proie. A quoi cela tenait-il ? Au noir bleuté de sa lourde natte ? A la blancheur du teint, tendre comme l'intérieur d'un pétale de liseron ? Aux yeux paisibles, vert et jaune, une prairie où l'on s'allonge un soir d'été ? A sa démarche qui semblait regretter la danse ? A son corps svelte et souple qui jouait à apparaître et disparaître sous sa tunique ? L'évidence s'imposa : Rébecca était plus femme que toutes les femmes, elle les résumait toutes, elle les dépassait toutes, elle était l'unique, c'était elle.

Je n'eus même pas besoin de faire ma cour. Mes yeux parlèrent pour moi... Je crois qu'elle m'aima, elle aussi, au premier regard que je portai sur elle. D'emblée, nous nous étions reconnus.

Nos familles s'en rendirent vite compte et nous encouragèrent. Rébecca n'était pas de Nazareth. Elle vivait à Naïn, dans une riche famille d'armuriers. Maman versa une larme de joie lorsqu'elle me vit consacrer mes économies à l'achat d'une broche en or : enfin son fils formulait les mêmes souhaits que tout le monde.

Je me décidai donc un soir à faire ma demande.

J'emmenai Rébecca dans une auberge au bord de l'eau. Là, sur une terrasse éclairée à l'huile, dans la fraîcheur des tilleuls, les tables attendaient les amoureux.

Se doutant de ce que j'allais lui demander, Rébecca s'était encore plus parée que de coutume. Des bijoux encadraient son visage, comme de petites lampes destinées à l'éclairer elle et elle seule.

– Charité, s'il vous plaît !

Un vieillard et son enfant en guenilles tendaient leurs mains sales et calleuses vers nous.

– Charité, s'il vous plaît !

Je poussai un soupir d'agacement.

– Repassez plus tard, dit sèchement Rébecca.

Le vieillard s'éloigna respectueusement avec l'enfant.

On commença à nous servir. La chère était somptueuse, les poissons et les viandes agrémentés de mille détails qui leur donnaient un air de fête.

Le vieillard et l'enfant, assis au bord de la rivière, nous regardaient manger avec envie. Rabroué par tous, l'ancêtre avait toutefois retenu de la bouche de Rébecca qu'il devait repasser plus tard. Il guettait un signe de nous pour venir. Ses yeux humiliés m'agaçaient et je me raidissais le cou pour ne jamais regarder dans sa direction.

Rébecca, le vin aidant, s'épanouissait dans une humeur heureuse. Elle riait à tout propos. Moi aussi, entraîné dans cette griserie amoureuse, j'avais l'impression que nous constituions désormais le centre du monde, que jamais la terre n'avait porté un couple plus jeune, plus vif, plus beau que nous deux ce soir-là.

Au dessert, j'offris la broche à Rébecca. Etait-elle émerveillée par le bijou ou le geste ? Elle fondit en larmes.

— Je suis trop heureuse, parvint-elle à prononcer.

Du coup, je me mis aussi à pleurer. Et ces larmes, qui nous réunissaient, nous pressaient l'un contre l'autre en nous donnant violemment envie de faire l'amour.

— Charité, s'il vous plaît.

Le vieillard et l'enfant étaient revenus, mains tendues, affamés. Rébecca eut un petit cri de rage et appela immédiatement l'aubergiste. Elle s'indigna qu'on ne puisse pas dîner tranquillement. Lâchement, j'approuvai de la tête. A cet instant, je ne songeais qu'à Rébecca, au corps de Rébecca que j'avais envie de serrer entre mes bras.

L'aubergiste, en leur donnant des coups de torchon, fit partir le vieillard et l'enfant.

Rébecca me sourit.

Le vieillard et l'enfant avaient disparu dans la nuit de la faim.

Je regardai nos plats, encore pleins de tout ce que, repus, nous n'avions pas mangé, je regardai la broche d'or que je venais d'offrir à Rébecca, je regardai notre bonheur et je devins muet.

Il faisait froid subitement.

– Je te raccompagne.

Le lendemain, je rompais nos fiançailles.

Aux yeux de tous, je me donnai tous les torts. Je n'expliquai jamais rien, même à ma mère suppliante. Non plus qu'à Rébecca.

La vérité est que ce soir-là, au bord du fleuve, dans l'euphorie énamourée qui nous collait l'un contre l'autre et nous faisait rejeter la misère, j'avais découvert ce qu'il y a de profondément égoïste dans le bonheur. Le bonheur est à l'écart, fait de huis clos, de volets tirés, d'oubli des autres, de murailles infranchissables ; le bonheur suppose que l'on refuse de voir le monde tel qu'il est ; en un soir, le bonheur m'était apparu insupportable.

Au bonheur, je voulais préférer l'amour. Et surtout pas l'amour que j'éprouvais pour Rébecca, l'amour exclusif, cette prévalence furieuse. Je ne voulais plus l'amour en particulier, je voulais l'amour en général. L'amour, je devais en garder pour le vieillard et l'enfant affamés. L'amour, je devais en garder pour ceux qui n'étaient ni assez beaux, ni assez drôles, ni assez intéressants pour l'attirer naturellement, de l'amour pour les gens non aimables.

Je n'étais pas fait pour le bonheur. Et n'étant pas fait pour le bonheur, je n'étais donc pas fait pour les femmes. Malgré elle, Rébecca m'avait appris tout cela. Six mois plus tard, elle se mariait avec un très beau cultivateur de Naïn dont elle devint la femme fidèle et amoureuse.

— Mon pauvre garçon : comment peux-tu être aussi intelligent et faire autant de folies ? disait ma mère. Je ne te comprends pas.

— Maman, je ne suis pas fait pour le cours ordinaire de la vie.

— Et pourquoi es-tu fait, mon Dieu, pourquoi ? Si au moins ton père était toujours là... Que veux-tu ?

— Je ne sais pas. Ce n'est pas grave. Le mariage n'était pas mon destin.

— Et qu'est-ce que c'est, ton destin, mon pauvre garçon ? Qu'est-ce que c'est ? Si au moins ton père était toujours là...

Serais-je là, en ce jardin, à espérer et transpirer ma mort si papa était en vie ? Aurais-je osé ?

Tout en continuant la menuiserie, je devins à Nazareth une sorte de sage qu'on venait consulter, en cachette du rabbi, lorsqu'on était aux prises avec les difficultés de la vie. J'aidais les villageois à se mettre plus haut que les situations qu'ils vivaient.

Ainsi Mochèh, mon ami Mochèh, que je n'avais pas quitté depuis l'enfance, perdit son fils aîné. Il était rare, dans notre village, qu'on vît un homme pleurer son enfant car les pères, sachant toute vie précaire, prenaient bien garde à ne pas trop s'attacher aux petits pendant leurs premières années.

Bouleversé, Mochèh vint se réfugier à l'atelier.

– Pourquoi lui ? Il n'avait que sept ans.

Pauvre Mochèh, les yeux clos pour retenir ses larmes, mon petit Mochèh la tête fermée comme un poing, les cheveux retournés en épingles à l'intérieur du crâne, mon petit Mochèh qui souffrait. Il n'acceptait pas cette mort, il se révoltait.

– Pourquoi lui ? Pourquoi si jeune ? Il n'avait

34

jamais péché, il n'avait pas eu le temps. C'est injuste.

Injuste... C'était sa raison qui souffrait : il voulait comprendre et n'y parvenait pas.

— Pourquoi Dieu l'a-t-il repris ? Est-ce que ça peut exister, un Dieu qui laisse tuer les enfants ?

Je parlai doucement à Mochèh.

— N'essaie pas de comprendre l'incompréhensible. Pour supporter ce monde, il faut renoncer à saisir ce qui te dépasse. Non, la mort n'est pas injuste puisque tu ne sais pas ce qu'est la mort. Tout ce que tu sais, c'est qu'elle te prive de ton fils. Mais où est-il ? Que sent-il ? Il ne faut pas se révolter : tais-toi, ne raisonne plus, espère. Tu ne sais pas et tu ne sauras jamais comment pense Dieu. Tout ce que tu sais, c'est que Dieu nous aime.

— C'est un amour qui n'est pas juste.

— Qu'est-ce que la justice ? La même chose pour tous ? Dieu nous donne à tous, également, la vie puis la mort. Le reste dépend des hommes et des circonstances.

Mochèh n'était pas convaincu. Il ne voulait plus croire. Il avait trop le sens de la douleur pour être croyant. En face du mal, sa foi démissionnait. Il revenait tous les jours à l'atelier, pleurait, tempêtait, et parfois s'agaçait de mon calme.

— Mais enfin, toi, tu n'éprouves rien ? Lorsque ton père est mort, tu as pleuré, pourtant. Qu'est-ce que tu pensais ?

— Lorsque papa est parti, je me suis dit que je n'avais plus une heure à perdre pour aimer ceux que j'aime, je ne pouvais plus remettre. Non, Mochèh, devant le mal, je souffre, mais la souffrance n'est pas une occasion de haïr, c'est une occasion d'aimer.

Il releva la tête vers moi. Il semblait m'entendre enfin. Je continuai.

— Ton fils aîné est mort ? Aime-le encore plus. Et surtout aime les autres, ceux qui te restent, et dis-le-leur. Vite. C'est la seule chose que nous apprend la mort : qu'il est urgent d'aimer.

Mochèh, de ce jour, cessa de pleurer. Certes, il ne cessa pas de regretter l'absent mais il convertit son désarroi en affection. Rien ne supprime le chagrin ; mais le vrai cœur le rend utile et bénéfique.

Quelques années passèrent. Il me semblait que j'avais enfin trouvé ma place. Mes meubles et mes charpentes ne s'étaient pas améliorés, mais mes conseils énormément. J'apaisais les villageois.

C'est alors que le vieux rabbi Isaac s'étouffa sous le poids des ans et le Temple de Jérusalem nous envoya un nouveau rabbi, Nahoum, grand spécialiste des Ecritures. En quelques semaines, il comprit qu'il y avait une autre voix que la sienne écoutée au village. Il se fit répéter ce que je disais et pénétra, furieux, dans mon atelier.

– Mais qui es-tu pour croire que tu peux parler des Ecritures ! Qui es-tu pour donner des conseils aux autres ? As-tu fait une école rabbinique ? As-tu pratiqué les Ecritures comme nous les avons pratiquées ?

– Mais ce n'est pas moi qui conseille, c'est la lumière qui est au fond de mes prières.

– Comment oses-tu ? Tu n'es bon qu'à produire des copeaux et tu voudrais guider les autres. Tu n'as pas à parler au nom des Ecritures et encore moins au nom de Dieu ! Le Temple condamne les présomptueux comme toi. A Jérusalem, tu serais déjà mort lapidé !

Nahoum me fit peur.

Pendant deux jours, je fermai l'atelier et allai m'isoler dans de longues promenades.

Nahoum avait sans doute raison : insensiblement, sans m'en rendre compte, j'étais devenu le conseiller spirituel du village, faisant la morale ici, réconciliant là, attisant les justes colères, parlant partout au nom de Dieu... J'avais entrepris ce travail d'influence si naturellement que jamais

je n'avais même conçu que ce fût exceptionnel et voilà tout d'un coup que ce jeune rabbi
me disait que je péchais par aveuglement et
orgueil !

Lapidé ! Nahoum voyait juste. Ma singularité,
mon opposition au Temple, cela me conduirait
à la lapidation. Il m'en menaçait. J'en avais peur.

Deux choses nous échappaient alors : que
cette mort je la souhaiterais un jour ; que les
Romains importeraient à Jérusalem le supplice
de la crucifixion. C'est sur une planche que j'ago-
niserai demain.

— Sais-tu qu'on ne parle plus que de ton cousin Yohanân ?

Ma mère avait le regard brillant.

— Lequel ?

— Le fils d'Elisabeth, ma cousine, tu sais bien...
On raconte qu'il est doté de la parole prophé-
tique.

Elle tombait mal. J'avais épuisé toute la curiosité que je pouvais consacrer aux faux prophètes
et aux faux messies. J'avais essayé de trouver une
place dans ma propre vie. Et le jeune rabbi venait
de la remettre violemment en question.

Ma mère insistait. Etait-ce par intérêt religieux ou par fierté familiale ? Elle ne parlait plus que de ce cousin.

— Yohanân se tient au bord du Jourdain et lave de leurs péchés les hommes qui viennent le voir en leur mettant la tête sous l'eau. C'est pour cela qu'on l'appelle Yohanân le Plongeur.

Je rouvris mon atelier. Mais plus personne n'osait venir, même pour me commander des planches. Nahoum avait dû les effrayer.

Puis, petit à petit, les gens me donnèrent des rendez-vous clandestins. Ils voulaient parler avec moi, comme avant. Nous nous retrouvions, à la fin du jour, loin du village, auprès du lac, et là, j'avais le sentiment que la paix nous gagnait, que je saisissais dans les eaux mauves du crépuscule le silence réconfortant de Dieu, celui qu'on trouve au fond de la prière, comme deux mains jointes sous le ciel étoilé.

Nahoum l'apprit et vint hurler après moi.

Il avait raison.

N'étais-je pas devenu un monstre de vanité ? Etait-il normal de prétendre trouver la vérité en moi et non plus dans les Livres ? Etait-il admissible de se fier autant à soi ? J'avais besoin de me purifier, j'avais besoin d'une aide, d'un guide, ou

même d'un maître. Il fallait que j'aille voir Yohanân pour me laver de mes péchés.

J'ai suivi le cours sinueux du Jourdain.

Yohanân le Plongeur officiait à Béthanie. En
approchant, le chemin se grossissait de voya-
geurs, le flot des hommes s'épaississant plus vite
que le fleuve. Ils venaient de toutes parts, de
Damas, de Babylone, de Jérusalem et d'Idumée.

Dans les gorges du bas Jourdain, un campement s'était improvisé : quelques tentes, quelques feux, des familles entières, des centaines
d'hommes et de femmes.

La silhouette de Yohanân le Plongeur se
découpait au milieu des eaux basses, les jambes
écartées, dans un enclos du fleuve dominé par
les gorges rocheuses.

De grandes files de pèlerins se tenaient sage-
ment, silencieusement, sur la berge. Seuls les
appels criards des oiseaux traversaient les eaux.

Yohanân ressemblait à une caricature de prophète : trop maigre, trop barbu, trop hirsute,
couvert d'immondes peaux de chameau autour
desquelles bruissaient et voltigeaient des mou-
ches attirées par la puanteur. Ses yeux immenses

avaient une fixité gênante. Sa rusticité paraissait tellement ostentatoire qu'elle sentait la pose. Je me sentis humilié, j'assistais à la parodie de tout ce que je souhaitais, un simulacre de mes plus hautes aspirations.

Je détaillai la foule des pèlerins qui venaient se faire purifier avant que le soir ne tombe. Etonnamment, il n'y avait pas là que des Juifs, mais des Romains, des Syriens mercenaires, bref des gens qui n'avaient jamais pratiqué la Torah, ignorant tout de nos Ecritures saintes. Que venaient-ils chercher ici ? Que pouvait leur promettre le Plongeur que leurs cultes ne leur donnaient pas ?

Je m'approchai plus près des deux derniers pèlerins qui attendaient leur tour sur la berge.

— J'y vais, dit le gros.

— Moi, je n'y vais pas, répondit le maigre. Après tout, je ne vois pas pourquoi je me ferais purifier, je respecte tout de notre loi.

— Misérables ! Puits de prétentions et d'ordures !

La voix de Yohanân le Plongeur nous parvint, tonitruante. Il devait avoir une ouïe fine car on pouvait douter qu'à cette distance un homme, dans l'air battu par les eaux du fleuve, pût entendre.

Yohanân le Plongeur vociférait à l'adresse de l'efflanqué :

– Engeance de vipère ! Sale porc ! Tu te crois pur parce que tu te tiens aux formes creuses de la Loi. Il ne suffit pas de se laver les mains avant chaque repas et de respecter le Sabbat pour se garder du péché. Ce n'est qu'en te repentant dans ton cœur que tu peux obtenir la rémission de ton péché.

Ce discours-là me toucha comme une piqûre de taon. N'était-ce pas ce que je pensais, tout seul, depuis des années ?

Yohanân le Plongeur continuait, son grand corps maigre secoué par la colère. On sentait que chez lui la colère était inépuisable, elle s'alimentait au sentiment de l'impiété. Il m'apparut clairement que, si Yohanân n'était peut-être pas un prophète, il était un homme droit, assurément.

Le maigre pèlerin ne s'était pas attendu à déclencher un tel déluge d'invectives, il regardait son compagnon, gêné, sans plus savoir quoi faire.

– Approche, hurla Yohanân.

L'homme fit quelques pas dans l'eau.

– Et nu ! Nu comme tu sortis du ventre de ta mère !

L'homme, sans savoir lui-même pourquoi ni

comment, obéit, se délesta de ses vêtements et avança vers Yohanân, nu comme un nouveau-né.

Yohanân saisit son crâne dans sa grande main osseuse. Il regardait l'efflanqué dans les yeux, plus attentivement que s'il y enfonçait un clou.

– Regrette tes péchés. Souhaite le bien. Veux la rémission. Sinon...

Que se passa-t-il en l'homme, peur, obéissance, sincérité ? Toujours est-il qu'il sembla se livrer à un sincère repentir et Yohanân, après quelques secondes, le poussa durement sous l'eau. Il l'y maintint longtemps, au point même que des bulles s'échappèrent du fond, puis le laissa remonter, haletant, à la surface.

– Va. Tu es pardonné.

L'homme, sonné par la presque noyade, regagna le rivage en titubant. Sitôt sur la terre ferme, il s'abattit, tête dans les genoux, et se mit à sangloter.

Son gros camarade se précipita pour le consoler, mais l'efflanqué releva la tête et murmura :

– Merci mon Dieu, merci... Merci pour la rémission de mes péchés. J'étais tellement impur.

Le crépuscule devint violet. Yohanân le Plongeur s'éloigna, se retirant dans une grotte où il passait ses nuits. Au campement, le soir, autour du feu, on m'apprit qu'il ne buvait que de l'eau et ne mangeait presque rien. J'admirai sa force d'âme car moi, je me sentais bien incapable de me passer de viande, de pain ou de vin.

– Mais pourquoi un homme saint comme lui porte-t-il une peau de chameau ? s'exclama un pèlerin. C'est un animal impur, comme le porc et le lièvre ! C'est contre la Loi !

Je constatais que même ses plus grands admirateurs ne semblaient pas comprendre un message essentiel de Yohanân : c'est l'observance, non de la lettre de la Loi, mais de son esprit, qui fait le cœur pur. Au soir, je fis connaissance d'André et Syméon, ses jeunes disciples. Nous passâmes une partie de la nuit à parler de Yohanân, de son enseignement qui rompait avec le Temple, ce qui rendait sa situation fragile ; nous le comparions à ce que nous savions des moines du Qumran, ces Esséniens, qui eux aussi baignaient les pécheurs.

Le lendemain, je m'installai au bord de l'eau, sur un rocher d'où je pouvais voir Yohanân sans être vu de lui.

Il exigea de purifier d'abord les étrangers.

– Approchez, Romains. Et écoutez, vous, les

Juifs, tâchez d'en tirer une leçon. Etre juif ne suffit pas pour gagner son salut. Ne vous contentez pas de répéter « j'ai pour père Abraham », car Dieu peut faire naître des enfants d'Abraham de tous les pays du monde, et même des pierres.

Les cinq soldats romains s'approchèrent.

– Que devons-nous faire ?

– Ne faites violence ni tort à personne. Et contentez-vous de votre solde.

Puis il reçut les collecteurs d'impôts.

– N'exigez rien de plus que ce qui est fixé.

Puis de riches bourgeois.

– Celui qui a deux tuniques doit partager avec celui qui n'en a pas. Et celui qui a de quoi manger doit faire de même.

Lorsque le soleil était au plus haut, il arriva une délégation en provenance de Jérusalem. Le Temple envoyait une commission de prêtres et de lévites pour enquêter sur Yohanân.

– Qui es-tu ?

– On m'appelle Yohanân le Plongeur.

– On dit que tu es le prophète Eliyyahou revenu à la vie.

– C'est ce qu'on dit. C'est ce que je n'ai jamais dit.

– D'autres disent que tu es le Messie annoncé par les Ecritures.

– Je ne suis pas le Messie mais celui qui l'annonce. Je suis la voix qui crie dans le désert : « Aplanissez le chemin du Seigneur. »

– Tu ne prétends donc pas être le Messie ?

– Je ne suis même pas digne de dénouer ses sandales. Lorsqu'il viendra, justice sera rendue, vengeance accomplie. Il brûlera les pécheurs comme on brûle la paille après l'avoir séparée du bon grain.

– Alors si tu n'es pas le Messie, ni Eliyyahou, pourquoi plonges-tu les corps dans l'eau ? Qui te donne le droit de les laver de leurs péchés ?

– Je précède le Christ. Il arrive. Au milieu de vous se tient celui qui vient et devant qui je m'effacerai ce soir.

Sur la rive, tout le monde se regarda : on se demanda si la parole de Yohanân était encore une parabole à interpréter ou bien si elle signifiait que le Messie se trouvait actuellement au bord du Jourdain.

– Je ne suis que l'éclaireur chargé de frayer le chemin du roi en frayant le chemin du repentir. Mais il va venir, il est bientôt là, le Fils de Dieu annoncé par le prophète Daniel.

Sur la rive, comme personne ne bougeait ni

ne se détachait, on en conclut que c'était une image. Quant à moi, j'avais ressenti un léger malaise : j'avais cru, un instant, que, malgré la distance, Yohanân le Plongeur m'avait fixé.

La commission repartit, rassurée, pour Jérusalem : finalement, ce Yohanân n'était qu'un illuminé pas trop dangereux ; du moment qu'il restait dans sa mare à enfoncer les pèlerins dans l'eau, il ne disputait le pouvoir à personne. Il fallait bien tolérer quelques mouvements parallèles, comme les plongeurs du matin ou les moines de Qumran.

Un nuage passa et j'entrai résolument dans l'eau pour me faire purifier par Yohanân. En me voyant avancer vers lui, Yohanân fronça les sourcils.

— Toi, je te reconnais.

— Je suis ton cousin, fils de Myriam qui est parente de ta mère Elisabeth. Je viens de Nazareth.

Il fronça les sourcils, comme s'il ne comprenait pas ce que je lui disais. Je répétai lentement.

— Tu me reconnais parce que je suis ton cousin.

— Je te reconnais comme l'élu de Dieu.

Il avait lui-même l'air surpris par ce qu'il disait. Il me contemplait comme une chose tout

47

à fait extraordinaire. Et soudain, il se mit à hurler pour que chacun l'entende :

— Voici l'agneau de Dieu qui enlève le péché du monde.

Il avait vociféré cela avec une force de conviction telle que j'en devins muet. Je sentis que, sur les berges, la foule s'était immobilisée pour contempler la scène. Les regards pesaient sur moi. Je ne savais plus quoi dire ni quoi faire. Je murmurai rapidement :

— Plonge-moi vite, qu'on en finisse.

Mais Yohanân s'exclama, indigné :

— C'est moi qui ai besoin d'être purifié par toi ! C'est moi qui t'appelle de tous mes vœux et c'est toi qui viens à moi ! Je t'aime.

Ce fut trop. Mes jambes durent chanceler, je perdis pied, et Yohanân me ramena dans ses bras sur la rive. Là, André et Syméon s'occupèrent de moi, tâchant d'écarter la foule qui voulait savoir qui j'étais vraiment. Les femmes racontaient qu'au moment où je m'étais évanoui, une colombe était descendue du ciel pour se poser sur mon front.

Moi, naturellement, je n'avais rien vu.

C'est là, véritablement, que tout a commencé...

Une nuit bleue, belle et bête. Un silence qui insiste.

Cette attente me vide. Je préférerais parler, me battre, agir... Au lieu de cela, je tends la nuque et les oreilles vers le moindre bruit, espérant le cliquetis des armes. Je n'ai pas hâte de mourir, non, mais je voudrais cesser d'attendre. Plutôt la mort que l'agonie. Pourquoi les soldats tardent-ils tant ? Il ne faut pas si longtemps pour aller du Temple au mont des Oliviers...

Les renards ont des tanières, les oiseaux du ciel ont des nids, et moi, je n'ai nulle part où reposer ma tête.

Après mon évanouissement, André et Syméon me harcelèrent. Qui étais-je ? Qu'avais-je fait jusqu'ici ? Pourquoi Yohanân m'avait-il désigné comme l'Elu ? Pourquoi me faisais-je passer pour un simple pèlerin ? Pouvaient-ils me suivre ? Me consacrer leur vie.

— Je ne suis rien. Je ne comprends pas ce

qu'a dit Yohanân. Je ne suis qu'un mauvais charpentier et un mauvais croyant qui vient de Nazareth.

— Es-tu né à Nazareth ?

— Non. En fait, je suis né à Bethléem, mais
c'est une histoire un peu compliquée...

— C'était écrit, Michée l'a annoncé : « L'Elu
sortira de Bethléem. »

— Vous confondez !

— Es-tu descendant de David ?

— Non.

— Es-tu sûr ?

— C'est-à-dire... Il y a bien une vieille légende
qui traîne dans la famille... qui voudrait que...
Mais enfin, soyons sérieux ! Connaissez-vous une
famille juive de Palestine qui ne prétende pas
descendre directement de David ?

— C'est donc toi : l'Elu sera de souche davidi-
que.

— Vous confondez !

— Qu'as-tu à nous enseigner ?

— Mais rien. Absolument rien.

— Nous estimes-tu indignes de toi ?

— Je n'ai pas dit cela !

Il n'y avait plus qu'une chose à faire : partir.

Je devais échapper aux bavardages, aux influences. Depuis trente ans, tout le monde avait un avis sur mon destin, sauf moi. Ecrasé par les conseils, perdu au milieu de cent pistes, diagnostiqué comme très pieux par les uns ou impie par les autres, reconnu, ignoré, pressé, arrêté, rappelé, retenu, adoré, insulté, moqué, vénéré, écouté, méprisé, interpellé, je n'étais plus un homme, mais une auberge vide au carrefour des routes où chacun arrivait avec son caractère, ses bagages et ses convictions. Je ne résonnais plus que du bruit des autres.

J'ai fui.

Je me suis enfoncé dans les terres incultes, là où il n'y a plus d'hommes, où la végétation est naturelle, sauvage, pauvre, où les points d'eau sont rares, là où l'on ne risque plus de faire de rencontres.

Dans le désert, je ne souhaitais qu'une seule rencontre : moi. J'espérais me découvrir au bout de cette solitude. Si j'étais bien quelqu'un ou quelque chose, je devais me l'apprendre.

D'abord, je ne trouvai rien. Je n'éprouvais que des sentiments impersonnels ; l'agacement, la fatigue, la faim, la peur du lendemain... Puis, après quelques jours, les salissures des dernières semaines s'éloignant, des habitudes frugales s'installant, je redevins l'enfant de Nazareth, cette attente pure de la vie, cet amour de chaque instant, cette adoration pour tout ce qui est. Je me sentais mieux mais j'étais très déçu. Ainsi, un homme, cela n'existait pas vraiment ? En grattant les oripeaux de l'adulte, on ne récupérait qu'un enfant ? Les années n'ajoutaient donc que des poils, de la barbe, des soucis, des querelles, des tentations, des cicatrices, de la fatigue, de la concupiscence, et rien d'autre ?

C'est alors que je fis ma chute.

La chute qui bouscula ma vie. Qui me fit basculer.

Ce fut une chute immobile.

Je m'étais assis en haut d'un promontoire pelé. Il n'y avait rien à voir autour de moi que de l'espace. Il n'y avait rien à ressentir comme événement que le pur temps. Je m'ennuyais paisiblement. Je tenais mes genoux dans mes paumes, et là, subitement, sans bouger, j'ai commencé à tomber...

Je tombais...

Je tombais...

Je tombais...

Je dégringolais en moi-même. Comment aurais-je soupçonné qu'il y avait de telles falaises, un précipice aussi vertigineux, des centaines et des centaines de pas à l'intérieur d'un seul corps d'homme ? Je dégringolais dans le vide.

Plus la chute s'accélérait, plus je criais. Mais la vitesse étouffait mon cri.

Puis j'eus le sentiment de ralentir. Je changeais de consistance. Je devenais moins lourd. Je perdais ma différence d'avec l'air. Je devenais de l'air.

L'accélération me ralentissait. La chute me rendait léger. Je finis par flotter.

Et lentement, la transformation s'accomplit.

C'était moi et ce n'était pas moi. J'avais un corps et je n'en avais plus. Je continuais à penser mais je ne disais plus « je ».

J'arrivai dans un océan de lumière.

Là, il faisait chaud.

Là, je comprenais tout.

Là, j'avais une confiance absolue.

J'étais descendu dans les forges de la vie, au centre, au foyer, là où tout se fond, se fonde et se décide. A l'intérieur de moi, je ne trouvais pas moi, mais plus que moi, bien plus que moi, une mer de lave en fusion, un infini mobile et changeant où je ne percevais aucun mot, aucune voix, aucun discours, mais où j'éprouvais une sensation nouvelle, terrible, géante, unique, inépuisable : le sentiment que tout est justifié.

Le bruit sec et furtif d'un lézard se faufilant dans les broussailles me fit revenir. En un instant, j'étais remonté de cette interminable chute, arraché au cœur du cœur du cœur de la Terre.

Combien d'heures s'étaient écoulées ?

La nuit s'étalait paisiblement devant moi, comme un repos donné au sable brûlé, aux herbes assoiffées, comme une récompense quotidienne.

J'étais bien. Je n'avais plus ni soif ni faim. Aucune tension ne me torturait. J'éprouvais un rassasiement essentiel.

Je ne m'étais pas trouvé, moi, au fond de ce désert. Non. J'avais trouvé Dieu.

Dès lors, chaque jour je refis le voyage immobile. Je grimpais sur le monticule et plongeais à l'intérieur de moi. J'allais vérifier le secret.

Je rejoignais toujours l'insoutenable clarté, je me jetais dans ses bras où je passais un temps qu'on ne peut pas compter.

Cette clarté, je l'avais aperçue quelquefois, fugitivement, derrière une prière d'enfance, dans l'éclat d'un regard, je savais qu'elle soutenait et sous-tendait le monde, mais je n'avais pas imaginé qu'elle fût accessible. Il y a en moi plus que moi. Il y a en moi un tout qui n'est pas moi et qui cependant ne m'est pas étranger. Il y a en moi un tout qui me dépasse et me constitue, un tout inconnu d'où part toute connaissance, un tout incompréhensible qui rend possible toute compréhension, une unité dont je dérive, un Père dont je suis le Fils.

Au trente-neuvième jour de désert, je me décidai à revenir parmi les hommes. J'avais trouvé plus que je n'espérais. Cependant, au moment de rejoindre le cours frais et ombreux du Jourdain, je vis un serpent mort à terre. Il pourrissait, la gueule ouverte, attirant des colonnes de fourmis, mais les yeux jaunes de son cadavre semblaient encore ricaner.

Une pensée me frappa : et si j'avais été tenté par le diable ? Et si, pendant ces trente-neuf jours, j'avais cédé aux illusions de Satan ? Et si cette force qui me remplissait n'était que la force du Mal ?

Je devais passer une quarantième nuit au désert.

Ce fut la nuit de toutes les inversions. Ce qui me semblait clair me devenait obscur. Là où j'avais vu du bien, j'apercevais du mal. Lorsque j'avais cru repérer un devoir, je soupçonnais désormais la vanité, la présomption, l'arrogance

fatale ! Comment pouvais-je croire être en rela-
tion avec Dieu ? N'était-ce pas une démence ?
Comment pouvais-je avoir le sentiment de saisir
ce qui est juste et ce qui ne l'est pas ? N'était-ce
pas une illusion ? Comment pouvais-je m'attri-
buer le devoir de parler pour Dieu ? N'était-ce
pas de la prétention ? N'allais-je pas, au sortir du
désert, prendre le chemin de l'imposture et pré-
cipiter les autres dans ma forfaiture ?

Je n'eus jamais de réponses à ces questions.
Simplement, au matin du quarantième jour, je
fis le pari.

Je fis le pari de croire que mes chutes, lourdes
méditations, me conduisaient à Dieu et non à
Satan. Je fis le pari de croire que j'avais quelque
chose de bien à faire. Je fis le pari de croire en
moi.

Je ne savais pas encore que la suite des évènements me forcerait à faire un pari encore plus
grave, encore plus insensé, le pari qui, cette nuit,
en ce jardin, me fait attendre et souhaiter ma
mort.

Pour l'heure, je n'anticipais rien. Je rejoignis
les pèlerins au bord du Jourdain en estimant

légitime de parler au nom de la sagesse que j'avais trouvée au fond de mes prières.

André et Syméon m'attendaient au campement.

Lorsque je leur apparus, Syméon s'exclama en souriant, comme pour me tester :

– Qui es-tu ?

– A ton avis ?

– Es-tu envoyé par Dieu ?

– C'est toi qui l'as dit.

Cela nous suffit. Nous sommes tombés dans les bras les uns des autres, puis Yohanân le Plongeur me rebaptisa. Il pria André et Syméon, ses disciples préférés, de le quitter pour me suivre car il mettait beaucoup d'espoir en moi. Je savais que j'empruntais un chemin inconnu, mais je le fis sans hésiter.

Les temps qui suivirent furent les plus heureux et les plus exaltants de ma vie. Je découvrais avec ivresse les secrets que Dieu avait entreposés au fond de mes méditations et je tâchais de les exprimer au jour le jour. J'étais tout à la joie de les apprivoiser, je n'en soupçonnais pas encore les conséquences.

André, Syméon et moi, nous parcourions la Galilée verte, fraîche, fruitée. Nous vivions sans souci du lendemain, dormant à la belle étoile, mangeant ce que notre main saisissait sur les arbres ou ce que d'autres mains nous offraient. Avec Dieu, nous découvrions l'insouciance.

Lorsqu'une question se posait à nous, je me mettais à l'écart, derrière un figuier ou un rocher, et je descendais dans mon puits. J'en revenais toujours, sinon avec la réponse, du moins avec le sentiment qui devait souffler la réponse.

J'avais retourné les cartes du monde. Je voyais le jeu à l'envers. Les hommes jouaient mal : pensant devoir gagner, ils abattaient les mauvaises cartes. La force. Le pouvoir. L'argent. Moi, je n'aimais que les exclus de cette partie stupide, les inadaptés, ceux que le jeu rejetait hors de ces limites et qui n'osaient plus y rentrer : les pauvres, les doux, les affligés, les femmes, les persécutés.

Les pauvres devinrent mes frères, mon idéal. Ils ne cherchent pas à se mettre à l'abri du besoin, car ce serait se mettre à l'abri de la vie, non, ils aiment tant la vie qu'ils lui font confiance, ils s'en remettent à elle. Il y aura toujours un homme qui passera et jettera une pièce ou un bout de pain. Cette confiance, c'est de l'adoration. André, Syméon et moi, nous devînmes ainsi des pauvres errants qui recevaient des aumônes et distribuaient le surplus dans l'heure suivante. Car nous considérions que seule nous appartenait la part qui suffisait à nos besoins ; le reste était du luxe ; nous n'y avions aucun droit.

Il y avait tant de joie dans notre accomplissement que, naturellement, nous attirions de nouveaux jeunes gens et notre groupe s'agrandissait. Au grand scandale de certains d'entre nous, je m'adressais beaucoup aux femmes et je souhaitais qu'elles nous suivent. Car j'avais découvert, en descendant dans le puits d'amour, que les vertus que me donnait Dieu pour me guider n'étaient que des vertus féminines. Mon Père me parlait comme une mère. Il me désignait ces héroïnes anonymes, celles qui le réalisaient, toutes ces donneuses de vie, donneuses d'amour, celles qui baignent les chairs des enfants, apaisent les cris, remplissent les bouches, ces servantes immémoriales dont les gestes apportent le confort, la propreté, le plaisir, ces humbles des humbles, guerrières du quotidien, reines de l'attention, impératrices de la tendresse, qui pansent nos blessures et nos afflictions. Les hommes gardent les portes de la société, qui engendre des morts et développe la haine. Les femmes gardent les portes de la nature, qui fabrique de la vie et exige de l'amour. Mais mes disciples, en vrais mâles de la terre d'Israël, avaient du mal à accepter que les femmes pratiquent spontanément ce qui, à eux, leur coûtait tant de peines. Tout en tolérant mes rencontres avec les femmes, et leur cohorte qui nous accompagnait, ils continuaient à se méfier d'elles ; sans doute, en cela, se méfiaient-ils aussi de leur désir.

J'observais aussi bien ceux qui entraient dans notre groupe que ceux qui s'y refusaient. J'observais les puissants, ceux pour qui tous les hommes n'ont pas la même valeur, je découvris qu'ils possédaient un don que je n'avais pas : celui d'écraser les visages. Lorsqu'un collecteur d'impôts, par exemple, vient harceler une famille nécessiteuse, son intérêt lui permet d'abolir le visage de l'autre et de lui marcher dessus. Moi, je suis singulièrement dépourvu de ce don. En face d'un homme, je vois toujours un homme, inéluctablement ; je ne peux le regarder sans ressentir lourdement tout le poids de sa vie, ses douleurs criées ou tues, ses espoirs, tout ce qui creuse, anime et vivifie les traits. Souvent, en face d'un homme, je vois même davantage qu'un homme, je vois l'enfant, derrière, et le vieillard, devant, tout un chemin de vie cahotant et fragile.

Rien ne peut être comparé à l'innocence joyeuse des premiers mois. Nous défrichions. Nous inventions une nouvelle manière de vivre. Nous abolissions la méfiance, la défiance. Nous ne pouvions que recevoir ou donner. Nous étions libres. Nous avions pris le large.

Aux yeux des puissants, nous étions des faibles, ils nous laissaient tranquilles car nous ne comptions pas. Ils se trompaient : seuls, nous ne pourrions que nous isoler du monde ; réunis, nous allions pouvoir le transformer.

Nous continuions à parcourir les routes en cherchant la richesse qu'aucun argent ne peut donner, lorsque nos pas nous amenèrent à Nazareth.

Je retrouvai ma mère avec joie, mais je refusai de demeurer à la maison, je continuai à vivre en plein air, au milieu de mes amis, recevant ma subsistance de la bonne volonté des Nazaréens et discutant avec chacun.

Ma mère et mes frères me convoquèrent à la maison. Mon cadet était furieux.

– Yéchoua, tu nous fais honte ! Que tu quittes l'atelier de notre père pour devenir rabbin sans prévenir personne, passe encore. Mais tu couches dehors, tu mendies dans ton propre village, où tout le monde te connaît, où nous vivons, où nous faisons nos affaires. Que va-t-on penser de nous ? Cesse immédiatement !

– Je ne changerai rien à ma vie.

– Si tu n'es plus capable de travailler, tu peux au moins coucher et manger à la maison, non ?

– Et mes amis ?

– Justement, parlons-en de tes amis. Une troupe de vagabonds, de paresseux, d'inutiles et de filles perdues ! On n'a jamais vu ça ici. Il vaudrait mieux qu'ils décampent.

– Alors, je partirai avec eux.

– Tu veux vraiment nous humilier jusqu'au bout ?

Le coup était parti. Mon frère m'avait giflé. Il resta lui-même surpris de sa violence et soudain, sur le visage de l'adulte excédé, j'aperçus l'inquiétude de l'enfant qui avait transgressé une règle et se demandait comment son aîné allait réagir.

Je m'approchai et lui dis tendrement :

– Frappe aussi la joue gauche.

Sous la provocation, les narines palpitantes de fureur, il s'apprêtait à frapper lorsque je tendis vraiment la joue gauche, montrant que je consentais à sa colère.

Il poussa un hurlement de rage, referma son poing et quitta la pièce. Mes autres frères et sœurs se mirent à m'insulter, comme si, en tendant l'autre joue, j'avais commis une violence pire que le coup de mon frère.

J'avais appliqué là un autre enseignement de mes voyages au puits sans fond : aimer l'autre au point de l'accepter jusque dans sa bêtise. Répondre à l'agression par l'agression, œil pour œil, dent pour dent, n'avait pour résultat que de multiplier le mal, et pis, de le légitimer. Répondre à l'agression par l'amour, c'était violenter la violence, lui plaquer sous le nez un miroir qui lui renvoie sa face haineuse, révulsée, laide, inacceptable. Mon frère en avait fui.

— Taisez-vous tous et laissez-moi seule avec Yéchoua.

Ils obéirent et m'abandonnèrent à ma mère. Elle se jeta contre moi et pleura longuement. Je la serrai doucement, sachant que les larmes sont souvent les premiers mots de la vérité.

— Yéchoua, mon Yéchoua, je suis allée t'écouter ces jours-ci et je suis bien inquiète. Je ne te comprends plus. Tu t'es mis à parler sans cesse de ton père, à le citer, alors que tu l'as pourtant si peu connu.

— Le père dont je parle est Dieu, maman. Je le consulte au fond de moi lorsque je m'isole pour méditer.

— Mais pourquoi dis-tu « mon père » ?

— Parce qu'il est mon père comme il est le tien, et notre père à tous.

— Tu parles toujours en général. Tu donnes des conseils en général. Tu dis qu'il faut aimer tout le monde mais toi, est-ce que tu aimes seulement ta mère ?

— Ce n'est pas difficile d'aimer les gens qui vous aiment.

— Réponds ! Pas de généralités ! Réponds.

— Oui. Je t'aime, maman. Et mes sœurs et mes frères aussi. Mais cela ne suffit pas. Il faut aimer encore ceux qui ne nous aiment pas. Et même nos ennemis.

— Alors, prends ton souffle, parce que des ennemis, tu vas en avoir ! Te rends-tu compte où tu vas ? Quelle vie tu te prépares ?

— Ma vie ne m'intéresse pas. C'est la vie en général qui m'intéresse. Ce qu'il faut en faire. Je ne veux pas vivre pour moi et mourir pour moi.

— Quoi ! tu n'as pas de rêve personnel ?

— Aucun. Je veux juste témoigner. Dire aux autres ce que je trouve au fond de mes méditations.

— Les autres ! Les autres ! Pense donc à toi, d'abord ! Tu désespères ta mère. Je veux que tu réussisses ta vie à toi !

— Maman, au fond de moi, ce n'est pas moi que je trouve.

Elle pleura de nouveau. Ce n'étaient plus les mêmes larmes ; celles-ci consentaient un peu plus.

— Tu deviens fou, mon Yéchoua.

— Aujourd'hui, j'ai le choix entre une carrière de fou et une carrière de mauvais charpentier. Je préfère faire un bon fou.

Elle rit dans ses sanglots. Je me sentais fragile face au chagrin de ma mère. Je quittai Nazareth au plus vite.

Les ennuis commencèrent avec mes premiers miracles.

Je ne sais ce que l'avenir retiendra de ma vie mais je ne voudrais surtout pas que se propage cette rumeur qui m'encombre déjà, dans laquelle je me suis pris les pieds : ma réputation de faiseur de prodiges.

Les premières fois, je les exécutai sans même m'en rendre compte. Un regard, une parole peuvent soigner, tout le monde sait cela, et je ne suis pas le premier guérisseur à exercer sur la terre de Palestine. J'avais observé le rite dans mon enfance lorsque Nathanaël, le guérisseur de

Cana, se rendait auprès des grands malades. Il faut prendre son temps, bander son énergie et se consacrer tout entier au souffrant. Parfois, il faut même absorber sa douleur. N'importe qui peut le faire et je me devais de le faire à mon tour. Oui, j'ai touché les plaies, oui j'ai soutenu les regards de souffrance, oui, j'ai passé des nuits auprès des grabataires. Je m'asseyais contre les infirmes et je tentais, par les mains, de leur donner un peu de cette force qui circule au fond de moi ; je parlais avec eux, je tentais de trouver une issue à leur souffrance et je les engageais à prier, à trouver le puits d'amour en eux. Ceux qui y parvenaient allaient mieux. Les autres non. Certes, je vis se relever des paralytiques, des aveugles rouvrir les yeux, des boiteux circuler, des lépreux cesser de se décomposer, des femmes arrêter leurs saignements, des sourds intervenir dans la conversation, des possédés se purger de leurs démons. Mais ma réputation n'a retenu que ceux-là. Elle a oublié ceux qui restèrent cloués dans leur malaise parce que ni moi ni eux n'étions arrivés à quelque chose. Je n'ai aucun pouvoir, sauf celui, éventuellement, d'aider à ouvrir la porte qui conduit à Dieu au fond de soi. Et même cette porte, je ne peux l'ouvrir tout seul, il faut qu'on m'aide.

A chaque malade, j'étais obligé de demander :
— As-tu la foi ? Seule la foi sauve.

Rapidement, plus personne ne prit garde à ma question. On n'y voyait qu'une formule. On se ruait vers moi comme les vaches à l'abreuvoir, sans discernement.

— Est-ce que vous faites les maladies de peau ?
— Et les règles douloureuses ?

On me demandait cela techniquement, comme à un commerçant : avez-vous cet article dans votre échoppe ? Je répondais :

— As-tu la foi ? Seule la foi sauve.

En vain. On me transformait en magicien. Je n'arrivais plus à leur expliquer que les prodiges n'étaient pas gratuits, qu'ils avaient un sens spirituel, qu'ils demandaient une double foi, celle du malade et celle du guérisseur. On m'envoyait des paresseux, des incrédules, et cependant, même si j'échouais avec neuf d'entre eux, le dixième guéri augmentait ma réputation dans des proportions inouïes.

Je ne voulus plus guérir. J'interdis aux disciples de laisser approcher le moindre malade. Mais comment résister à la souffrance vraie ? Quand un enfant chétif ou une femme stérile présentaient leurs larmes devant moi, je tentais l'opération quand même.

Les malentendus s'accumulaient. Je ne maîtrisais plus rien. On m'attribua des miracles qui n'avaient rien à voir avec mes guérisons. On me vit multiplier les pains dans les paniers vides, le vin dans les jarres vides, les poissons dans les filets vides, toutes choses qui sont bien arrivées, je l'ai constaté moi-même, mais qui devaient avoir une explication naturelle. Plusieurs fois, j'ai même soupçonné mes disciples... Transportés par leur passion, ils sont capables, comme tout bon Juif, d'exagérer en mots ; ils ont dû aussi exagérer en actes. N'ont-ils pas mis en scène ces prétendus prodiges ? N'ont-ils pas eux-mêmes rempli les jarres de vin ? Ne m'ont-ils pas outrageusement attribué l'arrivée heureuse d'un banc de poissons sur le lac de Tibériade ? Je ne pourrais le prouver, mais je le suppose. Et comment leur en faire le reproche ? Ils ne sont que des hommes, des hommes d'ici, exaltés, qui m'adorent, qui doivent se défendre de nos adversaires, se justifier auprès de leurs familles. Ils ne lisent notre histoire qu'à travers leur passion. Ils veulent convaincre, et lorsqu'on veut convaincre, la bonne foi et l'imposture vont parfois ensemble. Certains de la vérité de mon discours, ils se risquent à de petits mensonges : pourquoi ne pas employer les mauvais arguments quand les bons ne réussissent pas ? Peu importe que ce prodige soit réel et que tel autre ne le soit pas ! Les coupables, ce sont les crédules, ceux qui veulent être trompés.

Notre vie avait changé. Quand nous n'étions pas poursuivis par des malheureux en quête de miracle, nous étions persécutés par les pharisiens, les prêtres et les docteurs de la Loi qui estimaient que j'avais désormais trop d'oreilles pour m'écouter. Le clergé ne supportait pas ma manière, cette façon de descendre au fond de moi pour y trouver mon Père, et d'en revenir avec un inépuisable amour. Il ne croyait qu'aux lois écrites et relevait tout ce que ma foi me faisait dire contre le respect formel des usages. Plusieurs fois, je fis des guérisons le jour du Sabbat, je mangeais le jour du Sabbat, je travaillais le jour du Sabbat. Quelle importance ? Le Sabbat est fait pour l'homme et non l'homme pour le Sabbat. Je me justifiais et justifiais mes proches, mais le résultat était là : tandis que je ne parlais que d'amour, j'avais désormais des milliers d'ennemis.

— Comment oses-tu parler au nom de Dieu ?

Une idée neuve passe d'abord pour une idée fausse. Les pharisiens refusaient de me comprendre. Ils m'accusaient de prétention.

– Mais comment oses-tu parler au nom de Dieu ?

– Parce que Dieu est en moi.

– Blasphème ! Dieu vit séparé de nous, Dieu est un et inatteignable. Des abîmes te séparent de Dieu.

– Je vous assure que non. Il me suffit de plonger en moi-même, c'est comme un puits, et...

– Blasphème !

Ils m'épiaient, me harcelaient. J'avais leur meute attachée à mes sandales. Ils m'aboyaient dessus, ils voulaient me ramener à la lettre de la Torah. Moi, je ne tenais ni à les choquer ni à les affronter, mais j'étais incapable de taire ma vérité.

Lors d'un voyage à Jérusalem, pour la Pâque, ils ne me lâchèrent plus. Ils me tendaient chaque jour un nouveau piège. J'arrivais à éviter la plupart en me servant de ma connaissance des textes. Mais un matin, ils me bloquèrent dans une impasse.

– Traînée ! Salope ! Fille de rien !

Ils m'amenaient une femme adultère, la tirant, demi-nue, à bout de bras, sans s'occuper de sa peur et de sa honte, sans même noter ses larmes, comme on apporte une enclume à un lutteur de foire pour savoir si, celle-ci, il pourra la soulever.

J'étais piégé. La loi d'Israël est formelle : on

doit lapider les fiancées coupables de trahison, et encore plus les épouses convaincues d'adultère. Les pharisiens et docteurs de la Loi l'avaient prise en faute, avaient laissé s'échapper le mâle à toutes jambes, et venaient la massacrer à coups de pierres devant moi. Ils savaient que je ne le supporterais pas et, bien plus important que le flagrant délit d'adultère dont ils se moquaient éperdument, ils voulaient me surprendre en flagrant délit de blasphème.

La victime, belle, tremblante, émouvante, dégrafée, décoiffée, se tenait, presque morte de peur, entre nous, moi qui voulais la sauver, eux qui voulaient me confondre.

Pour les étonner, je m'accroupis et me mis à dessiner des formes dans le sable. Cette bizarrerie les désarçonna quelques instants et me donna le temps de réfléchir. Puis la meute se remit à hurler.

– On va la tuer ! On va la lapider ! Tu entends, le Nazaréen ? On va l'achever devant toi !

Curieuse scène : c'était moi, et non elle, qu'ils menaçaient. Ils me menaçaient de sa mort.

Je continuai à dessiner. Je les laissai baver leur haine, s'en soulager ; ce serait toujours ça de moins à combattre. Puis, quand ils crurent avoir compris que je n'interviendrais pas, je me relevai et dis paisiblement :

— Que celui d'entre vous qui n'a jamais péché lui jette la première pierre.

Nous étions dans l'enceinte du Temple.

Je les fixai tous, un à un, sans amour, avec au contraire une violence qui dut les inquiéter. Mes yeux disaient :

— Toi, tu n'as jamais péché ? Je t'ai vu la semaine dernière dans une auberge ! Et toi, comment oses-tu jouer les purs alors que je t'ai surpris à toucher les seins d'une porteuse d'eau ! Et toi, tu crois que je ne sais pas ce que tu as fait avant-hier ?

Les plus vieux reculèrent les premiers. Ils déposèrent leurs pierres et se détournèrent lentement.

Mais les jeunes, déjà trop excités par le goût du sang, refusaient de retourner dans leur conscience.

Je les regardai alors avec ironie. Mon sourire les menaçait de délation. Ma physionomie disait :

— Je connais toutes les prostituées de Judée et de Galilée : vous ne pouvez pas jouer les saints en face de moi. J'ai des listes. Je sais tout. Je peux vous dénoncer.

Les jeunes baissèrent les yeux à leur tour. Ils reculèrent.

Il n'y en avait qu'un qui me résistait. Il soutenait crânement mon regard. C'était le plus jeune, il devait avoir dix-huit ans. Etait-il possible que, dans sa fougue, il crût n'avoir jamais péché ? Ou bien, marié depuis peu, n'avait-il jamais commis ni rêvé l'adultère ? Il se tenait irréductiblement droit, sûr de lui, légitime pour tuer cette femme.

Je changeai mon regard. Je ne le défiai plus, je ne le menaçai plus. Je l'interrogeai tendrement.

— Es-tu sûr de n'avoir pas péché ? Je t'aime tel que tu es, même si tu as péché.

Il sursauta. Il cilla. Il s'attendait à tout sauf à l'amour.

Ses camarades le tirèrent par le bras. Ils chuchotaient : « Ne sois pas ridicule ! Tu ne vas pas prétendre n'avoir jamais péché, pas toi ! » Vaincu, il se laissa emmener.

Je demeurai seul avec la femme aux chairs palpitantes.

Elle avait toujours peur, mais elle changeait de peur. Elle passait de l'effroi de mourir à la crainte que quelque chose ne lui échappe.

Je la rassurai d'un sourire.

– Où sont ceux qui t'accusaient ? Il n'y a plus personne pour te condamner ?

– Personne.

– Je ne te condamne pas non plus. Va. Et ne pèche plus.

La ruse m'avait encore une fois sauvé.

Mais j'étais épuisé par ces pièges. Les disciples se réjouissaient de mes succès. Je leur répondais qu'un succès n'est jamais qu'un malentendu, et que le nombre de nos ennemis grossissait plus vite que celui de nos amis. Nous sommes partis nous réfugier en Galilée.

Une usure me dévorait : la fatigue de dire quelque chose que personne ne veut entendre, la fatigue de parler aux sourds, la fatigue de créer des sourds en parlant.

C'est alors que Yehoûdâh Iscarioth prit de plus en plus d'importance dans ma vie.

A la différence des autres disciples, Yehoûdâh venait de Judée, et non de Galilée. Plus instruit que les autres, il savait lire et compter. Rapidement, il devint notre trésorier, redistribuant l'excédent des aumônes reçues aux pauvres que nous rencontrions en chemin. Il tranchait, au milieu de ces anciens pêcheurs de Tibériade, par ses manières et son accent de la ville. Il nous apportait l'exotisme de Jérusalem. J'aimais m'entretenir avec lui et, assez vite, il passa pour mon disciple préféré.

Je crois que de ma vie je n'ai jamais aimé un homme autant que Yehoûdâh. Avec lui, et lui seul, je parlais de mon rapport à Dieu.

— Il est toujours si près. Si proche.

— Il n'est là que pour toi et en toi. Nous, nous ne le trouvons pas.

— Si, tu dois mieux essayer, Yehoûdâh.

— J'essaie. J'essaie tous les jours. Je ne trouve pas le puits sans fond. Mais je n'en ai pas besoin puisque je vis auprès de toi.

Il m'avait convaincu que j'avais un autre rapport à Dieu que les autres hommes. Je n'étais pas rabbi puisque je ne trouvais pas la lumière dans les textes. Je n'étais pas prophète, puisque je témoignais sans rien annoncer. Simplement, grâce à mes chutes dans le puits, je jugeais le monde et je voulais le renouveler.

— Ne te voile pas la face, Yéchoua. Tu sais très bien ce que cela signifie. Yohanân le Plongeur te l'a dit avant tout le monde : tu es Celui qu'il annonce, le Fils de Dieu.

— Je t'interdis de répéter ces sottises, Yehoûdâh. Je suis le fils d'un homme, pas de Dieu.

— Pourquoi dis-tu « mon Père » ?

— Arrête cette farce.

– Pourquoi dis-tu le trouver au fond de toi ?

– Ne joue pas sur les mots. Si j'étais le Messie, je le saurais.

– Mais tu le sais. Tu en as la connaissance et les signes : tu refuses de les voir.

– Tais-toi ! Une fois pour toutes, tais-toi.

Je ne crois pas qu'il était responsable de la rumeur qui se propageait. Sans doute s'était-elle développée d'elle-même car les Juifs, comme tous les hommes, voient les choses en fonction de leurs désirs et de leurs attentes. Elle s'enflait, énorme, terrible, ahurissante, frappant les toits de Galilée plus vite qu'une grêle de printemps : Yéchoua de Nazareth était le Messie annoncé par les textes.

Je ne pouvais plus sortir en public sans qu'on me demande :

– Es-tu le Fils de Dieu ?

– Qui te l'a dit ?

– Réponds. Es-tu bien le Messie ?

– C'est toi qui l'as dit.

Je n'avais pas d'autre réponse : C'est toi qui l'as dit. Je n'ai jamais prétendu autre chose. Jamais je n'aurais osé prétendre être le Christ. Je pouvais parler de Dieu, de sa lumière, de ma lumière puisqu'elle était en moi. Pas plus. Mais les autres, sans scrupule, finissaient mon discours. Ils m'exagéraient. Ceux qui m'aimaient pour me célébrer. Ceux qui me détestaient pour hâter mon arrestation.

– Yehoûdâh, je t'en supplie : fais taire ce bruit idiot. Je n'ai rien d'extraordinaire, à part ce que Dieu m'a donné.

– C'est cela dont parle le bruit, Yéchoua : ce que Dieu t'a donné. Il t'a élu. Il t'a distingué.

Et Yehoûdâh de partir, pour la nuit, dans des considérations sur les prophéties. Il retrouvait dans des détails absurdes de mon existence la réalisation des annonces d'Elie, Jérémie, Ezéchiel ou Osée. Je protestais.

– C'est ridicule ! C'est minuscule ! Au petit jeu des rapprochements, tu peux trouver des similitudes entre n'importe qui et le Messie !

Il connaissait très bien les textes. Parfois, il m'ébranlait. Mais je refusais toujours. Et je me méfiais de plus en plus des guérisons qu'on m'imposait : les disciples, et Yehoûdâh le premier, y voyaient maintenant la deuxième preuve, après les prophéties, de ma messianité.

La rage ne me lâchait plus. Cette histoire avait commencé dans la joie et l'allégresse à mon retour du désert, et se développait désormais d'une façon qui m'échappait. Elle était loin, la belle aventure du début. Amis ou ennemis, ils m'attribuaient plus que ce que je disais ; ils me prêtaient plus que je ne donnais.

C'est à ce moment-là qu'Hérode, le gouverneur de Galilée, me convoqua. Il me reçut dans son palais, m'infligea la vue de toutes ses richesses, de ses courtisans, puis s'isola avec moi entre deux piliers, sans témoin.

– Yohanân le Plongeur me dit que tu es le Messie.

– C'est lui qui le dit.

– Je tiens Yohanân pour un véritable prophète. J'aurais donc tendance à le croire.

– Crois ce que tu veux.

Hérode jubilait. Il n'entendait que des confirmations dans mes réponses.

– Hérode, je ne suis pas le Messie, je ne peux pas prétendre à ce titre. J'aime la compagnie des hommes, je m'y sens utile, mais je vais être obligé de m'en priver pour continuer ma vie en ermite.

– Malheureux ! Ne t'isole pas du monde, comme un ermite ou un philosophe. Qu'y gagneras-tu ? La moitié de la Palestine est déjà prête à te suivre. Il faut emprunter les idées du peuple si l'on veut le diriger. On traite l'humanité avec ses illusions. Allons, César savait bien qu'il n'était pas le fils de Vénus, mais c'est en le laissant croire qu'il est devenu César.

— Tes raisonnements sont abjects, Hérode, et je ne veux pas devenir César, ni roi d'Israël, ni qui que ce soit. Je ne fais pas de politique.

— Peu importe, Yéchoua. Laisse-nous en faire auprès de toi !

En quittant le palais, ma décision était renforcée. J'en avais fini avec la vie publique. J'arrêtais tout. J'allais finir mon existence, seul, retiré dans un désert. Je renonçais. J'allais dissoudre notre groupe, l'annoncer aux disciples.

Malheureusement, nous sommes passés à Naïn et, après ma traversée de ce village, rien ne fut plus aussi certain pour moi...

A Naïn, au sud de Nazareth, j'étais allé mainte fois depuis mon enfance. Lorsque nous arrivâmes, les disciples et moi, à l'entrée du bourg, nous rencontrâmes le cortège funèbre d'un jeune garçon, Amos.

Sa mère, Rébecca, la Rébecca de ma jeunesse, la Rébecca que j'avais aimée et failli épouser, marchait devant, sans volonté, contrainte, comme une condamnée à la vie. Elle était veuve depuis quelques années, Amos était son fils unique, elle avait tout perdu. Lorsque ses grands yeux me virent, il n'y eut pas l'ombre d'une amertume, d'une colère, d'une protestation. Ses yeux disaient que j'avais bien de la chance de n'avoir pas de famille, de m'occuper de l'humanité tout entière, de ne souffrir qu'en général et jamais en particulier.

J'éprouvai un mélange de pitié et de culpabilité. Rébecca en serait-elle là, à la désolation du deuil, si j'avais accompagné sa vie ?

Pris d'une inspiration, je demandai aux porteurs de s'arrêter pour me laisser voir l'enfant. Je m'approchai, saisis les mains d'Amos dans le cercueil et me plongeai dans la prière la plus violente de ma vie.

– Mon Père, fais qu'il ne soit pas mort. Donne-lui droit à la vie. Rends heureuse sa mère.

Je m'étais jeté dans la prière comme un désespéré, je n'en attendais rien, c'était juste un trou où blottir mon chagrin.

Les mains de l'enfant s'accrochèrent aux miennes et le petit, lentement, se releva.

Des cris de joie éclatèrent tout autour, les deux cortèges communiaient dans le même bonheur, mes disciples et les anciens affligés. Nous étions trois à demeurer muets, nous demandant ce qui s'était passé, osant à peine y croire : Rébecca, l'enfant et moi.

Le soir même, l'enfant parlait de nouveau. Il vint avec Rébecca me couvrir de baisers. Moi, j'étais cloué dans le silence et la stupéfaction.

A minuit, sous l'ombre grise d'un olivier, Yehoûdâh me rejoignit.

– Alors, Yéchoua, quand cesseras-tu de nier l'évidence ? Tu l'as ressuscité.

– Je n'en suis pas sûr, Yehoûdâh. Tu sais comme moi qu'il est difficile de reconnaître la mort. Combien de gens sont enterrés vivants ? C'est pour cela que, souvent, nous mettons d'abord les défunts dans des caves. Peut-être l'enfant n'était-il pas vraiment mort ? Juste endormi ?

– Crois-tu que Rébecca, sa mère, aurait été capable de se tromper et de porter son enfant endormi au tombeau ?

Je retombai dans le mutisme. Je préférais ne plus prononcer une parole car, si j'avais ouvert la bouche, au lieu de remercier mon Père d'avoir entendu ma prière, je l'aurais insulté pour me faire des signes pareils, des peurs pareilles ! Je refusais. Je ne voulais pas qu'il me distingue autant, je ne savais que trop à quoi cela m'engageait. Je refusais ! Je refusais ce destin ! J'avais l'impression de me battre en duel avec Dieu. Il voulait m'imposer sa victoire. Il me désarmait. Il m'ôtait mes doutes. Pour que je devienne son champion, il devait me convaincre. Mais je savais qu'il n'était pas le plus fort, qu'il n'obtiendrait rien sans mon consentement. J'avais mes chances. Je pouvais nier ses signes. Je pouvais éviter de m'éveiller, rester dans le trouble de mes questions. Je me suis rebellé sans faiblir.

Puis le matin vint nettoyer le ciel, le coq gratta sa gorge, je m'assoupis d'épuisement.

En rouvrant les yeux, j'avais accepté que Dieu m'aime autant.

J'appelai Yehoûdâh, mon disciple préféré. Je savais que je ne pouvais pas lui faire plus grand présent que ce que j'allais lui dire.

– Yehoûdâh, je ne sais qui je suis. Je sais seulement que je suis habité par plus grand que moi. Je sais aussi, par cet amour qu'il me prouve, que Dieu attend beaucoup de moi. Alors, Yehoûdâh, je te le dis : je fais le pari. Je fais le pari, du plus profond du cœur, que je suis celui-ci, celui que tout Israël attend. Je fais le pari que je suis bien le Fils.

Yehoûdâh se jeta à terre, mit ses bras autour de mes chevilles, et me tint longuement les pieds embrassés. Je sentais ses larmes chaudes couler entre mes orteils.

Pauvre Yehoûdâh ! Il en était, comme moi, tout à la joie. Il ne savait pas à quelle nuit ce matin allait nous conduire, ni ce que ce pari allait exiger de nous.

Ce soir, la mort m'attend dans ce jardin. Les oliviers sont devenus aussi gris que la terre. Les grillons font l'amour sous le regard bienveillant d'une lune maquerelle. Je voudrais être un des deux cèdres bleus, dont les branches, la nuit, servent d'asile aux nuées de colombes et, le jour, abritent les petits bazars bruyants sous leurs ombrages. Comme eux, j'aimerais prendre racine, insouciant, et dispenser du bonheur.

Au lieu de cela, je n'ai fait que semer des graines que je ne verrai ni grandir ni s'épanouir. Je guette la cohorte qui viendra m'arrêter. Mon Père, donne-moi de la force dans ce verger indifférent à mon angoisse, donne-moi le courage d'aller jusqu'au bout de ce que j'ai cru, par folie, être ma tâche...

Dans les jours qui suivirent mon pari secret, Hérode fit arrêter Yohanân le Plongeur et le boucla dans la forteresse Machéronte. Hérodiade, sa nouvelle épouse, voulait la peau du prophète qui avait osé blâmer son mariage.

Yohanân, inquiet, de sa prison me fit parvenir un message.

– Es-tu bien celui qui doit venir ? Es-tu le Christ ? Ou bien faut-il que j'en attende un autre ?

Je savais que Yohanân doutait, non pas de lui mais de moi. Il s'étonnait que je passe mon temps avec des hommes du peuple, des courtisanes ; il me reprochait de manger et boire gloutonnement sans cesse avec les miens, lui qui était si ascétique ; et il ne comprenait pas ma lenteur à me déclarer.

Je répondis aux deux messagers :

– Allez rapporter à Yohanân ce que j'ai fait : les aveugles voient, les boiteux marchent, les lépreux sont purifiés, les sourds entendent, la bonne nouvelle est annoncée. Qu'il soit heureux et confiant ! Je ne l'aurai pas fait trébucher.

C'était la première fois que j'affirmais, que je revendiquais mon destin. Malheureusement, avant que les deux hommes ne transmettent le message, Yohanân avait été décapité.

Mes disciples, dont certains avaient d'abord suivi Yohanân, se mirent en colère.

– Prends le pouvoir, Yéchoua ! Ne laisse plus les justes finir exécutés ! Fonde ton Royaume, nous te suivrons, la Galilée te suivra. Sinon, tu finiras le col tranché, comme le Plongeur, ou pire !

J'écoutais leur indignation, mais je ne pouvais la satisfaire. Plus je méditais, plus je percevais que je n'avais aucune place à prendre, aucun trône à revendiquer. Je ne serais pas un meneur d'hommes, non, mais un meneur d'âmes. Oui, je voulais changer le monde, oui je voulais le modifier radicalement, mais pas comme ils m'y poussaient. Je ne mènerais pas une révolution politique, à la tête des pauvres, des doux, des exclus, des femmes, en prenant d'assaut la Palestine, en renversant les données du pouvoir, des honneurs, des richesses ; d'autres pourraient le faire en s'inspirant de moi. La seule révolution à laquelle j'appelais était une révolution intérieure. Je n'avais aucune ambition pour le monde extérieur, le monde de César, de Pilate, des banquiers, des marchands. J'avais la plus grande ambition pour le monde intérieur.

– La terre a été laissée aux hommes : qu'en ont-ils fait ? Rendons-la à Dieu. Abolissons les nations, les races, les haines, les abus, les exploitations, les honneurs, les privilèges. Abattons les échelles qui mettent un homme plus haut qu'un autre. Supprimons l'argent qui fait les riches et les pauvres, les dominants et les dominés, l'argent qui crée l'angoisse, l'avarice, l'insécurité, la guerre, la cruauté, l'argent qui dresse son mur entre les hommes. Accomplissons toutes ces exécutions dans notre esprit, créons un charnier de ces mauvaises idées, de ces fausses valeurs. Aucun trône, aucun sceptre, aucune lance ne peut nous purger et nous ouvrir à l'amour vrai. Mon Royaume, chacun le porte en lui, comme un idéal, comme une chimère, une nostalgie ; chacun a en lui la pulsation intime, le désir doux. Qui ne se sent pas le fils d'un Père qu'il ignore ? Qui ne voudrait reconnaître un frère en chaque homme ? Mon Royaume est déjà là, espéré, sans cesse rêvé. L'élan d'amour est déjà là, palpitant, mais sans cesse heurté, retenu, timide, déçu. Je n'ouvre la bouche que pour nous donner le courage d'être nous-mêmes, la témérité de l'amour. Dieu, quoique déjà là, est toujours à accomplir. Et Dieu ne souffre pas la timidité.

Les Galiléens m'écoutaient bouche bée car

c'est avec la bouche qu'ils écoutent ; avec les oreilles, ils n'entendent rien. Mes paroles ricochaient de crâne en crâne, sans entrer dans aucun. Ils n'appréciaient que mes miracles.

Je dus prendre des mesures, interdire aux disciples de laisser approcher le moindre infirme. Mais rien ne pouvait arrêter la déferlante : on faisait passer les grabataires par les fenêtres, par le toit. Au lac de Tibériade, je dus m'isoler de la rive, sur un bateau, afin de pouvoir parler aux villageois sans qu'ils viennent me toucher et m'implorer. En vain ! Tous ne supportaient mes prédications que par complaisance, comme on avale distraitement un hors-d'œuvre : le plat de résistance demeurait le miracle.

J'étais devenu un fonctionnaire de Dieu. L'acte qu'on venait attendre de moi, au long de queues qui duraient plusieurs heures, mon sceau, mon tampon, c'était l'exécution de quelque petit prodige. Ils repartaient alors, spectateurs en bonne santé ou malades guéris, hochant la tête, convaincus, ayant vérifié de leurs yeux.

– Oui, oui, il est bien le Fils de Dieu.

Ils n'accrochaient pas du tout à mes discours, n'en retenaient pas un fil. Ils avaient simplement trouvé un intercesseur très pratique, à portée de main, qui allait leur simplifier la vie.

– Quelle chance qu'il se soit installé près de chez nous, en Galilée !

Mes frères et ma mère vinrent un jour fendre la foule d'un village où je passais. Je savais qu'ils se moquaient de moi, de ma prétention, de ma folie. Plusieurs fois, ils m'avaient envoyé des messages me suppliant d'arrêter de jouer ce rôle de Christ ; comme je n'y avais jamais répondu, ils venaient m'imposer un conseil de famille.

La foule entourait l'auberge où nous nous étions réfugiés, les disciples et moi.

– Laissez-nous passer, criaient mes frères, nous sommes sa famille. Nous avons priorité. Laissez-nous passer. Nous devons lui parler.

La foule, très impressionnée, leur ouvrit le passage.

Je me plantai à la porte pour les arrêter. Je savais que j'allais leur faire mal, mais je devais agir ainsi.

– Qui est ma vraie famille ? Ma famille n'est pas de sang, elle est d'esprit. Qui sont mes frères ? Qui sont mes sœurs ? Qui est ma mère ? Quiconque obéit à la volonté de mon Père. Je vous vois pleins de haine, je ne vous reconnais pas.

Je me retournai vers mes disciples, à l'intérieur, et leur criai avec violence :

– Si quelqu'un vient avec moi, et s'il ne lâche

pas son père et sa mère, ses frères et sœurs, sa femme et ses enfants, il ne peut être mon disciple.

Je fis entrer les premiers inconnus à portée de main et je claquai la porte au nez de mes frères et de ma mère.

Je n'avais même pas de peine. Je voulais me faire comprendre. Je devais montrer que, moi-même, je mettais l'amour en général plus haut que l'amour en particulier.

Mes frères repartirent, ivres de rage. Mais ma mère resta, écroulée, attendant humblement à la porte. A la nuit, je la fis entrer et nous avons mêlé nos larmes.

Elle ne m'a plus quitté jusqu'à cette nuit. Elle est restée, discrète, en arrière, au milieu du bataillon des femmes, avec Myriam de Magdala, femme entre les femmes, faisant oublier à chacun, y compris à moi-même, qu'elle avait pu être ma mère. De temps en temps, nous nous sommes retrouvés en cachette pour des baisers furtifs. Depuis ma brouille avec mes frères, elle veille sur moi car elle m'a entendu. Ma plus grande et belle fierté sur cette terre est sans doute d'avoir, un jour, convaincu ma mère.

Je ne me confiais qu'à Yehoûdâh. Nous relisions les textes des prophètes. Depuis mon pari secret, j'y prêtais une autre oreille que par le passé.

— Tu dois retourner à Jérusalem, Yéchoua. Le Christ connaîtra son apothéose à Jérusalem, les textes sont formels. Tu devras être humilié, torturé, tué, avant de renaître. Il va y avoir un moment difficile.

Il en parlait paisiblement, illuminé par sa foi. Lui seul avait saisi ce qu'était le Royaume, un royaume sans gloire où il n'y aurait aucune réussite matérielle ni politique. Il me décrivait mon agonie avec le calme de l'espérance.

— Tu mourras quelques jours Yéchoua, trois jours, puis tu ressusciteras.

— Il faudrait en être sûr.

— Allons Yéchoua. Un sommeil de trois jours ou d'un million d'années n'est pas plus long qu'un sommeil d'une heure.

Je ne répondais pas. Je partais m'isoler pour replonger dans le puits d'amour. Auparavant, je n'avais jamais encore songé sérieusement à la mort et je voulais savoir ce que mes méditations m'en diraient.

En descendant au fond de moi, chez mon

Père, je n'y trouvais rien d'effrayant. « Tout est justifié », me disait-il. « Tout est bien. Seul le corps est soumis à la putréfaction, aux vers, à la disparition. L'essentiel demeure. »

Ce n'était pas précis, mais c'était rassurant. De temps en temps, sur les flots en fusion, il me semblait apercevoir une autre idée : que nous existions après cette vie en fonction de ce que fut cette vie ; que le juste perdure dans un bon souvenir ; que le scélérat s'enfonce dans son pire souvenir, éternellement. Mais, dès que je tentais de m'en approcher, l'idée s'enfuyait, rapide, volatile. Cependant, tous mes voyages me confirmaient qu'il n'y avait rien à craindre et que la mort ne pouvait être, définitivement, qu'une bonne surprise.

Jérusalem était devenu le nom de mon souci. Le nom de mon destin. Le lieu de ma mort. Je devais achever ma prédication à Jérusalem.

Je m'y étais rendu plusieurs fois, comme tout Juif pieux, brièvement, à la Pâque. Je devais songer maintenant à y rester. Nous avons pris la route.

Je ne pouvais pas me voiler la vérité : je changeais. L'amertume et le reproche se glissaient trop souvent dans mon cœur. Moi qui n'étais qu'amour, je devenais acerbe, impatient, agacé. Alors que je ne chéris rien tant que la douceur, je me montrais capable d'insulter âprement mes adversaires. Quand je voulais annoncer la bonne nouvelle, l'arrivée du Royaume, je me tordais la langue dans ma rhétorique et je m'entendais menacer, tempêter, promettre les pires châtiments au nom de Dieu. A d'autres moments, voulant prôner l'humanité, je ne pouvais m'empêcher, en passant devant les bigotes qui allumaient minutieusement leur candélabre pour la fête des Tabernacles, de leur crier de façon provocatrice : « Je suis la lumière et moi seul ! » Je me le reprochais ensuite et ma mère, rassurante, au milieu de la nuit, me prenant tout contre elle, appelait ces troubles la fatigue de l'espérance.

A Jérusalem, je ne rencontrai d'abord que des murailles d'indifférence. Aux quelques hommes sages, comme Nicodème ou Yoseph d'Arimathie, qui s'intéressèrent à moi, les pharisiens et les membres du sanhédrin clouèrent le bec en s'exclamant : « Vous ne vous attendez tout de même pas à ce qu'un prophète nous vienne de Galilée ! » J'ai pensé échouer.

Mais en six mois, j'ai obtenu qu'ils ne ricanent plus. Maintenant, ils crachent, ils tempêtent, ils écument. Je suis arrivé à exister puisque, ce soir, ils vont me tuer.

Jérusalem...

Jérusalem qui me fascine et que j'ai tant de mal à aimer... Jérusalem, toi qui tues les prophètes et lapides ceux qui te sont envoyés. Combien de fois j'ai voulu rassembler tes petits à la manière dont une poule rassemble ses poussins sous ses ailes ! Mais tu as refusé.

Jérusalem, tout ce qui chez toi fait la fierté de n'importe quel Juif, je n'arrive pas à l'apprécier.

Lorsqu'on a voulu me faire admirer le Temple reconstruit, m'extasier devant les lourdes portes de cèdre doré, les grenades, les lis et les feuillages sculptés d'où pendent des voiles de lin chargés de fleurs pourpres et d'hyacinthes écarlates, retenus par des chérubins en or massif, j'ai simplement songé : faut-il qu'une chose soit exagérée pour être belle ? Lorsqu'on m'a vanté l'organisation des sacrifices, lorsque j'ai découvert, dans un fumet de merdes, au milieu du sang caillé, des tripes et des boyaux noirâtres, les troupeaux de bœufs et brebis qu'on proposait aux riches, les colombes pour les pauvres, ces enclos quadrillés de changeurs de monnaie au sourire en tiroir, j'ai saisi un fouet et j'ai renversé tous les étals. « Enlevez-moi cela ! La maison de mon

Père ne peut devenir une maison de trafic ! » Je frappai le sol avec fureur et, en un instant, je ne fus plus entouré que de culs, les culs des lâches qui s'enfuyaient, les culs des bêtes affolées. La ville est sale, avare, capricieuse, méprisante. Les portes et les façades ne cachent pas grand-chose. L'apparence règne, la richesse s'étale, le culte lui-même doit être somptueux. Chacun épie chacun, rivalise en puissance ou en biens avec l'autre. En revanche le cœur se tait, la naïveté passe pour ridicule, l'humilité pour suicidaire. Les habitants ne souhaitaient pas écouter un balourd de Galilée qui vantait la pauvreté. Mes disciples de Tibériade n'avaient rien à perdre qu'une vieille barque et des filets reprisés. Est-ce cela, ajouté à la vie simple des champs, qui leur avait laissé les oreilles près du cœur ?

Je n'obtenais aucun succès à Jérusalem, pas même de curiosité. Ma seule réussite consistait à me faire détester chaque jour davantage des prêtres, docteurs de la Loi, saducéens et pharisiens. Plus optimistes que moi, ils estimaient, eux, que je pouvais un jour toucher et rassembler le peuple par une autre façon de parler et de penser à Dieu. Ils se sentaient en danger. Ils commencèrent à planifier ma perte. Dans leurs esprits, je suis déjà lapidé depuis plusieurs mois.

Combien ai-je passé d'heures à vouloir les convaincre ! A défendre la religion du cœur contre la religion des textes ! Je leur expliquais qu'elles ne s'excluaient pas puisque l'une, celle du cœur, inspirait l'autre. Pédants, ergoteurs, docteurs, ils me faisaient recommencer sans fin, ils me forçaient à devenir juriste, exégète, théologien, à m'enfoncer dans des controverses de droit canon où, forcément, je me montrais inférieur car je n'ai comme guide que ma lumière. A reprendre cent fois la même discussion, j'en venais à douter que nous parlions bien de la même chose : Dieu. Eux défendaient des institutions, des traditions, leur pouvoir. Moi je ne parlais que de Dieu, les mains vides. Je reconnaissais que Dieu avait communiqué avec tous nos prophètes ; que son esprit s'était déposé dans nos livres et nos lois ; que le Temple, la synagogue, l'école biblique sont pour la plupart des mortels l'unique et nécessaire voie d'accès à la Révélation. J'ajoutais simplement que moi, par le puits d'amour, j'avais un accès direct à Dieu. C'était tout de même mieux qu'un livre de seconde main !

– Blasphème ! Blasphème !

– Je ne suis pas venu abolir mais accomplir.

– Blasphème ! Blasphème !

Rapidement, je ne supportai même plus de coucher à Jérusalem. Nous allions séjourner, les disciples et moi, dans le village de Béthanie, chez notre ami Lazare, ou bien, lorsque nous n'avions pas le temps, ici, au mont des Oliviers, hors des remparts.

Chaque matin, je voyais le jour arriver du désert et réveiller les couleurs de Jérusalem, l'ocre des murailles, la blancheur des terrasses, l'or du Temple, le vert sombre des cyprès, les façades des maisons teintées par les hommes, déteintes par les étés. J'avais, quelques instants, l'illusion de dominer la ville, elle s'offrait à moi comme une maquette d'architecte puis, très vite, elle devenait trop brillante, trop colorée, elle se dressait plus haut, au-dessus de tous, comme une prophétie éblouissante, ou une putain somptueuse.

Aucun bruit ne s'élevait encore des places ou des rues mais déjà, sur les chemins qui serpentaient vers les remparts, arrivaient les chameliers de Damas, les femmes portant sur leurs têtes des panières de raisins ou de roses de Jéricho qu'elles allaient vendre, sous les térébinthes, aux portes de la ville. Tout convergeait déjà vers Jérusalem. Jérusalem était le centre. Jérusalem absorbait tout.

J'ai fui.

J'ai fui la haine des pharisiens, j'ai fui l'arrestation qui se rapprochait, j'ai fui la mort qui me reniflait avec sa grosse truffe humide et menaçante. J'avais échappé de justesse à la colère de Ponce Pilate, le préfet de Rome, qui avait pris comme une menace contre lui mes déclarations sur la fin de l'ordre ancien et l'arrivée du Royaume. Des espions m'avaient mis sous les yeux une pièce portant son effigie, ou celle de César, je ne sais pas, car ces Romains rasés aux cheveux courts se ressemblent tous.

— Dis-nous, Yéchoua, faut-il bien respecter l'occupant romain ? Est-il juste de lui payer les impôts ?

— Il faut rendre à César ce qui est à César, et à Dieu ce qui est à Dieu. Je ne suis pas un chef de guerre. Mon Royaume n'a rien à voir avec le sien.

Cela avait soulagé Pilate, mais m'avait aliéné définitivement les zélotes, les partisans de Barabbas, qui n'auraient pas dédaigné de m'utiliser pour soulever la Palestine contre l'occupant romain. J'avais réussi mon parcours : dans tous les corps constitués, je n'avais plus que des ennemis.

J'avais peur. J'étais nu, avec ma parole désarmée.

Nous sommes repartis nous cacher à la campagne. Je voulais reprendre des forces pour le dernier combat. J'avais besoin de prier la journée en retournant au puits, puis le soir de partager l'amitié des miens, femmes et hommes, en des repas sans fin. La nuit, je retournais au puits me lover dans cette lumière qui brille au-delà de tous les crépuscules.

Je ne fléchissais pas, non. Je ne reculais pas non plus. Mais je craignais de craindre. J'avais peur de me décevoir, de ne pas me montrer à la hauteur de ma tâche. Je redoutais – comme je le redoute ce soir – que le Yéchoua de Nazareth, un fils de charpentier né dans une simple ornière du monde, ne reprenne le dessus, avec sa force, son appétit et son désir de vivre. Parviendrai-je encore au puits d'amour quand on me fouettera ? Quand on me clouera ? Et si la douleur fermait le puits ? Si je n'avais plus qu'une voix, une pauvre voix humaine, pour hurler, laisser crier ma chair, bafouiller l'agonie ?

Yehoûdâh me rassurait.

– Le troisième jour, tu reviendras. Et je serai là. Et je te serrerai dans mes bras.

Yehoûdâh ne doutait jamais. Je l'écoutais des heures, cette parole confiante arrachée à l'épaisseur de mes incertitudes.

— Le troisième jour, tu reviendras. Et je serai là. Et je te serrerai dans mes bras.

La Pâque approchait. La fête des Pains azymes me semblait le bon moment pour m'accomplir car tout le peuple d'Israël viendrait prier au Temple. Nous avons repris la route de Jérusalem.

Sur le chemin, je devais écarter les malades et les infirmes qui se précipitaient. Je refusais de faire des prodiges qui ne parlent qu'aux incrédules et leur fournissent plus matière à jacasser qu'à réfléchir.

A Béthanie, Marthe et Myriam, les sœurs de Lazare, se jetèrent sur moi en pleurant.

— Lazare est mort, Yéchoua. Il est mort il y a trois jours.

J'avais vu beaucoup de proches mourir au long de ma vie, je m'étais habitué au choc du deuil, mais, là, sur la fontaine de Béthanie, je ne sais pourquoi, je me mis à pleurer avec les deux femmes. Je percevais quelque chose de prémonitoire dans la mort de mon cher Lazare ; je voyais les forces du néant l'emporter sur les forces de la vie ; j'avais le sentiment que, toujours, le négatif vaincrait. Lazare me précédait dans la mort pour me signifier que tout était sur le point de finir.

Qu'il était lourd ce chagrin simple qui nous unissait, Myriam, Marthe et moi, qui mêlait nos chairs humides soulevées par les sanglots ! Contre moi, entre mes bras, je sentais leur corps de femme et je me disais, avec horreur, qu'eux aussi deviendraient poussière.

Quand nos yeux furent secs, mon cœur n'était toujours pas apaisé. Je demandai à aller voir Lazare.

On m'ouvrit la pierre qui fermait son tombeau et je pénétrai dans la cavité creusée dans la roche.

Le parfum ravageur et funèbre de la myrrhe empoissait l'air. Je soulevai le suaire et vis le visage creusé, verdâtre, cireux de mon ami Lazare. Je m'allongeai à côté de lui sur la dalle. J'avais toujours considéré Lazare comme le grand frère que je ne n'avais pas eu dans la vie. Voilà qu'il devenait mon grand frère dans la mort.

Je me mis à prier. Je descendis au puits d'amour. Je voulais savoir s'il y était. Là, je retrouvai la lumière éblouissante, mais je n'appris rien. « Tout est bien », répétait mon Père, à son habitude. « Tout est bien, ne t'inquiète pas. »

Lorsque je revins du puits, Lazare était assis à côté de moi. Il me regardait avec stupeur, ébahi, engourdi, surpris.

– Lazare, tu es vivant ! Te rends-tu compte ? Tu es vivant !

Les mots ne semblaient pas vraiment arriver à sa pensée. Il essaya d'articuler quelque chose avec sa bouche trop molle, mais il n'y parvint pas.

– Lazare, tu es ressuscité !

Ses traits n'exprimaient rien ; ses yeux partaient en arrière, comme s'il voulait dormir.

Je le pris sous les bras et je l'amenai au jour.

Décrire l'émotion des disciples et de ses sœurs quand nous sortîmes du tombeau est impossible. J'abandonnai Lazare aux embrassades des siens. Toujours placide, égaré, il s'y prêtait sans avoir l'air de comprendre. Il était devenu totalement muet. Je ne sais même pas s'il avait gardé un peu d'intelligence. Il n'était plus que l'ombre de lui-même. Etait-ce le choc de la résurrection ? On me dit qu'il se trouvait déjà dans cet état les derniers jours de sa maladie.

Une voix ironique à l'intérieur de moi, la voix de Satan, me répétait sans cesse :

– Es-tu sûr qu'il était mort ?

Je me battais pour la faire taire. Alors elle argumentait :

— Bon, d'accord, il est revenu des morts, mais pour dire quoi ? Quel intérêt ? Passionnant témoignage, non ?

Je m'isolai et plongeai, désespéré, dans la prière.

La main de Yehoûdâh, posée sur mon épaule, me fit sursauter. Il rayonnait de confiance.

— Le troisième jour, tu reviendras. Et je serai là. Et je te serrerai dans mes bras.

Mon Dieu, pourquoi n'ai-je pas la foi de Yehoûdâh ? Je douterai donc toujours ? Aucune de tes réponses, mon Dieu, n'éteint mes questions. Tes signes n'étouffent pas ma peur.

Nous avons rejoint le festin qui s'organisait autour du pauvre Lazare vivant mais défait. J'essayais de fixer ma pensée sur le bonheur de Marthe, de Myriam, sur les caresses qu'elles prodiguaient à ce grand frère taciturne, encore moins expressif qu'un chien. Mais je ne pouvais chasser le scrupule : j'étais responsable de son retour, de son état. Mon Père avait exécuté le miracle pour me rassurer, moi et moi seul, m'expliquer que je reviendrais de la mort, et que moi, à la différence de Lazare, je parlerais. Pour moi, il avait sacrifié le repos de Lazare. Des larmes de honte ravageaient mon visage.

Enfin une voix sortit du puits et me dit que l'amour, le grand amour, n'a parfois rien à voir avec la justice ; que l'amour doit souvent se montrer cruel ; et que mon Père, lui aussi, pleurerait quand il me verrait sur la croix.

Nous sommes arrivés ici, au mont des Oliviers.

Pendant les dernières heures de ce voyage, j'ai songé à protéger les miens. On devait m'arrêter moi, et rien que moi, pour blasphème et impiété ; la faute ne devait pas être partagée par mes amis ; il fallait épargner les disciples, je devais subir seul ce destin.

Comment éviter un châtiment collectif ?

J'avais deux solutions : me rendre ou me faire dénoncer.

Je ne pouvais me rendre. C'était reconnaître l'autorité du sanhédrin. C'était me soumettre. C'était renier tout mon chemin.

Je réunis donc les douze disciples les plus anciens. Mes mains et mes lèvres tremblaient car moi seul savais que nous étions réunis pour la dernière fois. Comme tout Juif, en bon chef de maison, je pris le pain, le bénis avec mes prières et l'offris à mes convives. Puis, tout aussi ému, je bénis et distribuai le vin.

— Pensez toujours à moi, à nous, à notre histoire. Pensez à moi dès que vous partagez. Même quand je ne serai plus là, ma chair sera votre pain, mon sang votre breuvage. On est un dès que l'on s'aime.

Ils frémirent. Ils ne s'attendaient pas à ce ton.

Je regardai ces hommes rudes, dans la force de l'âge, et j'eus subitement envie d'être tendre avec eux. L'amour jaillissait à gros flots de mon cœur.

— Mes petits enfants, je ne suis plus avec vous que pour peu de temps. Bientôt le monde ne me verra plus. Mais vous, vous me verrez toujours, parce que je vivrai en vous, et vous en vivrez. Aimez-vous les uns les autres comme je vous ai aimés. Il n'y a pas de plus grand amour que de donner sa vie pour ses amis.

Certains commencèrent à renifler. Je ne voulais pas nous laisser gagner par l'attendrissement.

— Mes petits enfants, vous pleurerez d'abord, mais votre affliction se changera en joie. La femme, lorsqu'elle enfante, passe par la souffrance, pourtant elle ne se souvient plus de ses douleurs dès qu'un homme nouveau est enfin né dans ce monde.

Puis – et ce fut le plus difficile – je dus dévoiler mon plan.

– En vérité, je vous le dis, l'un de vous va bientôt me trahir.

Un frisson d'incompréhension les parcourut. Ils se mirent immédiatement à se récrier, à protester.

Seul Yehoûdâh se taisait. Seul Yehoûdâh avait compris. Il devint plus pâle qu'un cierge. Ses yeux noirs me fixèrent.

– Est-ce moi, Yéchoua ?

Il avait saisi l'ampleur du sacrifice que je lui demandais. Il devait me vendre. Je soutins son regard pour lui faire comprendre que je ne pouvais demander qu'à lui, le disciple préféré, ce sacrifice qui précéderait le mien.

Il m'entendit et fit une grimace d'acceptation.

Nos regards retombèrent sur la table pendant que le festin reprenait. Ni lui ni moi n'avions la force de parler. Les disciples semblaient déjà avoir oublié l'incident.

Enfin, il se leva et vint près de mon oreille.

– Je sors. J'ai des gens à voir.

Je le regardai dans les yeux et je lui dis,

avec autant d'affection que je le pouvais :
« Merci. »

Il se jeta alors contre moi, dépassé par ses émotions, m'agrippant comme si l'on allait nous séparer. Je sentais ses larmes couler silencieusement dans mon cou.

Puis il se reprit et me glissa à l'oreille :

— Le troisième jour, tu reviendras. Mais je ne serai plus là. Et je ne te serrerai pas dans mes bras.

Alors, cette fois-ci, ce fut moi qui le retins. Je chuchotai à son oreille :

— Yehoûdâh, Yehoûdâh ! Que vas-tu faire ?

— Te vendre au sanhédrin. Faire venir les gardes au mont des Oliviers. Te désigner. Ensuite, j'irai me pendre.

— Non, Yehoûdâh, je ne veux pas.

— Tu vas bien te faire crucifier ! Je peux bien me pendre !

— Yehoûdâh, je te pardonne.

— Pas moi !

Et il sortit en bousculant tout le monde.

Les autres disciples, ces bonnes pâtes naïves et tendres qui seraient toujours les derniers à soupçonner le mal ou à découvrir une ruse, n'avaient naturellement rien saisi de la scène.

Mais ma mère, assise dans un coin sombre,

avait tout deviné. Les yeux très blancs, grands ouverts sur l'inquiétude, elle me fixait, elle m'interrogeait, elle me pressait de démentir. Comme je ne réagissais pas, elle sut qu'elle avait raison et une plainte de bête traquée s'échappa de sa gorge.

Je vins m'asseoir auprès d'elle. Immédiatement, elle voulut me rassurer, me faire comprendre qu'elle accepterait tout, qu'elle acceptait déjà. Elle me sourit. Je lui souris. Nous sommes restés longtemps ainsi, accrochés au sourire l'un de l'autre.

Je regardais ce visage sur lequel j'avais ouvert les yeux ; demain, je les fermerais aussi devant lui. Je regardais ces lèvres qui m'avaient chanté des berceuses ; je n'en aurais jamais embrassé d'autres. Je regardais cette vieille mère que j'aimais tant et je lui murmurai : « Pardonne-moi. »

Voilà. Je scrute la nuit.

Le ciel est d'un noir féroce. Le vent m'apporte une odeur de mort, une odeur de cage aux lions.

Dans quelques heures, j'aurai achevé mon pari.

Dans quelques heures, on saura si je suis bien le témoin de mon Père, ou si je n'étais qu'un fou. Un de plus.

La grande preuve, l'unique preuve n'adviendra qu'après ma mort. Si je me trompe, je ne m'en rendrai même pas compte, je flotterai dans le néant, indifférent, inconscient. Si j'ai raison, j'essaierai de ne pas triompher et j'apporterai aux autres la bonne nouvelle. Car, que j'aie raison ou tort, je n'ai jamais vécu pour moi-même. Et je ne mourrai pas non plus pour moi-même.

Même si l'on m'assurait ce soir que j'ai tort, je referais le pari.

Car si je perds, je ne perds rien.

Mais si je gagne, je gagne tout. Et je nous fais tous gagner.

Mon Dieu, faites que, jusqu'au dernier moment, je sois à la hauteur de mon destin. Que la douleur ne me fasse pas douter !

Allons, je tiendrai bon, je tiendrai ferme. Aucun cri ne m'échappera. Que je suis donc lent à croire ! Comme la nature est forte contre la grâce ! Allons, remettons-nous. Ce que je crains n'est rien en regard de ce que j'espère.

Mais voici la cohorte qui apparaît à travers les arbres. Yehoûdâh porte une lanterne et mène les soldats. Il s'approche. Il me désigne.

L'Évangile selon Pilate

J'ai peur.
Je doute.
Je voudrais me sauver.
Mon Père, pourquoi m'as-tu abandonné ?

L'Évangile selon Pilate

De Pilate à son cher Titus

Je hais Jérusalem. L'air qu'on y respire n'est pas de l'air mais un poison qui rend fou. Tout devient excessif dans ce dédale de rues qui ne sont pas faites pour se diriger mais pour se perdre, sur ces chaussées où l'on se cogne au lieu de circuler, parmi ce fracassement de langues qui arrivent de tout l'Orient et qui ne parlent que pour ne pas s'entendre. On crie trop dehors, on chuchote trop dedans. On ne respecte l'ordre romain que parce qu'on l'exècre. La ville pue l'hypocrisie et les passions contenues. Même le soleil, au-dessus de ces remparts, a des airs de traître. Tu ne peux pas croire que c'est le même soleil qui brille sur Rome et rôde sur Jérusalem. Celui de Rome produit de la lumière, celui de

113

Jérusalem attise l'ombre : il crée des coins où l'on complote, des allées où les voleurs s'enfuient, des temples où le Romain ne peut mettre le pied. Un soleil qui éclaire contre un soleil qui obscurcit, voilà ce que j'ai troqué lorsque j'ai accepté d'être le préfet de Judée.

Je hais Jérusalem. Mais il y a quelque chose que je hais plus encore que Jérusalem : c'est Jérusalem pendant la Pâque.

Je ne t'ai pas écrit pendant trois jours parce que je ne pouvais pas relâcher un instant ma vigilance. Les fêtes des pains sans levain mettent toujours mes nerfs à vif et mes hommes sur la brèche : j'ai doublé mes effectifs, organisé des rondes permanentes, fait se relayer constamment mes espions, pressé mes mouchards comme des oranges, accru ma surveillance. Si Israël veut mettre Rome en danger, il le peut pendant ces trois jours de la Pâque. La ville s'engorge, s'épaissit, elle multiplie par cinq sa population de Juifs qui viennent adorer leur dieu unique au Temple. La nuit, ceux qui ne trouvent pas de place dans les auberges et les maisons campent sous les remparts ou garnissent les collines avoisinantes de leurs corps étendus à la belle étoile. Le jour, leur religion exige des sacrifices et transforme Jérusalem en un immense marché aux bestiaux doublé d'un abattoir ; ce sont des milliers d'animaux qui hurlent dans l'attente puis dans l'agonie ; des fleuves de sang qui durcissent et s'épaississent dans les rues ; des peaux, des poils, des plumes qu'on récupère, qui puent, qui sèchent ; des colonnes de fumée qui envahissent les rues, poissent les murs ; cette entêtante odeur de graisse brûlée qui peut faire croire que toute la ville elle-même rôtit sur un brasier, offerte en sacrifice à ce dieu indifférent et goulu. Je ne descends pas, ces trois jours-là, de ma terrasse et je regarde, dégoûté, Jérusalem se débattre, j'entends les cris des guides montant des ruelles engorgées, qui hèlent les pèlerins pour leur faire visiter les tombeaux des prophètes, çà et là percent les bêlements grêles des agneaux, les sifflements des prostituées sous les porches, et j'entrevois soudain, comme l'éclat d'argent d'un goujon, glissant au milieu de la foule, un de ces voleurs nus qui, le corps enduit d'huile, échappe à tous ses poursuivants, ne laissant derrière lui que des bourses vides et un sillage d'insultes.

Comme chaque année, j'ai tout craint pendant ces trois jours. Mais comme chaque année, j'ai maîtrisé la situation. Tout s'est bien passé. Il n'y a pas eu d'incidents majeurs. Pour maintenir l'ordre, nous n'avons dû procéder qu'à quinze arrestations et trois crucifixions, ce qui est moins que naguère.

Je vais donc pouvoir repartir apaisé à Césarée où je me sens si bien, une ville moderne, romaine, carrée, qui sent bon le cuir et la caserne. Là, dans ma citadelle, j'arrive parfois à oublier l'inquiétude qui me serre toujours la gorge depuis mon arrivée en Palestine. Le jour pointe au moment où je finis cette lettre, mon cher frère, dimanche commence, je vais faire préparer les bagages, et, comme d'habitude, j'aurai traversé la nuit en t'écrivant.

La Judée m'a fait perdre le sommeil depuis longtemps mais ces nuits arides ont rendu possible, mon cher frère, notre correspondance.

Je te tends la main depuis la Palestine jusqu'à Rome. Pardonne comme toujours la rusticité de mon style et porte-toi bien.

De Pilate à son cher Titus

— Le corps a disparu !

J'étais en train de rouler la lettre que je t'adressais hier lorsque le centurion Burrus vint m'apporter cette nouvelle ahurissante :

– Le corps a disparu !

J'ai tout de suite compris qu'il me parlait du magicien de Nazareth. J'ai tout de suite entrevu l'épaisseur des emmerdements qui m'attendaient si nous ne retrouvions pas immédiatement le cadavre.

Laisse-moi t'exposer en quelques mots l'affaire du magicien de Nazareth.

Depuis quelques années, un certain Yéchoua, un rabbin contestataire, fait parler de lui en Judée. L'homme n'avait pas grand-chose pour lui au départ : un physique passe-partout, un accent de bouseux galiléen assez gênant pour communiquer avec ses semblables, et surtout, il venait de Nazareth, le trou-du-cul du monde, ce qui normalement aurait dû suffire à l'empêcher de devenir populaire ; mais ses discours toujours un peu mystérieux et décalés, ses phrases à l'emporte-pièce, ses fables orientales tantôt douces tantôt violentes, son attitude complaisante avec les femmes, bref, en un mot, sa bizarrerie lui a gagné progressivement des suffrages. Très vite, dès qu'il a commencé ses marches à travers la Palestine, j'ai envoyé des espions. Ils m'ont écrit que l'homme leur semblait inoffensif, qu'il ne se préoccupait que de questions religieuses et que ses ennemis, à l'entendre, étaient plus le clergé officiel juif que l'occupant romain. Mes rapporteurs en étaient même surpris.

Par méfiance, j'ai solidement fait infiltrer le groupe de disciples qui grossissait toujours près de lui, comme s'il se nourrissait de ses paroles, afin de savoir où tout cela menait...

Car ici les sectes religieuses cachent toujours un propos politique. Depuis que Rome a imposé son ordre, ses troupes, son administration, et bien qu'elle ait laissé aux indigènes la liberté de suivre librement leurs cultes, l'enthousiasme religieux est devenu l'autre nom du nationalisme, le refuge sacré où s'élabore la résistance à César. Je soupçonne certains de s'affirmer juifs pour signifier seulement : je suis contre Rome. Les pharisiens, et même les saducéens que pourtant je contrôle, n'adorent leur dieu unique que pour mieux détester les nôtres et tout ce qui vient de nous. Quant aux zélotes, ennemis déclarés de César et ennemis de quiconque collabore avec César, ils sont de redoutables fanatiques qui nous haïssent, des brigands qui ne respectent aucune loi, même pas la leur, qui traitent d'impie tout ce qu'ils réprouvent et qui seraient capables, si je n'y prenais garde, de faire vaciller notre occupation et même, dans un spasme de barbarie supplémentaire, de détruire leur pays. J'ai donc voulu savoir précisément qui ce Yéchoua allait rejoindre, des zélotes, des pharisiens, des saducéens, ou bien, s'il était vraiment aussi naïvement religieux que mes espions me l'affirmaient, quel groupe allait récupérer sa notoriété et s'en servir comme levier contre moi. A ma grande surprise, rien de tout cela n'advint. Le magicien ne réussit qu'à se mettre tout le monde à dos. Les zélotes le haïssaient depuis qu'il avait justifié la présence de mes troupes et l'impôt romain en disant qu' « il faut rendre à César ce qui est à César » ; les pharisiens le prirent en flagrant délit de transgression de leur Loi lorsque le magicien méprisa le jour du Sabbat ; quant aux saducéens, conservateurs et grands prêtres du Temple, non seulement ils ne supportaient pas l'audace de ce rabbin qui préférait penser avec bon sens plutôt que répéter absurdement toujours les mêmes textes sacrés, mais ils craignirent pour leur pouvoir et obtinrent, ces jours-ci, de moi-même, la mort du magicien.

« Quelle importance ? me diras-tu. Tes ennemis se débarrassent eux-mêmes d'un ennemi potentiel ! Tu devrais t'en réjouir... »

Certes.

« Et puis, il est mort, ajouteras-tu. Tu n'as plus rien à craindre ! »

Evidemment.

J'ai cependant le sentiment que quelque chose est allé trop vite dans cette affaire. Je n'ai pas rendu ma justice, la justice de Rome, mais j'ai exécuté la leur, celle de mes opposants, la justice des saducéens approuvée par les pharisiens, j'ai débarrassé ces Juifs d'un Juif qui les contredisait. Etait-ce mon rôle ?

Pendant le procès, Claudia Procula, mon épouse, ne s'est pas gênée pour me le reprocher.

Son long et grave visage, sans trace de haine ni de passion, m'a regardé longuement.

— Tu ne peux pas faire ça.

— Claudia, ce magicien m'a été livré par les prêtres du sanhédrin. En tant que préfet, je n'ai rien à lui reprocher, mais, en tant que préfet, je dois aussi accéder aux demandes des prêtres si je veux avoir la paix avec le Temple. Comment peux-tu croire encore qu'un gouvernant gouverne ? Un gouvernant doit faire croire qu'il gouverne, mais ses décisions sont dictées par les équilibres des partis et des circonstances.

— Tu ne peux pas me faire ça.

J'ai baissé les yeux. Je n'osais plus soutenir le regard de cette femme que j'adore et à qui je dois ma carrière. Non seulement — et tu le sais très bien — Claudia a voulu épouser le lourdaud que j'étais contre l'avis de tous les siens mais encore elle a obtenu de cette même famille que je sois nommé à un poste important, préfet de Judée, poste que je n'aurais jamais obtenu sans sa protection, son charisme et ses appuis. Claudia Procula m'aime et me respecte mais, comme toute femme noble de Rome, elle est habituée à donner son avis et à intervenir dans les discussions d'hommes. Je ne le supporterais d'aucune autre femelle qu'elle et j'ai parfois du mal à contenir une violence de mâle qui me porterait plus à la faire taire qu'à accepter d'argumenter avec elle. Pour que mon prestige n'en souffre pas auprès de mes hommes, j'ai pu obtenir que ces discussions n'aient pas lieu en public. Mais elle profite de nos huis clos pour rendre ces échanges encore plus intenses.

— Tu ne peux pas me faire ça. Sans Yéchoua, je ne serais plus de ce monde.

Elle faisait allusion à la maladie qui l'avait tenue alitée pendant plusieurs mois. Elle perdait lentement son sang. J'avais fait convoquer tous les médecins de Palestine, des Romains, des Grecs, des Égyptiens et même des Juifs, mais aucun n'arrivait à enrayer l'hémorragie qui, d'ordinaire, dure quatre jours par mois chez les femmes, mais qui, subitement, chez Claudia Procula, ne cessait plus.

Son visage avait perdu toute vie, toute coloration, la pâleur de ses lèvres m'effrayait. Le moindre mouvement faisait battre son cœur de façon affolée et je voyais s'approcher le jour où Claudia cesserait de respirer.

Une servante lui ayant parlé du magicien de Nazareth, Claudia me demanda la permission de le faire venir. J'acceptai sans aucun espoir et n'assistai même pas à l'entrevue.

L'homme passa un après-midi auprès d'elle. Le soir même, le sang avait cessé de s'échapper du corps de Claudia.

Je n'arrivais pas à le croire ! J'hésitais encore à me livrer au violent bonheur de la voir guérie.

— Que t'a-t-il fait ?

— Nous avons parlé, rien d'autre.

— Il ne t'a pas touchée, auscultée, palpée ? Il n'a pas appliqué de pommade, d'onguent ? Comment t'a-t-il cautérisée ?

— Nous n'avons fait que parler. Et nous nous sommes dit tant de choses...

Elle n'avait pas encore assez de forces pour me répondre mais elle me souriait.

Au matin, elle paraissait plus fraîche, plus

vivante, comme si elle avait profité de la rosée. Elle se tourna vers moi et me dit simplement :

— Grâce à lui, j'ai accepté que nous n'ayons pas pu avoir d'enfants.

Tu sais comment sont les aristocrates romaines, mon cher Titus, elles te sortent une phrase sibylline avec un regard appuyé et tu dois faire semblant, si tu ne veux pas passer pour un balourd, d'avoir compris. J'ai donc pris un air entendu, tempéré d'un peu d'émerveillement, car c'est ce que semblait appeler comme réponse l'expression de mon épouse, et nous n'en avons plus parlé.

— Yéchoua m'a sauvée. Sauve-le à ton tour.

Elle faisait appel à un code d'honneur qui n'avait rien à voir avec mon office de préfet.

— Je vais le faire fouetter en public. D'ordinaire, une bonne giclée de sang suffit à satisfaire la soif d'une foule. Ainsi, il pourra peut-être s'en tirer.

Claudia approuva silencieusement. Nous étions d'accord et nous pensions tous deux que le magicien s'en sortirait.

Mais la scène ne produisit pas du tout l'effet escompté et, à partir de là, tout s'emballa. Mes soldats amenèrent l'homme sur le parvis du fort Antonia et firent siffler leurs verges sur sa peau.

Mais le condamné, bizarrement, ne criait pas, ne protestait pas, n'accusait même pas les coups par un râle ; il semblait s'exclure de la scène. Détachée, son attitude ne ressemblait ni à celle des coupables, ni à celle des innocents : il accomplissait un destin qui ne lui plaisait pas mais qu'il acceptait en se plaçant ailleurs. Son corps ne jouait même pas le rôle du corps supplicié ; la peau s'ouvrait et le sang coulait sans qu'une plainte s'échappât jamais. Yéchoua narguait ses juges et ses bourreaux, il faisait passer toute justice pour une parodie de justice, et le supplice pour sa contrefaçon. La foule était déçue. Elle s'excitait maintenant contre lui. Elle trouvait l'acteur nul, elle lui reprochait son indifférence. Elle voulait du spectacle, elle voulait une belle fin, elle réclamait la mort.

Je rejoignis Claudia dans l'ombre du fort. Je voulais l'informer que notre manœuvre avait échoué. Mais elle avait suivi la scène. Elle se blottit dans mes bras en sanglotant.

– Fais quelque chose. Je t'en supplie, fais quelque chose.

Si au moins ce Yéchoua avait pu verser un quart des larmes de Claudia, il aurait, je n'en doute pas, incité la foule à la clémence. Pour ma femme, plus que pour ce magicien que je savais innocent, je devais trouver quelque chose.

– La coutume ! La coutume de la Pâque !

Claudia me comprit immédiatement. Elle cessa de trembler et me gratifia d'un de ses regards admiratifs qui, même à quatre-vingts ans sans doute, me feront penser que je suis encore jeune et beau.

J'ordonnai à mes hommes de faire monter des geôles un brigand fameux ici, qui avait volé tout le monde et violé beaucoup de filles. La brute maniait trop facilement le poignard et ses derniers crimes nous avaient permis de l'arrêter. J'en étais d'autant plus soulagé que je soupçonnais le meneur d'hommes d'entraîner une armée de zélotes pour un proche soulèvement contre mon autorité. Il passait au cachot sa dernière journée car, dans l'après-midi, on devait le crucifier en compagnie de deux autres larrons de moindre envergure.

J'interpellai la foule et je lui rappelai la coutume voulant que, pendant les fêtes de la Pâque, le préfet de Rome relaxât un prisonnier. Je proposai à la foule de choisir entre Barabbas et Yéchoua. Je ne doutais pas une seconde de sa réponse, Yéchoua étant populaire et inoffensif tandis que Barabbas était dangereux et craint.

Les gens se taisaient. Ils étaient surpris. Ils regardaient Yéchoua, écroulé, tête basse, en sang, puis Barabbas, bien planté de manière arrogante sur ses jambes fortes, tout en muscles et peau brune, qui les défiait crânement.

Les gens commencèrent à chuchoter. Ils se consultaient. Quelques hommes passaient de groupe en groupe : j'imaginai qu'il s'agissait des disciples du magicien qui tentaient, heureusement, d'influencer le verdict. Je levai les yeux vers le fort et j'aperçus les yeux perçants de Claudia dans une fenêtre. Nous nous sommes souri.

La voix populaire rendit sa sentence. Elle enfla comme une rumeur, d'abord murmurée, puis prononcée, puis clamée, puis scandée, puis hurlée : « Barabbas ! »

Je ne comprenais plus. La foule réclamait la libération du voleur, du violeur, de l'assassin. Yéchoua n'avait rien commis, sinon des insolences religieuses, qui méritât qu'on le condamnât, et Barabbas, ce fils de pute, cette masse de chair cruelle, sanguinaire, égoïste, Barabbas dont forcément chaque famille dans cette foule avait à se plaindre, Barabbas trouvait grâce à leurs yeux !

J'étais révolté, déçu, écœuré, mais je devais obéir.

Je m'étais engagé vis-à-vis d'eux. Je n'avais

plus les mains libres. J'ai voulu me les laver devant eux.

J'accomplis le geste rituel qui signifie *cela ne me regarde plus*. Sur mon estrade, au-dessus des têtes vociférantes, je fis couler l'eau molle et lisse sur mes poignets, retrouvant miraculeusement mon calme dans le frottement des paumes, et je vis soudain, dans le liquide clapotant de la bassine en cuivre, se décomposer un fragment d'arc-en-ciel.

Au fond de moi, je pensais : je ne suis pas la justice sur la terre de Judée, mais le représentant de Rome. Mais dans le même temps, je pensais aussi : si Rome n'est pas la justice sur toutes les terres connues, pourquoi l'ai-je choisie pour maître ?

Je me retournai et jetai un dernier coup d'œil aux deux prisonniers avant de rentrer dans le fort. Et là, soudain, je compris ce qui avait modifié le destin des deux hommes, poussant l'un à la croix et l'autre hors de prison ; je compris mon erreur ; je vis ce qu'avait vu la foule et ce que je n'avais pas su voir : Barabbas était beau et Yéchoua était laid.

Dans sa chambre, Claudia m'attendait. Je regardais cette grande Romaine, élégamment couverte de voiles pâles, ses fines articulations prises dans de lourds bracelets, cette aristocrate au teint de liseron qui avait eu les sept collines de Rome à ses pieds : elle se mordait les doigts pour un bouseux galiléen ! De sa fenêtre, elle toisait la foule avec mépris, les traits tendus, les lèvres violettes de colère, incapable de s'habituer à l'injustice.

– Nous avons échoué, Claudia.

Elle approuva lentement. Je m'attendais à ce qu'elle protestât mais elle semblait avoir consenti aux évènements.

– Tu ne pouvais rien faire, Pilate. Il ne nous a pas aidés.

– Qui ?

– Yéchoua. Par son comportement, il a appelé la mort sur lui. Il voulait mourir.

Peut-être avait-elle raison... Ni avec les prêtres, ni avec moi, ni avec la foule, le magicien n'avait fait aucun des gestes qui permettent d'obtenir la clémence. Sa rigidité, son refus du pathétique, ses réponses claires l'avaient en revanche continuellement poussé vers son trépas.

– Il ne nous reste plus qu'à attendre, conclut Claudia.

Je la dévisageai sans comprendre.

– Attendre quoi, Claudia ? Dans quelques heures, il sera mort.

– Il nous reste à comprendre ce que, par sa mort, il veut nous dire.

J'ai beau aimer Claudia, j'étais au bout de la patience qu'une intelligence mâle peut avoir en face d'une intelligence femelle. Claudia fait partie de ces êtres pour qui tout est signe, la tombée d'une feuille, le vol d'un oiseau, l'emploi d'un mot, la coïncidence des pensées, la direction du vent, la forme d'un nuage, les yeux des chats ou les silences des enfants. Comme les devins, les femmes ont tendance à mettre de la pensée partout, à lire l'univers des objets et des choses comme un parchemin. Elles ne regardent pas, elles déchiffrent. Tout a toujours un sens. Si le message n'est pas apparent, il est caché. Il n'y a jamais de faille, jamais d'insignifiance. Le monde est définitivement touffu. J'avais envie de lui répliquer que la mort n'est que la mort, qu'on ne signifie rien par sa mort mais qu'on la subit, et qu'elle ne trouverait jamais d'autres sens à la mort de son magicien que la cessation de sa vie. Mais je me retins au dernier moment : peut-être Claudia s'inventait-elle ce monde où tout, même le pire, lui disait quelque chose, pour éviter de trop souffrir.

Je pris donc, à mon habitude, le visage entendu de celui qui pesait les paroles de Claudia à leur juste poids d'or et je rejoignis mes centurions pour régler le détail des exécutions.

Quelques heures plus tard, Yéchoua était mort, Barabbas libéré.

– Le corps a disparu !

Tu comprends mieux désormais ma surprise lorsque le centurion Burrus vint m'annoncer l'étrange nouvelle. Le magicien continuait ses tours ! Claudia allait pouvoir triompher.

Encadré par une cohorte, je chevauchai immédiatement vers le cimetière qui n'est pas loin du palais, pour happer au plus vite le peu de vérité qui pouvait encore stagner dans l'air.

Une dizaine de Juifs, hommes et femmes, se tenaient autour du tombeau. Notre arrivée les fit s'évanouir dans les bosquets en fleurs. Il ne resta que deux gardes devant le trou béant.

Je vis à leurs costumes qu'ils appartenaient à la garde de Caïphe, le grand prêtre du Temple, celui-là même qui avait été le plus acharné à faire condamner et tuer Yéchoua.

– Que font-ils là ?

Mon centurion m'expliqua que le grand prêtre, craignant qu'on ne vole le corps pour en faire l'objet d'un culte, avait fait garder la tombe depuis la veille.

– Alors qu'avez-vous vu ?

Les gardes, paupières fermées, ne répondaient pas. Deux têtes de pioche aux traits épais, comme si elles avaient été esquissées rapidement dans la glaise par un potier malhabile qui n'aurait utilisé que ses pouces, se taisaient. Leurs lèvres tremblaient, mais ils ne disaient rien, épaules basses, roulés en boule dans leur silence.

— Je les ai fouettés, Pilate, ils disent n'avoir rien vu de la nuit.

— C'est impossible !

Je m'approchai du tombeau, un sépulcre à la mode d'ici, comme tu n'en as sans doute jamais vu. En Palestine, on ne creuse pas la terre, mais une paroi rocheuse où l'on ménage une grotte. Puis on ferme la caverne par une énorme pierre ronde qui tient lieu de porte.

La meule avait été tirée sur le côté, bloquée par une cheville, laissant béante la moitié du tombeau.

— Pourquoi l'a-t-on rouvert ?

— Ce matin, les femmes voulaient y déposer des aromates, de la myrrhe et de l'aloès, comme un présent au mort.

— Et qui a roulé la pierre ?

— Les femmes, les deux gardes et, comme ils n'y arrivaient pas à cause du poids de la pierre, je me suis joint à eux lors de ma ronde, répondit le centurion, et c'est ainsi que nous avons découvert que le tombeau était vide.

Je regardai la bouche d'ombre dans le roc.

Je ne parvenais pas à croire à cette histoire de corps disparu. S'il fallait tant de forces réunies pour rouler la pierre du tombeau le matin, comment le magicien, tout seul aurait-il pu, pendant la nuit... ? Non, c'était absurde.

Sans attendre, j'entrai dans la tombe. Le geste s'était fait presque sans moi. J'en fus étonné. Pourquoi pénétrer ainsi chez les morts ? Avais-je franchi une dangereuse limite ?

Après un bref vestibule, la grotte conduisait à une chambre où trois couches avaient été creusées à même le rocher. Elles étaient toutes vides. Sur l'une seulement, il y avait les traces du magicien : des bandelettes, des onguents et surtout le suaire, un drap d'une très belle qualité, sali sporadiquement par les traces brunâtres des blessures. Il était soigneusement plié et posé au bord de la couche.

C'était absurde. Autant que la disparition du cadavre, cette étoffe rangée avec méticulosité défiait tout bon sens. Qui l'avait ôtée des chairs où les croûtes de sang la tenaient collée ? Puis qui avait pris la peine inutile d'en faire un paquet

parfaitement géométrique ? Qui pouvait manifester une maniaquerie si hors de propos dans
une tombe ? Le magicien était-il si soigneux que,
par réflexe, revenant à lui, il...

Je tenais l'étoffe et la triturais avec mes doigts,
comme si je pouvais en faire surgir la solution.
Mon songe était confus. Une torpeur m'envahis-
sait. Je m'assis sur la couche. Je m'imaginais là,
mort, enfermé dans la roche pour des heures
interminables, sans autre lumière qu'un ongle de
soleil au coin où les pierres joignaient mal, dans
cet univers sans bruits ni plantes. Je m'imaginais
être Yéchoua, le long Yéchoua au corps mince,
reposant ici après les souffrances de la croix.

Une sorte de plomb fondu se glissait dans mes
poumons. Un poids, sur ma poitrine et mes
épaules, était en train de me tasser, de m'aplatir.
J'avais envie de m'étendre. J'avais envie de rester.
Je ne me sentais plus de forces. Un engourdissement, entre le plaisir et le malaise, m'ôtait les
jambes et la volonté.

Soudain, je compris ce qui se passait. J'aperçus
dans un angle un énorme tas d'aromates, un
mélange de myrrhe et d'aloès, que l'on avait
déposé là pour purifier l'air des morts mais qui
était en train de m'intoxiquer, moi, le vivant...

Je m'arrachai de la tombe et sortis comme une

flèche. La lumière crue du soleil me donna une gifle bienfaisante.

Je regardais le verger, les cerisiers poudrés de fleurs, les feuilles vertes et acides du printemps, et là, dans ce monde gorgé d'odeurs, de couleurs et de chants d'oiseaux, je pouvais même subitement douter que la mort existât.

Je retournai vers mon cheval et, avant de partir, j'observai une dernière fois les gardes. Ils fixaient bêtement leurs pieds.

Mon jugement se forma en un instant : à leurs pupilles dilatées, je compris qu'ils avaient été drogués. J'avisai les deux gourdes de peau qui se trouvaient non loin sur l'herbe. Elles étaient malheureusement vides et, à renifler les goulots, il était difficile de repérer un somnifère sous le fumet âpre et râpeux des mauvais vins de Palestine. Néanmoins, je savais à quoi m'en tenir : on avait drogué les gardes pour qu'ils s'assoupissent. Ainsi n'avaient-ils pu ni voir ni entendre la troupe des voleurs rouler la pierre, emporter le cadavre et refermer le tombeau. La mise en scène était parfaite : le public, même peu naïf, devait forcément croire aux pouvoirs surnaturels du magicien.

Je retournai au fort et pris les décisions qui

s'imposaient : il fallait mettre la main sur les voleurs et retrouver le corps de Yéchoua.

Mes secrétaires s'en étonnèrent.

– Nous n'avons pas, ô préfet, à nous occuper d'une profanation de sépulture juive. L'affaire relève plus du grand prêtre et de son sanhédrin. Elle n'est pas de notre juridiction.

– Je dois assurer la sécurité.

– La sécurité des vivants, ô Pilate, pas la sécurité des cadavres, encore moins celle des cadavres juifs, et surtout pas le cadavre d'un Juif criminel.

– Yéchoua n'était coupable de rien.

– Vous l'avez pourtant crucifié.

Je frappai sur la table pour faire cesser toute discussion.

– Contentez-vous d'obéir. C'est à moi de calculer les conséquences et je peux d'ores et déjà vous annoncer que si on laisse croire que le magicien est revenu *seul* à la vie, a roulé *seul* la pierre de son tombeau, nous allons au-devant du plus grand désordre imaginable sur cette terre pourrie où même le vin et les citrons ont des accès de fièvre ! Les auteurs du larcin pourraient créer un mouvement de foi tellement fort que, bientôt, tout le peuple d'Israël n'aura plus que le nom de Yéchoua à la bouche, qu'il nous le crachera à la figure, et qu'il n'aura de cesse de nous foutre dehors, nous les Romains qui serons responsables de son supplice. Mais cela peut même aller beaucoup plus loin et modifier tout l'équilibre des forces en présence. Si nos visiteurs de sépulture réussissent leur spectacle, ils dresseront aussi le peuple contre les pharisiens, qui haïssaient Yéchoua, contre les saducéens, qui ont fait son procès puis m'ont livré le condamné pour que je l'exécute, et même les zélotes, puisqu'on a préféré libérer Barabbas, un des leurs, plutôt que Yéchoua. En un mot, si vous ne retrouvez pas les petits plaisantins qui se sont payé la gueule du monde entier cette nuit, demain tout Israël est à feu et à sang et nous pouvons reprendre le bateau pour Rome, à condition que nous n'ayons pas été massacrés avant d'atteindre le port de Césarée. Suis-je clair ?

Burrus, suivant mes instructions, est parti rechercher les coupables. J'ai une idée très précise de qui ils sont, et du lieu où ils sont. Dans quelques heures, la plaisanterie sera éventée et tout rentrera dans l'ordre. En attendant, je t'écris cette lettre, mon cher frère, et c'est, je l'avoue, moitié pour t'informer, moitié pour tromper mon impatience. Mes domestiques continuent à préparer nos malles pour la caserne. Je ne doute pas que cette affaire soit vite réglée, elle ne me retiendra pas à Jérusalem. Je t'en écrirai le dénouement dans mes quartiers de Césarée. En attendant, porte-toi bien.

De Pilate à son cher Titus

Ces dernières heures furent déroutantes. La réalité résiste à ma logique. Je ne fais pourtant pas partie des exaltés qui rêvent la réalité plutôt qu'ils ne la voient, qui la parent, comme une maîtresse lointaine et juste entraperçue, de mille qualités, mille paroles non prononcées, mille intentions inavouées qui conspirent à leur bonheur, mille silences qui s'expliqueront heureusement, non, je ne suis pas de ces amants en imagination, fabricateurs de beauté, artisans de bonté, doreurs d'idéal, démiurges de la félicité. La réalité, moi, je la connais ; pis même, je la soupçonne. Je m'attends à ce qu'elle soit toujours plus laide qu'elle n'apparaît, plus violente, plus sinueuse, plus torturée, ambiguë, captieuse, revancharde, intéressée, égoïste, radine, agressive, injuste, versatile, indifférente, vaine, bref, en un mot : plus décevante. Aussi, je ne la quitte pas, la réalité, je la traque, je la colle au cul, je suis à l'affût de toutes ses faiblesses et de ses mauvaises odeurs, je la presse de rendre son jus immonde.

Cette lucidité donne à ma vie un drôle de goût, un peu amer, mais elle fait de moi un préfet efficace. Aucun discours, même le plus flatteur, le plus mielleux, le plus fleuri de promesses, ne m'empêche de saisir le jeu des forces en présence. Parce que mon esprit ressemble à un couteau de chirurgien qui va directement au centre de la plaie, je me trompe assez rarement. Habitué à négliger les perspectives flatteuses ou optimistes, je vais souvent droit au but, et j'y vais vite.

Or ces dernières heures m'ont plutôt donné l'impression que je piétinais en rond dans un manège.

L'après-midi d'hier, mes hommes avaient retrouvé la trace des disciples du magicien. Les sectateurs de Yéchoua s'étaient réfugiés dans une ferme abandonnée, non loin de Jérusalem.

Je pris une cohorte de vingt hommes et je quittai le palais. Au-delà des portes de la ville, nous dépassions les pèlerins qui, après leur voyage annuel, retournaient dans leur pro-vince ; volés par les hôteliers, exploités par les marchands, détroussés par les prêtres, ils affi-chaient cependant le visage lisse et l'œil satisfait des hommes qui viennent de remplir leur devoir.

Derrière nous, au fond de la vallée, se dressait Jérusalem, ceinturée de murailles, exhibant orgueilleusement les tours du palais d'Hérode le Grand, les élancements monumentaux du Temple, avec ses portiques de marbre blanc étincelant rehaussé de dorure. Je haussai les épaules : c'était une capitale, certes, mais une capitale orientale, excessive, prétentieuse, clinquante, la capitale du mensonge religieux, la capitale de l'exploitation des âmes naïves, la capitale de la manipulation des esprits, de la torture mentale par les armes de la culpabilité et du repentir, une citadelle d'inanité que le magicien de Nazareth avait dénoncée avec violence et, sur ce point, je dois admettre que j'étais d'accord avec lui.

Une fois le col passé, Burrus désigna du doigt une bergerie en contrebas. La toiture crevassée du bâtiment indiquait qu'il ne servait plus aux bêtes.

— Ils se cachent ici.

Je divisai ma cohorte afin que nous arrivions de toutes parts et empêchions les hommes de s'enfuir. Puis, sur mon signe, nous galopâmes vers la bergerie.

Personne n'avait bougé entre les murs. Il fallut y entrer et sortir un à un les disciples qui tremblaient comme des sauterelles.

On rangea les hommes devant moi. Leurs corps me jetaient au nez une puissante odeur animale, l'odeur de la peur panique, l'odeur de celui qui va mourir. Ils pensaient que je venais les arrêter pour leur faire subir le même sort que leur maître, et, face à la perspective de la crucifixion, dégoulinant de sueur, veines gonflées et yeux exorbités, ils réagissaient de manière beaucoup plus instinctive et normale que celui-ci.

Je ne m'étais pas trompé : ils étaient en nombre suffisant pour avoir fait rouler la pierre silencieusement et transporté le cadavre. On avait raconté qu'ils avaient fui Jérusalem le jour même de l'arrestation de Yéchoua, et qu'ils n'avaient pas assisté à son exécution, craignant que les prêtres ou la foule ne s'en prennent aux disciples après le maître. Mais qu'est-ce qui me prouvait que, plutôt qu'une prudence lâche, ce n'était pas un calcul ? Ils se cachaient pendant le supplice inévitable puis, à l'insu de tout le monde, subtilisaient le corps dans une mise en scène si parfaite qu'on serait obligé de croire que le magicien avait disparu de lui-même, exerçant son pouvoir au-delà de la mort. Cet élément de mystère leur suffirait pour vivre, quelques années encore, du culte de Yéchoua en abusant les crédules.

– Où est le corps ?

Aucun ne répondit. Ils ne semblaient même pas comprendre la question.

– Où est le corps ?

Ils se regardaient par-dessous les uns les autres, de plus en plus paniqués. Ils me craignaient tellement que je les sentis presque désireux de me répondre.

L'un d'eux tomba à genoux devant moi.

– Pitié, seigneur, pitié.

Les autres le suivirent. Ils se prosternaient tous. Ils bafouillaient des excuses.

– Nous avons cru Yéchoua parce que nous étions naïfs. Nous nous sommes laissé avoir par ses promesses. Il nous a bien barbouillés de miel, il nous faisait tout voir avec des yeux différents, il nous donnait de l'importance. Mais nous n'avons rien fait de mal, jamais ! C'est lui et lui seul qui a renversé les étals des marchands du Temple, c'est lui et lui seul qui a tout mis à bas, chassé les changeurs et les vendeurs au fouet ! Nous, nous étions restés derrière, en retrait, sous la porte de Suse. Nous étions aussi surpris par ces colères. C'est lui qui critiquait le Sabbat, pas nous ; nous, nous l'avons toujours respecté. C'est lui qui se moquait ; pas nous. Notre seule faute fut de l'avoir un peu trop écouté. Mais nous le regrettons aujourd'hui.

Depuis qu'il est mort sans réagir sur une croix, comme un voleur, nous avons mesuré notre erreur. A la lumière d'aujourd'hui, nous comprenons que nous n'aurions jamais dû le suivre, que nous aurions dû fuir tout de suite. Quand on pense que nous avons quitté notre famille et notre travail pour lui...

Ils avaient de vraies têtes de cocus outragés, leurs visages torturés par l'indignation, incessamment remués par une tempête de dépits qui emmenait sur son passage une moisson d'espoirs fauchés, d'heures perdues, d'illusions pulvérisées. Selon mes espions, certains suivaient depuis quatre ans Yéchoua, ayant épousé sa misère, sa foi, ses luttes, sa vision, et voilà que leur rêve s'était achevé, brutalement, par la mort de leur champion dans la force de l'âge ; leur songe venait de se fracasser contre une croix ! Aujourd'hui, ils comprenaient qu'ils étaient des naïfs ; demain, on les traiterait d'imbéciles. Jusqu'à la fin de leurs jours on les moquerait sans répit, et – bien plus grave encore – ils seraient contraints de se moquer d'eux-mêmes.

C'étaient de pauvres Juifs, des hommes du peuple encore jeunes mais que les rudesses des voyages, du soleil, de la mendicité faisaient paraître plus vieux que des Romains du même âge, des hommes du peuple en hardes, le dos trempé par la crainte, prosternés à mes pieds.

— Pourquoi n'êtes-vous que dix ?

Je venais de me souvenir que, dans les rapports de mes espions, on me parlait de douze sectateurs.

— L'un de nous s'est pendu.

— Et le douzième ?

— Mon frère Yohanân est resté à Jérusalem, dit l'un des plus jeunes.

Burrus se pencha vers moi et me glissa dans l'oreille que Yohanân et Jacob appartenaient à une famille riche, influente, liée au grand prêtre Caïphe.

— Yohanân nous a quittés ce matin pour se rendre au tombeau.

— Et pas vous ?

— Nous, nous rentrons chez nous. Nous avons compris notre erreur.

— Où étiez-vous cette nuit ?

— Ici.

Ils avaient l'air sincères. Des menteurs n'auraient pas eu des attitudes aussi coupables, aussi fautives. Des menteurs auraient brandi avec force leur alibi.

J'ordonnai à mes hommes de fouiller la bergerie et les alentours. Ils ne trouvèrent pas le cadavre. Les disciples ne semblaient même pas avoir conscience de ce que je cherchais, ils continuaient à plaider leur cause auprès de moi en accusant le magicien.

Le plus acharné à accabler son ancien maître était Syméon, un colosse aux épaules larges, aux muscles saillants, au cou puissant parcouru de multiples veines violettes, comme un réseau de vers de terre. Il mettait une telle énergie à brûler ce qu'il avait adoré que j'imaginai avec quel excès, par le passé, il avait dû vénérer et aimer Yéchoua.

Car, je l'ai appris de mes voyages, le sentiment de la nuance fait le Romain, l'excès fait le Juif.

Tout cela commençait à me fatiguer. Il était évident que ces misérables avaient tout perdu et qu'ils étaient persuadés que nous n'étions venus que pour les arrêter, que leur avenir était la prison du fort Antonia, le procès du sanhédrin, et sans doute la mort. S'ils avaient pu donner un élément pour se défendre, s'en tirer, ils l'auraient déjà lâché.

A cet instant, une forme blanche apparut sur le chemin. Venant de Jérusalem, arrivait au pas de course un beau garçon de dix-huit ans, aux longs cils bruns, au corps bien découplé, qui

144

semblait être en proie à une émotion extrême. Négligeant notre cohorte, ma présence, il se précipita vers les disciples et leur cria.

— Yéchoua n'est plus dans son tombeau !

Les Juifs furent tellement abasourdis qu'on aurait pu douter, à leur immobilité, qu'ils eussent bien entendu. Le jeune homme répéta joyeusement la nouvelle, surpris de ne pas obtenir de réaction. Mais les disciples ne l'écoutaient pas, ils me regardaient du coin de l'œil, essayant de faire comprendre au jeune homme que j'étais là.

Le jeune homme se retourna alors vers moi et, sans se démonter une seconde, me sourit.

— Bonjour, Ponce Pilate. Je suis Yohanân, le fils de Zébédée. Je viens leur annoncer ce que tout Jérusalem sait désormais : Yéchoua a quitté son tombeau !

Effectivement, Yohanân avait l'assurance insolente des fils de grande famille. Je ne supporte pas que l'on m'adresse la parole sans que j'aie parlé d'abord. Je ne répondis donc pas et fis signe à ma cohorte de se rassembler.

Je toisai les disciples.

— Je ne vous arrête pas. Rentrez chez vous. Et ne remettez plus les pieds à Jérusalem.

A ces mots, les visages se décrispèrent comme la terre sèche du Sinaï cesse de craqueler à la

145

première pluie. Ils se regardaient les uns les autres, interloqués, rescapés : ils étaient libres ! Ils s'inclinèrent devant moi, sauf Yohanân. Syméon, éperdu de reconnaissance, m'embrassa même les pieds, pas le moins du monde gêné de témoigner aussi bassement sa joie.

Je les admonestai cependant une dernière fois :

— Rentrez chez vous, reprenez votre travail, oubliez le magicien et cessez de colporter la nouvelle de son cadavre disparu. Dans quelques heures, nous l'aurons retrouvé et nous mettrons sous clé les voleurs.

Yohanân éclata de rire et je vis ces belles dents de jeune homme heureux qui se moquaient crânement de moi. Je saisis mon fouet pour le frapper mais il m'arrêta en me disant très vite :

— Je sais qui a pris le corps de Yéchoua.

Il ne riait plus. Il semblait sincère. Etait-ce mon fouet qui l'avait ramené à des sentiments plus respectueux ? Il insista en me fixant dans les yeux.

— Je sais qui c'est.

Je pris le temps de ranger mon fouet à ma ceinture. Après tout, cette expédition n'avait pas été inutile.

— Comment le sais-tu ?

— C'était prévu. Il y avait un plan.

— Intéressant. Eh bien ?

— Tout s'est déroulé dans l'ordre.

— Intéressant. Et qui a volé le cadavre ?

— L'ange Gabriel.

Je contemplai longuement le pauvre garçon. De toutes les forces de son jeune corps, de sa jeune âme, il croyait à ce qu'il disait. Pour ta gouverne — car fort heureusement tu ignores, mon cher frère, ces sottises hébraïques — sache que les anges — une spécialité d'ici, au même titre que les oranges, les dattes ou le pain sans levain — sont des messagers de leur Dieu unique, des créatures spirituelles qui prennent des formes humaines, une sorte de troupe de soldats immatériels et sans sexe qui sont intervenus, paraît-il, maintes fois pour écrire l'histoire de ce peuple qui se croit élu. Pour aller et venir entre le ciel et la terre, ils empruntent une échelle que je n'ai jamais vue. Ils sont naturellement très anti-romains aujourd'hui, comme ils furent anti-égyptiens dans le passé, car ils se solidarisent magnifiquement avec les Juifs dans toutes leurs querelles. Ceux-ci les font intervenir pour expliquer l'inexplicable, lorsque leur raison trébuche, c'est-à-dire très souvent. Donc, ce jeune homme avait naturellement interprété ce qui lui échappait par une intervention divine, et, pour donner plus de crédibilité à son explication, nous révélait même le nom de l'ange : Gabriel. Car ces étranges créatures, bien que personne ne les appelle, ont néanmoins un prénom dont la terminaison « el » indique qu'ils viennent de Dieu et obéissent donc aux appellations de Mikaël, Raphaël, ou Gabriel, celui-ci semblant s'être spécialisé dès l'origine dans le destin de Yéchoua puisqu'on raconte qu'il est venu annoncer sa naissance à sa mère – rien de moins ! Tu vois, à ce galimatias de pensées, ce que signifie être préfet de Judée... Je ne suis pas seulement exposé quotidiennement aux désordres des hommes – rivalités, nationalismes, soulèvements, émeutes – mais aussi aux désordres extrêmes de leur pensée. La Judée rend fou, comme un vin qui fait perdre toute clarté, toute mesure ; le paradoxe de cette terre sèche, nette, parfois désertique, sans brume et sans nuages, est qu'elle produit des brouillards de pensée, les vapeurs les plus confuses de foi et de spiritualité.

J'ordonnai à mes troupes de rentrer et, sans un commentaire, nous abandonnâmes les disciples à leurs délires. Je savais désormais où nous devions nous rendre pour récupérer le cadavre.

Lorsque j'avais compris que les disciples, à la fois trop lâches et trop déçus pour entreprendre quoi que ce fût n'auraient jamais eu l'impulsion de tricher et de piper les dés, j'avais tout de suite saisi d'où venait le subterfuge. Il fallait quelqu'un d'établi, respecté, partisan de Yéchoua, qui puisse garder, mobiliser une troupe de voleurs efficaces, discrets et silencieux, puis cacher un cadavre sans éveiller de soupçons.

Je mis le cap sur le domaine agricole où prospérait le riche et respecté Yoseph d'Arimathie.

Comment n'y avais-je pas pensé plus tôt ? Yoseph était évidemment l'homme qui tirait toutes les ficelles depuis deux jours...

La ferme apparut à l'est de Jérusalem après une mer d'oliviers. Tout autour s'élançaient des vignes à perte de vue. Grâce au vin qu'il en tire, Yoseph passe pour être un des hommes les plus fortunés d'ici, ce qui lui permet de siéger au sanhédrin, l'assemblée qui rend la justice sur les affaires religieuses, celle-là même qui fit le procès du magicien. Le sanhédrin comprend trois classes : les prêtres, les docteurs de la Loi et les grandes familles aisées. C'est à ce titre que Yoseph y statue et il y tient un discours modéré, loin des excès religieux habituels. Cependant, il s'était intéressé plus que de raison à Yéchoua. Au soir de la crucifixion, Yoseph vint me demander le droit de décrocher Yéchoua, de l'embaumer et de l'ensevelir dans son tombeau tout neuf qu'il venait de faire aménager.

Il semblait légèrement honteux de me faire cette requête. Je comprenais qu'il avait voté, par discipline de vote, avec le sanhédrin la mort de Yéchoua et qu'il était embarrassé d'avouer au préfet de Rome qu'il avait plus d'intérêt religieux qu'il n'en avait jamais laissé paraître. Il avait été aussi, simplement et humainement, bouleversé par la sauvagerie de cette dernière journée du magicien. Sans trop poser de questions, j'acceptai sa proposition d'ensevelir Yéchoua. Il fallait faire vite, avant le coucher du soleil ; sinon le Sabbat et la Pâque allaient interdire toute activité et le cadavre allait empester inutilement sur sa croix. De plus, j'avais toujours estimé Joseph, sage marchand, bon père de famille et modéré au sein de ce sanhédrin que j'essaie de contrôler autant qu'il est possible.

Sur le moment, je n'avais pas imaginé à quel plan tortueux j'étais en train d'acquiescer.

Notre troupe passa le portail du domaine et le trouva dans un étrange état. On aurait dit un décor en attente d'acteurs. Tout était là et rien ne vivait, rien ne se produisait. Portes et fenêtres étaient ouvertes mais les femmes ne s'interpellaient pas de l'une à l'autre ; la grange était béante, l'enclos des poules entrebâillé, mais aucun berger, aucun palefrenier, aucune fille n'y circulait. Nous avancions dans un monde figé, impressionnés par le silence. Des tas de foin avaient été répandus au sol, des outils jetés à bas, des bâtons se dressaient, plantés dans le trou à fumier.

Nous mîmes pied à terre et découvrîmes qu'à l'intérieur de la ferme la bizarrerie continuait : les coffres étaient ouverts, les sacs éventrés, le linge dispersé, les meubles renversés, les lits retournés, les paillasses déchirées, les rideaux arrachés. Aucun doute : des brigands venaient d'attaquer la ferme.

Mais où étaient les domestiques et les habitants ? Je craignais le pire. Pourvu que nous ne retrouvions pas que des cadavres !

J'envoyai mes hommes fouiller la grange, l'écurie, les alentours. Burrus et moi, nous parcourions la maison.

J'arrivai dans la chambre principale, celle de Yoseph et son épouse. Tout avait été mis sens dessus dessous mais il n'y avait pas de traces de sang. En regardant le lit, mes yeux s'écarquillèrent. Au milieu des draps froissés était renversé tout le contenu d'un coffre, bijoux, bagues, bracelets, pièces d'or...

Comment expliquer cela ?

Des voleurs étaient donc venus chez Yoseph et n'avaient rien pris ? Ils laissaient une fortune derrière eux, au mépris des risques encourus, des coups donnés ? Mais que cherchaient-ils donc ? Autre chose ?

– La cave ! Il faut aller dans la cave !

Burrus me suivit sans comprendre. Lorsque nous nous approchâmes de la lourde porte basse, j'entendis les gémissements et je sus que j'avais raison : tous les gens de la ferme, femmes, hommes, enfants, vieillards, étaient là, ligotés et bâillonnés au milieu des hautes jarres et des cuves.

Je défis moi-même les liens de Yoseph et je le soutins pour remonter au jour. Il a un de ces visages dont les rides franches et précises, en soleil autour des yeux pâles et bleus, résument l'honnêteté d'une vie. Tout y est harmonie. Seuls les sourcils exubérants témoignent d'un peu de fantaisie. J'avais compris ce qui venait de se passer mais je voulais qu'il me le dise lui-même.

– Yoseph qu'est-il arrivé ?

– Des hommes sont venus. Ils recherchaient le cadavre.

Il se tourna vers moi et eut un petit sourire ironique.

– Ils ont fait le même raisonnement que toi.

– Qui était-ce ?

– Ils étaient masqués.

La phrase fermait le dialogue : il n'en dirait pas plus. Je compris ce que Yoseph me signifiait par là : si les hommes étaient masqués, c'est qu'ils pouvaient être reconnus de Yoseph ; si Yoseph pouvait les reconnaître, c'est qu'ils étaient de Jérusalem. Et qui, à Jérusalem, voulait récupérer le cadavre pour empêcher tout culte posthume gênant, sinon les hommes du sanhédrin ?

Je murmurai pensivement :

– Caïphe ?

Yoseph d'Arimathie ne répondit pas, seule manière honorable pour un Juif de livrer un secret à un Romain.

Caïphe avait donc, comme moi, soupçonné Yoseph d'avoir organisé la disparition du cadavre.

– Est-ce que Caïphe est reparti bredouille ?

Yoseph d'Arimathie me fixa longuement.

– Oui ! Et si tu ne me crois pas, va donc lui demander. Vous m'avez tous les deux prêté des intentions que je n'ai jamais eues. Fort heureusement d'ailleurs. Car je suis ravi de voir, sans avoir levé le petit doigt, la tournure que prennent les évènements... Maintenant, il ne nous reste plus qu'à attendre.

— Attendre quoi ?

— La confirmation que le corps a bien été volé. Il va falloir que Caïphe et toi vous le prouviez.

— Nous n'avons pas à prouver qu'un cadavre qui disparaît est un cadavre volé : c'est l'évidence.

— De moins en moins ! Et j'ai peur pour toi que, chaque jour qui passe, l'évidence ne s'appelle l'ange Gabriel.

J'étais déçu. Yoseph ne se révélait pas aussi sage que je me l'étais imaginé. Nous étions dans la cuisine ombreuse, les aromates pendaient des poutres, trois poulets aussi qui attendaient d'être plumés. Les femmes s'agitaient autour d'un domestique, un valet grand et maigre, qui avait été blessé lorsqu'il s'était opposé aux hommes masqués.

— Yéchoua n'était pas un homme ordinaire, reprit Yoseph. Sa vie ne fut pas ordinaire. Sa mort ne le sera pas non plus.

— Pourquoi as-tu voté sa mort si tu penses du bien de lui ?

Yoseph s'assit et se frotta le front. Il s'était posé mille fois la question que je lui adressais. Il nous servit du vin.

— Pour Caïphe, notre grand prêtre, les choses sont toujours simples. Il voit clairement le bien et le mal. Là où un esprit ordinaire hésite, lui

154

tranche. C'est en cela qu'il mérite d'être un chef. Pour moi, les choses sont toujours plus complexes. Yéchoua m'intéressait, me troublait, me faisait penser de façon inhabituelle, m'ouvrait la perspective de beaux espoirs. J'étais impressionné par ses miracles, quoique lui-même les détestât. Caïphe avait pris Yéchoua en grippe, il lui reprochait de blasphémer, et, ce qui est plus grave, de blasphémer en se faisant applaudir par le peuple. Tout ce que disait Yéchoua n'était pas contre nos livres, mais Caïphe voyait en Yéchoua un danger pour l'institution du Temple. Il ne faisait pas de nuances pour le condamner énergiquement.

– Alors tu as obéi à Caïphe lors du procès ?

– Non, j'ai obéi à Yéchoua.

– Pardon ?

– Au moment du vote, alors que je voulais l'épargner, Yéchoua s'est tourné vers moi, comme s'il m'entendait penser. Ses yeux m'ont dit clairement : « Yoseph, ne fais pas cela, vote la mort, comme les autres. » Je ne voulais pas lui obéir, mais résonnait de plus en plus fort au fond de ma tête ce que son regard me criait. Il ne me lâchait plus, comme si j'étais sa proie. Alors, j'ai cédé. J'ai voté la mort. Il y a eu unanimité.

– Vous n'en aviez pas besoin, de cette unanimité ?

155

— Non, la majorité aurait suffi.

— Alors ?

— Yéchoua le voulait ainsi.

Ainsi Yoseph, comme Claudia Procula mon épouse, s'était rallié à l'idée que Yéchoua voulait mourir. L'admiration fait faire d'étranges calculs. Parce qu'ils voulaient continuer à admirer Yéchoua, et parce qu'ils n'admettaient pas sa mort stupide, Claudia et Yoseph devaient croire désormais que Yéchoua lui-même avait tenu à mourir. Leur héros demeurait un héros s'il avait souhaité et maîtrisé sa mort. Quelles contorsions ridicules ! Quel refus de voir le monde tel qu'il est ! J'en étais écœuré de pitié. J'aurais préféré être moins perspicace, ne pas voir s'agiter ainsi, à nu, les rouages du mécanisme humain. Pour ne pas perdre leur estime d'eux-mêmes, Claudia et Yoseph devaient continuellement grandir le magicien.

Je quittai Yoseph.

Au moment de passer le portail, je me retournai vers lui.

— Je ne voudrais pas être à ta place, Yoseph. Tu as prêté des pouvoirs aberrants à ce magicien, et tu as eu tort. Tu as mis des espoirs insensés dans ce magicien, et tu as eu tort. Mais cela n'est pas grave, à mon sens. Yéchoua était un homme singulier, illuminé mais un brave homme, qui n'a jamais fait de mal à personne et ne s'en est jamais pris à Rome. J'ai tout fait pour lui épargner la mort, je la trouvais injuste. Je ne m'y suis soumis qu'après le choix de la foule, et en m'en lavant ostensiblement les mains. J'ai la conscience en paix. Mais toi, comment as-tu pu, au sein du sanhédrin, alors que tu pouvais voter non, qu'aucune pression ne te contraignait à rejoindre la majorité, comment as-tu pu condamner un innocent ? Tu as tué un homme juste !

Yoseph ne parut pas ébranlé par mon discours. Il me répondit simplement :

— Si Yéchoua avait été un homme, j'aurais condamné un homme juste. Mais Yéchoua n'était pas un homme.

— Ah bon ? Et qui d'autre ?

— Le Fils de Dieu.

J'abandonnai la discussion et je rentrai à Jérusalem. Vois-tu où je me trouve, mon cher frère ? Sur une terre où non seulement on voit des Fils de Dieu dans la rue, au milieu des pastèques et des melons, mais encore on les condamne, ces Fils de Dieu, à mourir crucifiés sous un soleil ardent ! Sans doute est-ce le meilleur moyen de se gagner les faveurs du Père !...

En tout cas me voici sans nouvelle piste, retenu à Jérusalem pour courir après un cadavre qui se décompose, mais que j'ai intérêt à reconfier officiellement et spectaculairement aux vers avant que son absence, elle, ne pourrisse encore plus gravement les esprits de Palestine. Souhaite-moi bonne chance et porte-toi bien.

De Pilate à son cher Titus

Claudia, mon épouse, a emmené au plus profond de la Palestine les raffinements de Rome. Elle parvient à organiser ici ces dîners qui font toute la douceur de vivre, où le temps glisse aussi vite que le vin dans les gorges, où les conversations tournent la tête tant elles sont vives, variées, aériennes, bref, ces nuits brillantes et capiteuses entre le Tibre et les étoiles qui nous donnent le sentiment d'être au centre du monde, qui nous font aimer Rome, adorer Rome, regretter Rome, et qui transforment toute existence hors ses murs en exil.

Hier soir, voulant sans doute me changer les idées et profitant du fait que nous restions au palais, Claudia a improvisé une de ces réceptions dont elle a le secret. Chaque invité se croit l'invité d'honneur. Chaque plat semble nouveau. Chaque conversation donne l'impression d'être intelligente. Ces illusions sont distribuées comme des cartes par la maîtresse de maison. Elle sait flatter chacun, lui faire dire ce qui lui tient à cœur – ne serait-ce que pour qu'il n'y revienne plus –, faire rebondir les autres, s'étonner, admirer. Elle choisit ses convives comme ses plats : singuliers, variés, épicés. Elle stimule les papilles et les esprits par touches rapides, petites pointes favorisant les contrastes mais évitant les affrontements. Elle ne laisse jamais rien traîner ou s'appesantir, les plats passent comme les conversations, et Claudia seule, de son lit de table, en règle discrètement le service.

Tu penses bien que je la laisse faire. Combien, par comparaison, me semblent grossières les réceptions de notre enfance, mon cher frère... Te souviens-tu ? Un seul plat, une seule conversation ! On ne pouvait pas faire plus rustique ! On s'arrêtait lorsqu'on avait épuisé le plat et que la conversation nous avait épuisés. On allait digérer lourdement, sans plus penser. La vie ressemblait à une opération fastidieuse où il fallait manger pour prendre des forces et parler pour régler des problèmes. Grâce à Claudia, je suis devenu, fort heureusement, beaucoup plus futile et je la remercie tous les jours d'avoir sorti ma vie des ornières boueuses de l'utile pour me faire goûter à mille plaisirs, mille sophistications.

Hier soir, le palais contenait tout ce que Jérusalem possède de visiteurs intelligents ou cocasses : un poète chauve, Marcellus, dont tu as sûrement entendu parler, officiellement connu pour ses odes à Tibère, officieusement reconnu pour ses distiques érotiques ; un historien grec ; un marchand crétois ; un banquier maltais ; un armateur marseillais et le cousin de Claudia, le fameux Fabien, riche et débauché, un des hommes qui mériterait l'expression « coureur de femmes » si elle n'était pas aussi idiote – les femmes ne courant pas. Fabien est si beau qu'il est difficile de rester dans la même pièce que lui. Les femmes sont mal à l'aise... parce qu'il est beau. Les hommes sont mal à l'aise... parce qu'il est beau. Les unes, malgré elles, y voient l'amant idéal ; les autres, malgré eux, le rival immédiat. Fabien déclenche immédiatement une atmosphère de conquêtes, de luttes, d'intrigues jalouses qui empoisonne les ambiances. Cependant, hier soir, je le trouvai changé. Pour la première fois, il ne produisait pas son effet habituel ; non pas qu'il me parût moins beau ; mais il me semblait différent, préoccupé. Tu comprendras plus tard pourquoi...

Nous parlions des fêtes de la Pâque. Marcellus, le poète, prétendait que toutes les religions, à Rome, Athènes, Carthage ou Jérusalem, avaient été inventées par les bouchers.

— Des sacrifices ! Toujours des sacrifices ! A qui profite le crime ? Aux bouchers ! Qui est autorisé à travailler lors des fêtes sacrées ? Les bouchers ! Une cérémonie religieuse, partout autour de notre mer, c'est toujours un complot de bouchers qui fouillent les entrailles et font couler le sang. Les bouchers sont trop bêtes pour avoir inventé les dieux, mais, à coup sûr, ils sont l'auteur des rites.

— Et quels animaux tuent les Juifs pour la Pâque ? demanda Fabien.

— Des agneaux, répondis-je.

— Non, les agneaux ne suffisent plus. Cette année, il leur a fallu un homme.

Le banquier maltais avait dit cela. Tout le monde le dévisagea avec surprise. Il avait ce visage profondément antipathique des Maltais, teint sombre, traits aigus, yeux de serpent d'eau. Tout en mangeant, il expliqua avec le plus grand détachement que les Juifs avaient eu besoin de sacrifier l'un d'eux, un rabbin déviant, et que, sauf pour ce garçon, c'était une bonne chose car la mort d'un bouc émissaire vous calme un peuple, et pour longtemps, parole de voyageur !

Claudia avait pâli imperceptiblement mais, en hôtesse parfaite, elle se tourna vers son cousin Fabien.

— Fabien, qu'est-ce qui a poussé tes pas jusqu'à Jérusalem ?

Fabien, pour toute réponse, lui envoya un baiser de la main en plissant ses yeux d'homme charnel, des yeux qui luisent et qui rient perpétuellement. Un instant, il fut comme avant, dégageant une atmosphère d'alcôve, de caresses, d'après-midi passés à faire l'amour... cela tenait à sa bouche naturellement dessinée et gonflée, à sa nonchalance comblée et, surtout, à sa peau, une peau brillante, une peau épaisse et souple, une peau pour la caresse et le baiser.

Il hésitait à répondre. Claudia insista, car elle sentait qu'il désirait être forcé à parler.

— Quelques histoires de cœur, peut-être ?

— Tu sais très bien que je n'ai pas de cœur, ma chère Claudia. Ou qu'alors je le porte trop bas.

Tout le monde s'esclaffa. Fabien avait envie de se faire prier.

— De toute façon, vous ne me croiriez pas !

– Nous sommes disposés à tout croire, surtout l'incroyable, dit Claudia.

– Cela va vous sembler stupide...

Il jouait l'hésitation. On ne lui répondit pas pour l'encourager définitivement.

– Eh bien soit, dit Fabien. Je me suis rendu ici... à cause...

Il n'eut pas le temps de continuer. Trois de mes serviteurs déboulèrent dans la salle, comme propulsés. Derrière eux, fulminant, apparut un homme de haute taille aux larges épaules. Tête hirsute, corps couvert de poils et de guenilles, il brandissait un bâton menaçant.

– Pilate ! Dis à tes serviteurs de respecter un peu plus la philosophie !

Je bondis de joie. Dans l'homme sauvage, j'avais reconnu Craterios, notre cher Craterios, qui fut notre précepteur à Rome, mon frère, lors de l'écorce souple et tendre de nos dix ans.

– Craterios ! Toi à Jérusalem !

Nous nous sommes jetés l'un sur l'autre, ou plutôt l'un dans l'autre, tant les étreintes avec Craterios sont fortes et excessives. Mes serviteurs en demeurèrent éberlués. Leur préfet, toujours rasé, épilé, poncé, maniaque de l'hygiène et chasseur de poil incongru, leur glabre préfet se jeta dans les bras d'un grand singe barbare qui riait à faire trembler les colonnes.

– Eduque ton personnel, Pilate. Apprends à ce tas de larves académiques qu'on reconnaît un homme au fait qu'il est un homme, et non aux dettes qu'il a laissées chez son tailleur ! Allez, disparaissez, cloportes !

Sans attendre mon ordre et ma confirmation, les serviteurs disparurent.

Heureux, je présentai Craterios à nos invités. Quand j'expliquai qu'il était un philosophe cynique, disciple de Diogène, les visages se détendirent légèrement. Je rappelai aussi que notre père, ignorant ce qu'est un philosophe cynique et attiré par les tarifs médiocres – juste de quoi manger – de Craterios, lui avait confié notre éducation pendant quelques mois, avant naturellement de le chasser sous une avalanche d'insultes.

Craterios grogna de plaisir à l'évocation de ce souvenir.

– Ma grande fierté est d'avoir toujours été foutu à la porte par tous les parents qui m'employaient. Cela prouve que je réussissais : j'étais en train de rendre leurs enfants libres et sans préjugés.

– As-tu faim ?

— Crois-tu que je serais venu sans cela ?

Claudia s'amusait de l'aspect revêche de ce Socrate furieux : elle voyait la bonté sous l'écaille et les pointes.

— Qu'on rapporte les plats, demanda-t-elle. Et rien de cuit, s'il vous plaît, légumes crus et viande crue.

Philokairos, l'historien athénien qui, comme beaucoup de ses concitoyens, ne supportait pas cette déviance insolente du socratisme, arrêta d'un geste les serviteurs et tendit une coupelle de ses déchets à Craterios.

— Puisque les cyniques prennent les chiens pour idéal, quelques os à ronger suffiront.

Et, d'un geste insolent, il jeta la coupelle à ses pieds.

Craterios considéra l'historien de bas en haut.

Je m'attendais à une repartie cinglante. Au lieu de cela, très calmement, Craterios s'approcha de l'historien et murmura :

— Il a raison.

Il s'accroupit, renifla les os, bougea le derrière en signe de contentement. Puis il se releva devant l'historien, fouilla ses guenilles entre ses jambes et en sortit son sexe.

— Où avais-je la tête ?

Et calmement, le plus calmement du monde, Craterios se mit à pisser sur l'historien.

Le temps s'était arrêté.

Chacun écoutait, médusé, le jet interminable souiller la tunique, le ventre, les jambes du convive stupéfait. Craterios urinait puissamment, sans s'interrompre, son visage se détendant progressivement sous l'effet du soulagement de sa vessie.

Lorsqu'il eut terminé, il remua sa verge pour qu'en sorte les dernières gouttes, puis la rangea, et tourna le dos à l'historien.

– Tu me traites comme un chien : je me comporte comme un chien.

Puis il s'allongea sur le lit de table voisin et prit à pleines mains la nourriture que lui proposaient en tremblant les domestiques.

Claudia, au bord du fou rire, arriva néanmoins à se maîtriser. Elle me fit signe qu'elle emmenait Philokairos dans ses appartements. Celui-ci, livide, semblait avoir perdu l'usage de la parole.

J'ai pensé à toi, mon cher frère, à nos propres étonnements devant les comportements de Craterios qui nous parurent excentriques avant que nous en saisissions le sens, la pédagogie violente et implicite.

Craterios, tout en mangeant et rotant, expliquait son dernier voyage.

– Cet imbécile de Sulpicius m'a chassé comme un malpropre d'Alexandrie. Déjà, notre première rencontre n'avait pas été un succès. Lorsque je l'avais vu passer dans la rue principale, fardé comme une putain des remparts, couché dans une litière dorée que portaient huit esclaves, je m'étais exclamé : « Ce n'est pas la cage qui convient à cette bête ! » Il m'a fait convoquer à son palais. Je m'attendais à ce qu'il me fasse jeter dans une geôle mais, comme on lui avait entre-temps parlé de moi, comme on l'avait nourri d'anecdotes sur mes insolences envers d'autres tyrans, voilà qu'il renverse son humeur, qu'il se montre aimable, se donne à lui-même la comédie du grand noble libéral qui comprend tout et pardonne tout. Il me traîne, la bouche en cœur – violette la bouche, je précise, il se la peint en violet, on dirait deux hémorroïdes dentées –, son bras à mon bras, dans son nouveau palais, me fait admirer les piscines, les marbres, les dorures. Je le suis et j'arrive à me taire. Mais il parle et s'extasie pour deux. Que dis-je ? Pour dix ! Soudain, ce parvenu me montre des carreaux de céramique bleus. A ce moment-là, je me racle la gorge. Le malotru s'exclame : « Ne crache pas

167

par terre, le sol est tout propre ! » Alors je lui crache à la figure et puis j'ajoute : « Excusez-moi, c'est le seul endroit sale que j'aie trouvé ! » L'imbécile m'a fait bannir d'Alexandrie.

Nous avons ri de bon cœur.

— Tu t'en es bien tiré, Craterios, lui dis-je. Tout autre que toi aurait été exécuté.

— Aucun puissant ne risquera le ridicule de me tuer. On ne tue pas sa conscience. Le taon vous pique et disparaît avant que vous ayez eu le temps de réagir. Mais ne parlons plus de moi, j'imagine que j'ai dû interrompre quelque discussion. Où en étiez-vous ?

Claudia revint, nous annonça que l'historien avait préféré rentrer chez lui et se tourna vers le beau Fabien.

— Mon cousin Fabien, qui est si heureux à Rome et vit tranquillement sur une réputation de débauché, allait nous expliquer pourquoi il a entrepris un voyage dans nos contrées. Allons, Fabien, ne nous fais plus languir.

Fabien regarda autour de lui en faisant mine d'hésiter pour s'assurer qu'il avait bien l'attention de tous.

— Eh bien, voici la vérité : si je viens d'Egypte, si je passe aujourd'hui par la Judée, et si je me rendrai bientôt à Babylone, c'est... à cause des oracles !

— Des oracles ?

Un silence curieux s'installa autour des lits.

— En effet, reprit Fabien, depuis toujours j'ai la curiosité des devins, des pythies, voyants, mages, bref, je m'intéresse à l'avenir et à ses sciences.

— Idée crétine ! s'exclama Craterios. Au lieu de s'inquiéter de ce qui se passera demain, les hommes feraient mieux de s'interroger sur ce qu'ils font aujourd'hui.

— Tu as sans doute raison, Craterios, mais les hommes sont comme cela : quand ils marchent, ils regardent devant eux. Ils n'avancent pas en fixant leurs pieds. Bref, j'ai toujours consulté les voyants les plus divers et, à ma grande surprise, voilà que pour la première fois, leurs prédictions concordent. Le monde s'achemine vers une ère nouvelle. Nous vivons sur une bascule. L'univers mue.

Il regarda autour de lui les convives frappés par ses paroles.

— En ce moment, un âge succède à un autre. Tous les astrologues le confirment, qu'ils soient d'Alexandrie, de Chaldée ou bien de Rome.

— Que veux-tu dire ?

— Un roi va apparaître. Un nouveau souverain. Un homme jeune qui deviendra le roi du monde. Son royaume s'étendra sur toute la terre.

— Où va-t-il se manifester ?

— Par ici. Là aussi, toutes les prédictions concordent. Cet homme se manifestera en Asie. Certains oracles disent la Palestine, d'autres la Silicie, et d'autres l'Assyrie. En tout cas, il apparaîtra à l'orient de notre mer.

Les convives se regardèrent, impressionnés.

— Y a-t-il d'autres indices, demandai-je ?

— Oui. Cet homme est né sous le signe des Poissons.

Je vis le visage de Claudia parcouru de petits frissons, comme si des lézards inquiets s'agitaient sous sa peau. Ses yeux s'étaient dilatés et assombris. Je la sentais rongée par mille pensées. Je sais ma femme sensible et ouverte à l'irrationnel. Je sentais que Fabien était en train de la passionner violemment. Je redoutais déjà les conséquences de ses paroles et je tentai de clore la conversation.

— Il n'y a qu'un seul Empire, l'Empire romain. Il n'y a qu'un seul grand roi, Tibère. Tibère règne sur la totalité du monde connu.

Fabien eut un petit rire dédaigneux.

— D'abord Tibère n'est pas né sous le signe des Poissons. Ensuite, nous savons tous trop bien qu'il ne gouverne le monde que parce qu'il en a hérité, et qu'aujourd'hui le gâtisme et la débauche ne sont pas spécialement les meilleurs atouts militaires ou politiques. Enfin, Tibère est déjà trop vieux.

– Pardon ?

– Oui. J'ai rassemblé toutes les informations des astrologues les plus précis et j'en conclus que l'homme providentiel est né sous la conjonction de Saturne et de Jupiter dans la constellation des Poissons. J'ai ainsi pu calculer l'année de naissance de ce roi.

– C'est-à-dire.

– Il est né en 750.

– Comme moi ! m'écriai-je, pensant faire rire l'assemblée.

– Comme toi, Pilate. Et comme toi, il doit avoir aujourd'hui trente-trois ans.

Un bruit de ferraille nous fit sursauter : Claudia avait laissé tomber son gobelet. Elle bredouilla quelque chose.

– Ma femme a eu peur, dis-je pour l'excuser. Elle a cru un instant que ce pouvait être moi.

– Oh non, Pilate, j'ai pensé quelque chose de beaucoup plus terrible...

Mais elle ne voulut pas finir sa phrase. Elle

rappela les domestiques pour éponger le vin sur les tapis.

Fabien se tourna vers tous les convives et scruta les visages.

– Si cet homme a plus de trente ans, il a déjà dû commencer à faire parler de lui. Il a dû commencer à réaliser son œuvre. Avez-vous entendu parler de quelqu'un ?

Craterios répondit le premier.

– Je connais un bon nombre d'abrutis qui rêvent de gouverner le monde, certains possèdent déjà une ville, une région, mais je n'imagine aucune de ces enflures capable d'aller jusqu'au bout de son rêve. Rêve que je trouve idiot, par ailleurs, cela va sans dire.

Le poète chauve, le marchand crétois, le banquier maltais et l'armateur marseillais semblaient aussi dubitatifs. Ils avaient tous rencontré des hommes valeureux, ambitieux, mais aucun qui eût la carrure de réaliser cette prophétie.

– Et toi, Pilate ? me demanda Fabien. As-tu aperçu des hommes susceptibles de conquérir le monde ?

Claudia me fixa comme si je détenais la réponse. Je haussai les épaules.

– La Judée n'est pas le bon endroit pour chercher un tel homme. Ici, les zélotes veulent se débarrasser de nous, certes, mais ils sont juifs, très juifs, ils croient appartenir à un peuple élu. Ils se moquent de conquérir le monde, ils méprisent les autres et ils ne pensent qu'à eux. Les Juifs sont d'ailleurs un des rares peuples sans visée impérialiste, un peuple étrange, fermé, suffisant. Tu trouveras des héros régionaux, ici, mais pas de héros aux dimensions du monde. Et puis, j'ai bien peur de te décevoir, mais si se dressait devant moi un nouvel Alexandre, je n'aurais de cesse de le combattre et de le supprimer. Je défends Rome.

– Rome ne sera peut-être pas éternelle.

– Qu'est-ce que tu racontes, Fabien ? Tu te comportes vraiment comme un enfant gâté.

– Peut-être. Je me moque d'être un Romain, d'être un Romain de Rome, d'appartenir à la nation la plus puissante. J'attends autre chose de la vie, je ne sais pas quoi. J'attends cet homme. Je n'ai jamais fait dans mon existence que des choses vaines, séduire, baiser, dépenser et j'en retire une grande lassitude. J'ai l'impression que ma vie serait moins inutile si je rencontrais cet homme.

Il se tourna vers sa cousine maintenant si pâle que le sang semblait s'être retiré de ses lèvres et de ses paupières.

– Il me semble que mon récit t'impressionne, Claudia.

– Plus que tu ne le crois, Fabien. Plus que tu ne le crois.

Le marchand crétois fit ricocher le débat sur le récent scandale de la pythie de Delphes, une jeune femme qui passait pour inspirée avant qu'on ne découvre qu'elle était surtout inspirée par le général Trimarchos qui lui soufflait des réponses pour mener à bien sa politique, et les discussions reprirent au galop. D'un œil, je surveillais Claudia, muette et songeuse, blanche comme une lune bleue, qui, pour la première fois, ne jouait plus son rôle de maîtresse de maison et laissait, indifférente, les vagues de la conversation venir mourir au pied de son lit.

Lorsque tous les convives furent partis, je m'approchai d'elle, inquiet.

– Que se passe-t-il, Claudia. Tu ne te sens pas bien ?

– As-tu entendu ce que disait Fabien ? Les oracles concordent. Ils parlent de quelqu'un que nous connaissons, de quelqu'un que tu crains. J'ai été très surprise que tu n'en parles pas.

– De qui ? De Barabbas ? Barabbas n'ira pas très loin. Je le tiens dans un filet d'espions. Et puis Barabbas ne pense qu'à Israël.

Pour la première fois, je sentis que j'agaçais Claudia. Elle se mordit les lèvres pour ne pas m'insulter et me toisa froidement.

– Pilate, les oracles parlent de Yéchoua.

– Yéchoua ? Le magicien ? Mais il est mort.

– Il a l'âge annoncé par les oracles.

– Il est mort !

– Il entraîne tout le monde après lui. Sans armes, sans cantines, il a constitué une armée de fidèles.

– Il est mort ! Et sur sa croix, j'ai fait placarder « Yéchoua, roi des Juifs ». Là s'arrête son histoire.

– Il ne parle pas qu'aux Juifs. Il parle aux Samaritains, aux Egyptiens, aux Syriens, aux Assyriens, aux Grecs, aux Romains, à tout le monde.

– Il est mort !

– Lorsqu'il parle du Royaume, il parle d'un royaume universel, où tout le monde est reçu, convié.

– Il est mort, Claudia, tu m'entends : il est mort !

J'avais hurlé.

Ma voix résonna dans le palais qui absorbait progressivement de salle en salle, de colonne en colonne, ma colère.

Claudia leva les yeux vers moi. Elle m'avait enfin entendu. Ses lèvres se mirent à trembler.

– Nous l'avons tué, Pilate. Te rends-tu compte ? C'était peut-être lui et nous l'avons tué ?

– Ce n'était pas lui puisque nous l'avons tué.

Claudia réfléchissait. Les pensées étaient des flèches qui lui heurtaient le crâne. Elle avait mal. Elle avait envie de pleurer. Elle s'effondra dans mes bras et sanglota longuement.

Maintenant, elle repose paisiblement à quelques coudées de moi pendant que je t'écris. Sa constitution fragile et violente lui permet de passer d'un extrême à l'autre. Elle s'indigne profondément puis elle s'endort, tout aussi profondément. Ce flux et ce reflux me sont interdits, j'ai un tempérament plus lent, plus modéré, moins ballotté d'un contraire à l'autre. Je m'indigne moins mais je me repose moins. Le gouffre de la grande colère ou celui du sommeil réparateur me sont aussi éloignés et inaccessibles. Je marche sur une planche étroite, moyennement confortable, entre les deux. Parfois, j'aimerais faire un faux pas...

En attendant, je t'embrasse cordialement, mon cher frère. Je te redonnerai bientôt des nouvelles de Craterios, qui compte séjourner un peu à Jérusalem. Tant que je n'aurai pas résolu cette énigme du cadavre manquant, j'aurai donc d'autres occasions de le voir et de te raconter ses extravagances. En attendant, porte-toi bien.

De Pilate à son cher Titus

J'aurais préféré ne pas vivre la journée que je vais te raconter. Je crois même que, pour la première fois dans notre correspondance, je souhaiterais laisser une page blanche, tant j'aurai de la peine à revivre les évènements en te les narrant. Cependant, je sens que si je saute ce jour, demain je ne t'écrirai plus, après-demain non plus, ma plume séchera, ma voix se taira et tu perdras ton frère. Je me forcerai donc, quelque répugnance que j'en aie, à te décrire ce jour, à ne pas interrompre le fil de l'écriture, car ce fil tendu de Jérusalem à Rome est le fil de notre amitié.

A l'aube, le centurion Burrus demanda une audience. J'espérais qu'il allait m'annoncer qu'il avait retrouvé le cadavre du magicien. J'avais en effet ordonné – te l'ai-je dit ? – que l'on fouillât systématiquement les maisons de Jérusalem pendant la nuit. Mes hommes ne devaient en aucun cas dire ce qu'ils cherchaient – car cela aurait amplifié la rumeur d'un mystère –, ils devaient se contenter d'ouvrir toute trappe, tout coffre, toute malle susceptible de dissimuler un corps.

Burrus se tenait raidement devant moi, le menton bleu, le cheveu poussiéreux et la paupière rougie. Il sortait de sa nuit de fouilles et n'avait pas eu le temps de passer aux bains.

Il n'apportait pas de nouvelles du cadavre. Mais il avait une piste. Par hasard, il avait retrouvé les gardes du tombeau dans une taverne. Ceux-ci, en train de se cuiter consciencieusement, n'auraient pas attiré son attention si Burrus n'avait vu qu'ils avaient chacun déposé une trentaine de deniers devant eux. C'était une grosse somme, plusieurs mois de salaire, et cela avait mis la puce à l'oreille de Burrus. On les avait payés. Mais pourquoi ? Pour faire quelque chose ? Ne pas le faire ? Dire quelque chose ? Se taire ? Il fallait les interroger.

Je descendis avec Burrus dans le prétoire. On alluma des torches, car le jour pointait paresseusement, et on fit entrer les deux Juifs, ou plutôt on les traîna jusqu'à moi car ils étaient tellement soûls qu'ils n'avaient pas encore compris qu'ils se trouvaient chez le préfet.

– D'où vous vient cet argent ?

– Qui es-tu ?

– Un ami.

– T'as à boire ?

– Qui vous a donné cet argent ?

– ...

– Pour quoi faire ?

– ...

– Vous allez me répondre, par Jupiter !

– T'as vraiment rien à boire ?

Burrus et moi, nous échangeâmes un regard consterné : ils étaient pleins comme des amphores, on ne pouvait rien en tirer, sinon une sueur aux relents de vinaigre.

Je leur tendis une carafe de vin, ils se jetèrent dessus et burent plus avidement que des chameaux après quinze jours de désert.

Je soupesais machinalement les bourses d'argent lorsque, soudain, une sorte de lumière se fit dans mon esprit. Trente deniers ! Cela me rappelait quelque chose... Oui ! C'était le tarif de toutes les trahisons, les délations, les dénonciations qui rythmaient la vie de Jérusalem. Quelques jours auparavant, mes hommes avaient même retrouvé la somme, intacte, dans le manteau d'un pendu qu'ils décrochèrent. Il s'agissait de Yehoûdâh, le trésorier de Yéchoua, qui pour cette somme avait vendu son maître à Caïphe.

Je m'approchai des deux gardes ivres.

— C'est bien Caïphe qui vous a payés ? Encore un peu à boire ? C'est Caïphe, n'est-ce pas ?

Ils approuvèrent de la tête. Je pris alors les deux sacs et je les leur tendis.

— Tenez, Caïphe vous donne encore, à chacun, trente deniers de plus pour que vous me racontiez tout.

Les deux hommes chancelaient de joie. Ils ne se rendaient même pas compte que je leur rendais leur argent.

— Alors, dites-moi.

— Le problème, c'est qu'on sait rien.

— Vous vous moquez de moi ?

— Non, on n'a rien vu, patron. On dormait. Au matin, les femmes nous ont réveillés puis fait ouvrir le tombeau. Lorsqu'elles ont découvert qu'il était vide, elles ont crié, elles ont dit que c'était un miracle, que le tombeau s'était ouvert et refermé tout seul et que le Galiléen avait été emmené par l'ange Gabriel. Elles y croyaient dur comme fer. Ça fait un choc, au réveil. Alors nous, quand Caïphe est arrivé – bien avant les Romains, patron, bien avant – on a préféré dire comme elles, on a juré qu'on avait vu de nos yeux vu l'ange Gabriel avec le Galiléen. Ça faisait moins crétin que d'avouer qu'on n'avait rien vu

du tout à cause qu'on pionçait au lieu de surveiller. Alors là, on a dû faire une erreur, parce
que Caïphe il est entré dans une colère épouvan-
table qu'il a manqué s'en faire péter les veines
du cou. Il a dit qu'on savait pas ce qu'on disait,
qu'on devait la fermer, et que si jamais on parlait
devant qui que ce soit de l'ange Gabriel, il nous
faisait lapider. Nous, on en claquait des genoux,
parce qu'on sait que le grand prêtre, quand il
vous annonce des catastrophes, il tient toujours
ses promesses. Alors, tout d'un coup, il s'est
calmé, il nous a souri et il nous a même donné
de l'argent en nous faisant bien répéter ce qu'on
devait dire. Ou plutôt ce qu'on devait pas dire.

— Au fond, Caïphe, sans le savoir, vous a payé
pour que vous disiez la vérité.

— Voilà.

— Et la vérité, c'est que vous n'avez rien vu ?

— Rien de rien, patron.

Je leur tendis leurs bourses. Ces abrutis parti-
rent en chantant et dansant, persuadés de pos-
séder désormais soixante deniers chacun...

Je m'isolai ensuite dans la salle du conseil pour
réfléchir.

Une absence m'intriguait depuis dimanche.
Ce n'était pas celle du cadavre, c'était celle de
Caïphe. Pourquoi le grand prêtre n'était-il pas

immédiatement venu me voir ? S'il recherchait lui aussi le cadavre, s'il avait encore plus intérêt que moi à ce qu'aucune fantasmagorie religieuse ne s'accroche à cette disparition, pourquoi ne me proposait-il pas de chercher ensemble, d'unir nos forces ? Caïphe ne m'avait pas habitué à autant de discrétion. Il me doit sa nomination à la tête du sanhédrin. Il me couvre de cadeaux pour garder ma faveur. Bien mieux que son beau-père, Annas, le précédent grand prêtre que nous avons dû déposer, il a l'intelligence de sa situation et collabore activement avec Rome. Dans l'affaire Yéchoua, en fin politicien, il craignait autant le magicien que ma réaction. Il avait peur que la popularité de Yéchoua ne m'inquiète et ne durcisse mon pouvoir ; s'il craignait pour lui une scission religieuse, il craignait pour moi une révolte. Lors du procès, il fut très clair qu'il voulait garantir l'ordre public : « Mieux vaut qu'un seul homme meure pour tout un peuple et que la nation entière ne périsse pas. »

Pourquoi Caïphe se cloîtrait-il au Temple, sans rechercher mon aide ou me proposer la sienne depuis que la sépulture avait été violée ?

Il menait son enquête parallèle. Plus rapide, il me précédait partout : au tombeau, chez Yoseph d'Arimathie... Pourquoi seul ? Bien plus que moi, il ne devait pas décolérer. Alors pourquoi n'accourait-il pas, lui si logique, si précautionneux, lui qui prévoyait tout, lui qui avait fait garder la sépulture de Yéchoua pour éviter qu'un culte posthume ne se constitue ? Caïphe, alors que l'heure était grave, ne rejoignait pas son seul et habituel allié objectif ! Qu'est-ce que cela cachait ?

Je m'approchai de la fenêtre et contemplai Jérusalem. Je voyais au loin les gradins blancs du théâtre et cela me décocha au cœur une flèche de poison nostalgique. A regarder cet odéon désert, qui servait si peu, que les Juifs n'aimaient pas malgré tous mes efforts, les troupes et les pièces brillantes que j'avais fait venir ici, je songeai douloureusement à Rome et je regrettai d'être parti. En plissant les yeux, j'aperçus une toge blanche qui s'agitait sur la scène, et je reconnus Marcellus, notre convive de la veille, qui agitait les bras face aux bancs de pierre vides. Il devait déclamer un de ses poèmes, tester le poids des mots, la dynamique de sa phrase. Ou peut-être même s'essayait-il à l'écriture tragique ?

Et là, l'idée m'illumina : Caïphe faisait semblant ! Ses recherches n'étaient qu'une mise en scène ! Il savait parfaitement où gisait le cadavre puisque c'était lui qui avait pris la précaution de l'y mettre !

Comment n'y avais-je pas pensé plus tôt ? Caïphe avait tout prévu. Le plan est simple. Il fait surveiller le tombeau du magicien par ses gardes, mais, dans le même temps, il les drogue. Ceux-ci s'endorment. D'autres gardes arrivent, font rouler la pierre, enlèvent le cadavre, referment le tombeau. Deux précautions valent mieux qu'une. Caïphe fait déposer le cadavre ailleurs, sûr ainsi d'éviter tout culte posthume. Mais les choses ne se passent pas exactement comme prévu. Les femmes proches de Yéchoua font rouvrir la tombe, découvrent la disparition et se mettent à délirer en invoquant l'ange Gabriel. Les gardes, honteux, répètent la bêtise à leur tour. Caïphe furieux fait taire tout le monde, paie qui il faut. Mais la rumeur est lancée... la nouvelle vient jusqu'à moi... je me mets à chercher, Caïphe l'apprend. Pour ne pas attirer les soupçons sur lui, il fait aussi semblant de chercher. Ses fouilles chez Yoseph d'Arimathie ne sont qu'une mise en scène qui m'est destinée, un pur écran de fumée.

Je respirai. L'affaire n'allait pas tarder à se terminer. Caïphe allait bientôt ressortir le cadavre. Peut-être même, finement, allait-il faire en sorte que mes hommes le trouvent... Tout, très rapidement, allait rentrer dans l'ordre. Caïphe était un bon stratège, il agirait dans les justes délais.

J'en riais presque. J'étais content d'avoir ici un partenaire comme Caïphe, malin, rusé, efficace, soucieux de la paix, une paix aussi nécessaire pour lui que pour moi. Soulagé, je me versai un verre de vin que je portai en l'air, l'adressant à un grand prêtre imaginaire, et je lui murmurai dans un sourire :

— Je trinque à ta santé, Caïphe. Ce matin, le lion remercie le renard.

C'est à ce moment-là que j'entendis un grand éclat de voix derrière mes portes. Les battants furent violemment poussés.

Caïphe, le grand prêtre, apparut, poursuivi par mes vigiles qui pointaient leurs lances contre lui.

Caïphe, furieux, s'arrêta net en me voyant. Il brandit son doigt vers moi, me lançant d'une voix désespérée :

— Yéchoua ! Il a réapparu.

J'éclatai de rire. Je ne pensais pas qu'un Juif pouvait avoir un goût du théâtre si prononcé.

— Naturellement qu'il a réapparu. Je m'y attendais, Caïphe. J'avais cependant imaginé que tu aurais la délicatesse de laisser mes hommes le découvrir à l'endroit où tu l'as caché.

185

Il me regarda comme si j'avais parlé le langage des oiseaux. Il ne comprenait pas.

— Pilate, tu n'as pas écouté ce que je te dis. Yéchoua est réapparu ! Vivant !

— Vivant ?

— Vivant !

Je regardai sa grande carcasse, plus fragile qu'à l'ordinaire, ses yeux gris pâle, plus exorbités qu'à l'ordinaire. Il avait l'air sincère, pire : surpris. Caïphe ne se livrait à aucune de ces contorsions et grimaces que font généralement les menteurs pour convaincre. Il semblait être en proie à un malaise profond.

— Je te le jure, Pilate, sur Celui-qui-n'a-pas-de-nom, on dit que Yéchoua est revenu des morts. Qu'il parle et vit. En bref, on dit qu'il est ressuscité.

— Soyons sérieux, ce ne peut être qu'une rumeur.

— Evidemment.

— Et d'où vient-elle ?

— D'une femme.

— D'une femme ? Heureusement.

— Oui, heureusement. C'est moins crédible.

Sache, mon cher frère, qu'ici nous sommes loin de la Rome moderne, et qu'à part Claudia Procula, les femmes n'ont ni pouvoir ni importance. Elles n'existent que par leur ventre, s'il est fécond, et on ne demande pas à un ventre d'avoir des pensées, des opinions, des sentiments. En Palestine, on n'accorde aucun crédit aux paroles des femmes et l'on ne perçoit dans leurs déclarations éventuelles qu'une équivalence mentale de leurs menstrues.

— Personne n'y croit encore, dit Caïphe, mais on jase, on s'y intéresse. Il suffirait que d'autres témoignages s'y ajoutent pour que le mouvement se crée. Il faut absolument que nous retrouvions le cadavre, Pilate. Quelqu'un l'a volé intentionnellement pour pouvoir faire croire, aujourd'hui, qu'il est ressuscité.

Caïphe avait raison. Quelqu'un réalisait un plan minutieusement préparé, destiné à embrouiller les esprits et à nous entourer de fumées irrationnelles.

— Qui est la femme qui prétend l'avoir vu ? m'écriai-je. C'est forcément une complice ! A partir d'elle, nous pouvons sûrement remonter jusqu'à l'instigateur.

Caïphe eut malgré lui un frisson qui le parcourut de l'arête du nez à la pointe de la barbe. Il était sceptique.

— Qui est-ce ? insistai-je.

Caïphe hésitait à prononcer le nom puis le lâcha en détournant la tête :

— Salomé.

J'en restai bouche bée. Je crus avoir mal entendu.

— Salomé ? La femme qui... ?

Caïphe répondit faiblement, le sourcil torturé :

— Oui, la femme qui...

Te rappelles-tu, mon cher frère, un courrier d'il y a quelques années où je te racontais l'histoire de la coupeuse de tête ? J'y ai souvent fait allusion, depuis, car cette farce macabre a modifié le caractère de ses acteurs.

Hérode Antipas, tétrarque qui gouverne la Galilée, réussit ce grand écart unique et précieux d'être, à la fois, un Juif très religieux, éminent protecteur du mosaïsme, et un grand admirateur respectueux de Tibère, qu'il couvre de cadeaux, et dont il vient de donner le nom, Tibériade, à la belle ville neuve qu'il a construite au bord du lac de Génésareth. Sur les berges de ce lac et sur celles du Jourdain s'époumonait, il y a quelques années, un illuminé dans le genre de Yéchoua, un ermite colérique, intempestif et tyrannique, qui rassemblait des foules autour d'un rite étrange, l'immersion du corps dans l'eau pour le purifier de ses fautes.

Yohanân le Plongeur, comme on l'appelait, m'avait d'abord inquiété mais, comme Yéchoua plus tard, il ne s'adressait pas qu'aux Juifs, au seul peuple élu, Il parlait pour tous les hommes. Il ne cherchait pas à les unir contre Rome. Pacifiste, violemment moraliste, il paraissait dépourvu de toute visée politique.

Malheureusement, il avait la langue trop prompte à l'insulte. Ce juste, par une sorte d'excès incontrôlé de pureté, crachait de colère devant toute mauvaise conduite. Il avait eu des mots de pierre contre Hérode et Hérodiade, sa nouvelle reine. Il condamnait le tétrarque d'avoir répudié sa première épouse pour s'unir à la femme de son frère. Hérodiade ne le laissa pas la critiquer longtemps. Cette longue Juive haute aux ongles pointus, ruisselante de bijoux comme si elle portait des trophées de guerre, belle quoique trop fardée, cette Hérodiade a du feu dans le corps, des regards de flèches brûlantes, elle tuerait quiconque entraverait son chemin. Elle fit arrêter Yohanân le Plongeur, le fit boucler dans la forteresse Machéronte. Mais Hérode refusait de l'exécuter car cet homme pieux croyait reconnaître un prophète en son prisonnier. Alors Hérodiade, après une guerre d'usure, sortit une autre de ses armes, bien plus déconcertante, bien plus efficace : sa fille Salomé. Salomé dansa devant son beau-père d'une façon si lancinante, sensuelle et langoureuse qu'Hérode lui promit de réaliser le vœu qu'elle émettrait, quel qu'il soit. Sa mère lui souffla dans l'oreille de demander la tête de Yohanân et Hérode, piégé, fit décapiter le prophète et servit son crâne à Salomé sur un plateau d'argent. Depuis, Hérode a changé ; il s'en veut ; profondément inquiet, rongé par le remords, cauteleux, agressif car aisément agressé, il s'enferme dans ses forteresses, il craint la vengeance de son Dieu. Naturellement, Hérodiade profite de cette peur pour manipuler le tétrarque vieillissant et en prendre progressivement le contrôle. Je ne sais jusqu'où l'ambition de cette femme les mènera mais je crains une issue fatale. Car Hérodiade aime le pouvoir pour lui-même, elle s'en grise, elle s'en enivre ; pour l'heure, cela la rend forte ; un jour, cela pourrait l'asphyxier.

Caïphe me proposa d'aller rencontrer Salomé.

Il fallait fendre une foule compacte pour parvenir au petit palais d'Hérode. Déjà, les badauds excités s'agglutinaient, bourdonnant mille sottises, et ma garde personnelle parvenait difficilement à nous frayer un chemin. Mes hommes haussèrent le ton et commencèrent à bousculer les Juifs. Je craignis une émeute... Je leur ordonnai de nous attendre. Caïphe et moi, nous poursuivîmes seuls, sans protection, jouant des coudes, montant sur des pieds, tirant sur les manteaux.

Nous franchîmes le portail aux sculptures ornementales dans ce style ostentatoire que je vomis, orientalo-romain, destiné à séduire Tibère s'il se décidait un jour à mettre les pieds chez Hérode, puis là, nous nous résolûmes à nous laisser porter par les vagues de la foule. Le courant nous amenait au centre de la cour. Sur une estrade, une très jeune fille entourée de plusieurs nourrices regardait la foule avec des yeux immenses, des yeux élargis par des drogues, des yeux trop fixes, des yeux de pythie qui hypnotise.

– C'est elle, la princesse Salomé ? m'étonnai-je.

Caïphe approuva. J'étais déçu. J'insistai.

– Elle est beaucoup moins bien qu'on le dit.

– C'est ce qu'on croit d'abord.

Salomé devait avoir seize ans. Elle s'éveillait à cet âge indécis où la nature dessine ses formes sur un corps encore svelte qui appartient à l'enfance ; ce n'était pas une femme, c'était l'esquisse d'une femme. Tout était petit chez

191

Salomé, la taille, les hanches, les fesses, la poitrine, mais tout était délicatement rond, légèrement charnu, et l'on éprouvait devant elle la brûlure qu'on éprouve devant le charme fugace, naissant, éphémère des premières heures du printemps... A la voir ainsi, indécise et charnelle, innocente et suggestive, légère et lourde dans ses voiles de gaze, on se prenait à penser que, même nue, elle n'aurait été qu'une promesse de nudité...

Je ne voyais pas le lien entre cette adolescente et sa réputation de femme fatale. Sans doute Salomé devait-elle correspondre aux goûts juifs plutôt qu'aux goûts romains.

Je l'avais crue silencieuse mais je découvris qu'elle ne cessait de parler imperceptiblement. Hommes et femmes devaient s'approcher d'elle, au plus près, sous l'estrade, pour entendre les paroles que ses lèvres, presque immobiles, laissaient à peine échapper, comme un souffle, en une mélodie chantonnée.

Caïphe grommela qu'elle faisait toujours ainsi, sa timidité n'étant qu'une feinte. Salomé parlait bas pour qu'on s'approche. Une fois sous ses jambes et dans son parfum, les hommes étaient pris au filet.

Effectivement, je me sentis soudain engourdi,

entêté par une fragrance de musc et de fleurs de
soie, les yeux collés à ses chevilles déliées comme
un poignet de harpiste, gracieusement entourées
de chaînes fines ornées de petits grelots... Je levai
la tête pour boire le lait de ses lèvres et j'écoutai,
ou plutôt devinai l'étrange récit qu'elle recom-
mençait sans fin, où elle parlait d'elle en se nom-
mant, comme si elle était devenue un spectateur
halluciné de sa propre vie.

— Salomé allait rentrer au palais, le palais
grand et sombre sous la lune. Salomé revenait
du cimetière où elle avait pleuré la mort de
Rabbi. Salomé était triste, et le soir était froid,
et la terre était noire. Tout d'abord, Salomé ne
vit pas l'homme sous le porche. Mais la voix
l'arrêta : « Pourquoi pleures-tu Salomé ? »
L'homme était grand et mince, un capuchon
d'ombre sur la tête. Salomé ne répond pas
d'abord aux inconnus. Mais la voix ne laisse pas
passer Salomé. « Tu pleures Yéchoua, je le sais,
et tu as tort. » « De quoi te mêles-tu ? Je pleure
qui je veux ! » L'homme s'approcha et Salomé
éprouva un grand trouble. « Tu ne dois plus pleurer Yéchoua. S'il était mort hier, aujourd'hui il
est ressuscité. » L'homme se tenait tout près, ses
grandes mains pendantes. Sa voix rappelait quelque chose, ses yeux aussi. Mais la pénombre du

palais haut et sombre avait couvert les yeux de
Salomé. « Qui es-tu ? » Alors il enleva sa capuche
et Salomé le reconnut. Elle tomba à genoux.
« Salomé, relève-toi. C'est toi que j'ai choisie
pour être la première. Tu as beaucoup péché,
Salomé, mais je t'aime, et je t'ai pardonné. Va
porter la bonne parole à tous les hommes. Va ! »
Mais Salomé pleurait trop pour bouger et
lorsqu'elle essuya ses larmes, il n'était déjà plus
là. Mais j'ai reçu la bonne nouvelle : Yéchoua
m'aime. Il est revenu. Il est ressuscité. Et Salomé
dira et redira la bonne nouvelle à tous les hommes.

Je croyais que Salomé n'avait parlé et bougé
que pour moi. Ce qui m'était apparu, de loin,
comme un spectacle, m'était donné maintenant
comme une confidence. Les yeux de Salomé laissaient couler de longues larmes noires. Les bras
nus de Salomé s'ouvraient pour moi. Les jambes
fuselées de Salomé passaient à travers les fentes
de la soie. Et ses formes bougeaient, imprécises,
impudiques, sous ses voiles. Et sa voix me semblait une pêche goûteuse que l'on mord au plus
fort de l'été.

J'aurais bien supporté une deuxième, voire
une troisième audition du récit, mais Caïphe et

moi nous fûmes déportés sur le côté, chassés par les nouveaux spectateurs.

Même revenus dans la rue, nous avons été obligés de faire quelques pas, de nous ébrouer, de nous dégourdir les membres. Rien n'y faisait. Nos pensées restaient dans la cour, fixées sur Salomé.

— C'est vrai que, finalement, elle n'est pas mal, dis-je pour rompre un silence embarrassé.

Caïphe cracha à terre.

— C'est pire que si elle était belle.

Nous marchâmes encore sans plus échanger un mot. Le charme de Salomé s'était insinué en nous. Nous avions même oublié pourquoi nous étions allés l'entendre.

Nous finîmes par nous arrêter près d'une fontaine. L'ombre du platane, le rire de l'eau nous apaisèrent et redonnèrent un peu de fraîcheur à nos idées.

— Qu'est-ce qu'elle a raconté ? demandai-je.

— Un gazouillis incohérent selon lequel elle aurait vu Yéchoua vivant. Au début, elle ne le reconnaît pas. Il a une bonne nouvelle pour elle : il l'aime.

— Qui cela intéresse-t-il ?

— Personne. Tout le monde viendra au petit palais. Parce que tout le monde suit les frasques de Salomé mais personne n'y fera vraiment attention. On va voir Salomé pour la voir, on va l'écouter pour l'écouter, pas pour l'entendre. Salomé est inoffensive, les hommes se rinceront l'œil et les femmes médiront. Rien d'autre.

– Crois-tu qu'elle soit manipulée par quelqu'un ? demandai-je à Caïphe.

– Non. Et cela me rassure. Il n'y a peut-être pas de plan derrière tous ces phénomènes. Il n'y a peut-être pas de rapport direct entre le cadavre volé et le délire de Salomé. Cette fille est folle, tout simplement. C'est la folle de la maison Hérode. Chacun en a une dans sa famille ou dans son village. La rumeur de la résurrection de Yéchoua n'ira pas plus loin.

Nous étions rassurés. L'exercice du pouvoir rend inquiet. Il demande d'anticiper sur les catastrophes et, après plusieurs années, il creuse en nous une tendance à imaginer toujours le pire. Le matin, nous avions craint que la situation ne nous échappât. Après avoir vu Salomé, nous avions retrouvé la tranquillité. Il n'en demeurait pas moins qu'il fallait retrouver le cadavre. Caïphe et moi, nous convînmes d'unir nos recherches.

– Quand nous aurons retrouvé la dépouille de Yéchoua, m'écriai-je, je l'exposerai sous les remparts de la cité, à la mode grecque, bien gardée par mes légionnaires. Et je la laisserai pourrir une bonne semaine, le temps que tout rentre dans l'ordre.

Au moment où nous nous séparions, Caïphe tira familièrement mon bras pour me désigner un attroupement qui se formait au coin de la place.

Une femme avançait sur un âne, une très belle femme mûre, aux lèvres fines, aux traits purs, au nez découpé, un de ces visages si dessinés que, même de face, ils vous donnent le sentiment de se tenir de profil. Son regard clair semblait apercevoir des choses ignorées de tous.

Caïphe murmura son nom : « Myriam de Magdala ».

Je la découvrais avec émerveillement. Il y avait quelque chose de noble dans le lissé de son front, l'élégance de la coiffure toute simple, une coiffure sans coiffure, les lourds cheveux noirs étant simplement ramenés sur l'avant de l'épaule gauche. Sur son âne, elle incarnait la royauté souveraine.

Caïphe m'interdit la contemplation. Il m'apprit qu'elle n'était qu'une prostituée du quartier nord.

Les femmes accouraient au-devant d'elle, comme attirées par la force qui en émanait.

– Je l'ai vu ! Je l'ai vu ! Il est ressuscité.

La femme brune disait cela d'une voix grave et chaude, aussi sensuelle que son œil charbonné et ses longs cils étonnés.

Elle descendit de son âne et embrassa ses compagnes.

– Réjouissez-vous. Il est ressuscité. Où est sa mère ? Je veux le lui dire.

On s'écarta.

D'une pauvre maison de pisé, une paysanne sortit. Sa vieille face portait les peines d'une vie de travail, les fatigues d'une existence difficile et les bouffissures de chagrins récents. Cependant elle écarta ses bras et ouvrit ses mains usées, noueuses, à Myriam de Magdala. Cette vieille mère qui venait de perdre un de ses fils dans un supplice humiliant trouvait encore la force d'ouvrir les bras à qui venait la voir.

Mais la prostituée tomba à ses pieds.

– Myriam, ton fils vit ! Je ne l'ai pas reconnu tout de suite. La voix m'était familière, les yeux aussi. Mais il portait un capuchon. Comme tout ce que me disait cet inconnu m'allait droit au cœur, je me suis approchée. C'est alors que je l'ai reconnu. Il m'a embrassée et il m'a dit : « Va annoncer la bonne nouvelle au monde entier. Yéchoua est mort pour vous tous et, pour vous tous, il est ressuscité. » Ton fils vit, Myriam ! Il est vivant !

La vieille femme ne bougeait plus. Elle écoutait en silence les paroles de la Magdaléenne. Loin d'être soulagée, elle semblait accablée, chargée d'un nouveau poids. Je crus qu'elle allait tomber.

Puis deux larmes, lentement, se lovèrent sur ses paupières rougies. C'était, enfin, le chagrin qui partait, qui allait s'écouler. Mais aucun sanglot ne descendit. La lumière des yeux changea, revint à la vie, et maintenant brillait dans ce vieux masque de peau plissé, son magnifique, éblouissant, son grand, son bel amour pour son fils, radieux comme une aube sur la mer.

Caïphe serra mon bras si fort que je crus qu'il me mordait.

– Nous sommes perdus !

Mais je n'eus pas la force de lui répondre. Je le plantai là et rentrai en courant au palais. Quelque chose m'avait ému sur cette place, que je ne pouvais pas lui dire et que je n'avouerais qu'à toi : dans les yeux de cette vieille Juive, j'avais retrouvé, un instant, le regard de notre mère.

Voilà que le souvenir m'empoigne à nouveau.

Je continuerai mon récit plus tard. La Judée me tourne la tête. Reçois l'affection de ton frère, tiens-toi loin des souvenirs et de la folie juive, et, par là même, porte-toi bien.

De Pilate à son cher Titus

Ce poste de préfet de Judée ressemble à un exil. Je me bats pour faire respecter Rome mais en vérité mes forces sont autant guidées par la nostalgie que par le devoir. Je languis après Rome. J'aspire à y revivre. Certains jours, ce désir me rend fragile ; tout ce qui est étranger, différent, me heurte, me choque et me paraît barbare ; j'ai envie de me recroqueviller sur moi, la tête dans les jambes, le pouce dans la bouche, de retourner au sein de la ville louve. Submergé par cette vague qui me faisait régresser dans le temps, j'ai interrompu mon récit tout à l'heure. J'ai été frappé par tout ce qui me manque, ma cité, ma mère ; l'une est vivante, l'autre morte, mais des deux je ne parviens pas à faire le deuil.

Pour me calmer, j'ai fait réveiller Sertorius, mon médecin. Il m'a longuement massé. Une senteur de foin séché jaillissait de ses aisselles et cette aigreur, curieusement, me rassura. Il m'a fait parler de mon malaise, il m'écoutait avec ce visage tranquillisant des gens qui savent. Yeux plissés, lèvres concentrées, tête dodelinante qui approuve et encourage, Sertorius a le don d'accueillir et d'absorber mes petites misères. Il prête beaucoup d'importance à tout ce que je dis, et peut donner du sens au détail le plus insignifiant. Il m'a vidé l'esprit et m'a rendu un corps apaisé, pommadé. En le voyant partir, j'ai remarqué son crâne dégarni au-dessus de ses bons yeux de loutre, ses épaules qui commençaient à s'arrondir, et penser que mon médecin était lui-même soumis à la loi du temps et de la décrépitude acheva de me rassurer.

Je reprends la plume pour te narrer cette épuisante journée.

Je quittai donc Caïphe au moment où Myriam de Magdala entrait dans Jérusalem pour clamer que Yéchoua était ressuscité.

A partir de cet instant, je ne me fis plus d'illusions : si l'on pouvait négliger le récit de la seule Salomé, la confirmation par Myriam de Magdala allait étoffer la rumeur. De bouche en bouche, de femme en femme, la fable parcourait Jérusalem. Certes, elle n'était véhiculée que par des femelles ; cela lui ôtait de la crédibilité mais, dans le même temps, cela lui assurait une propagation rapide.

Lorsque, dans l'après-midi, deux hommes déboulèrent dans Jérusalem et assurèrent, à leur tour, avoir vu Yéchoua, je sus que le retournement de situation devenait désormais irrémédiable et que j'allais devoir rassembler toutes mes forces pour mettre à bas l'ennemi qui ourdissait cette machination.

Je m'isolai en haut de la tour, au fort Antonia. Mes espions m'avaient rapporté les paroles des deux hommes.

Je posai méthodiquement, un à un, côte à côte, les éléments. Tous les évènements étaient des signes ; il fallait que je trouve, derrière eux, la pensée qui les organisait et me tendait ce piège.

Les deux pèlerins tenaient sensiblement le même discours que Salomé et Myriam de Magdala. Ils quittaient Jérusalem après les fêtes de la Pâque et rentraient chez eux. La nuit tombait alors qu'ils approchaient d'Emmaüs. Ils rencontrèrent un homme en capuchon assis près du sentier ; il se joignit à eux. Ils ne le connaissaient pas et cependant quelque chose dans le voyageur leur semblait familier. Ils parlèrent. Les deux pèlerins dirent les espoirs qu'ils avaient mis dans le rabbi Yéchoua et leur déception lors de son exécution. Le voyageur entra alors avec eux dans l'auberge d'Emmaüs et leur apprit qu'ils ne devaient pas se sentir tristes ni trahis puisque Yéchoua était toujours parmi eux. A la lueur des lampes à huile, ils le reconnurent alors. Et Yéchoua leur demanda de retourner à Jérusalem annoncer la bonne nouvelle. Ensuite, sans même qu'ils s'en rendissent compte, il disparut.

La première chose qui me semblait suspecte était la trop grande ressemblance de ces récits. Mon cher frère, tu connais comme moi la versatilité de la nature humaine : nous savons bien qu'aucun témoin ne voit jamais la même chose et surtout ne fait le même récit que les autres. J'estime même que la diversité, la singularité, voire la contradiction des témoignages, se révèlent les seuls indices de leur authenticité. Ici, l'identité absolue des récits puait le mensonge. Quelqu'un avait fait répéter consciencieusement les faux témoins et voulait, par cette concordance, donner l'illusion de la réalité.

Il me restait à trouver qui. C'est là, mon cher Titus, que ton frère fut brillant. En confrontant les indices, j'aperçus la main dans l'ombre. Salomé avait prétendument vu Yéchoua en rentrant au petit palais d'Hérode. Myriam de Magdala l'avait rencontré dans les jardins de Yasmeth, des plantations qui appartiennent à la famille d'Hérode et où celui-ci va chasser lorsqu'il séjourne à Jérusalem. Enfin, près d'Emmaüs, se trouve justement la résidence d'été qu'Hérode affectionne. Hérode, Hérode, Hérode ! Il manœuvrait cette conspiration.

Sans hésiter, je me fis précéder d'un manipule et j'arrivai au petit palais d'Hérode.

Chouza, l'intendant d'Hérode, ne cacha ni sa surprise ni son trouble en me voyant. Se mordant la bouche, les lèvres privées de sang, il improvisa une excuse pour m'empêcher d'entrer.

— Sa Majesté est endormie. Elle revient de la chasse. Elle a bu et festoyé...

— Je me doute bien, mon bon Chouza, qu'à cette heure Hérode est déjà soûl. Réveille-le, verse-lui de l'eau sur le visage – il ne supporte l'eau qu'à l'extérieur – et introduis-moi.

Chouza disparut. J'entendis des grognements, puis des hurlements au fond du palais, enfin Chouza réapparut, congestionné, et me fit ouvrir les deux grandes portes de bronze qui menaient à la salle des audiences.

— Pilate ! Mon ami Pilate ! Les plus jolies bouclettes de tout l'Empire romain !

Au fond de la salle, Hérode, pâle et vert, étalé

sur une myriade de coussins, une huître dans sa coquille ouverte, faisait des signes avec les bras.

– Pilate ! Pilate ! Tu sens meilleur qu'une femme ! Tu as la peau plus douce que n'importe quelle catin ! Comme Tibère doit t'aimer !

J'étais habitué à l'hypocrisie d'Hérode, hypocrisie sonore, haute en superlatifs, en apostrophes sexuelles, une hypocrisie franche, pleine de faconde, très orientale. Cette hypocrisie était devenue sa franchise : il voulait me signifier qu'il était content de me voir, qu'il me recevait de bon cœur.

– Vous êtes mignons, vous autres, les fonctionnaires romains. Regardez-moi ce bourreau des cœurs. Le visage rasé, les cheveux coupés puis frisés au fer, les bras et les jambes épilés, le corps huilé et parfumé. Et on m'a dit que tu te laves, Ponce Pilate, tous les jours ! Tous les jours, est-ce possible ? Quel raffinement exquis ! Je suis sûr que ta femme, la ravissante Claudia Procula, doit être heureuse d'avoir un homme aussi lisse qu'un galet ! Heureusement qu'elle n'a pas épousé l'un de nous. Elle s'évanouirait tant nous fouettons... Enfin, moi, surtout, qui suis brouillé avec l'eau. Demande donc à Hérodiade, ma vieille guenon !

Il poussa un énorme éclat de rire. J'avais appris à ne pas relever les nombreuses grossièretés qui épiçaient son discours : il fallait les mettre sur le compte de sa bonne humeur.

Je regardai autour de moi et je remarquai, dormant profondément sur les autres lits, quelques jeunes esclaves vautrées, endormies, dénudées. Hérode commenta mon coup d'œil circulaire.

— Eh oui, si je n'avais pas de la belle chair autour de moi, j'aurais l'impression d'être déjà dans mon tombeau. J'ai soixante ans, sais-tu, très peu de cheveux et plus aucune dent. Mais ce n'est pas parce qu'on manque de crocs qu'on n'a plus d'appétit !

— Je te croyais très pieux.

Il s'assombrit et, d'un geste, chassa Chouza, l'intendant, et les autres témoins. Les portes se refermèrent sur nous et les filles endormies.

— Je ne les touche pas. De toute façon, même si je le voulais, je ne le pourrais pas. Jeune, avec ma trique, je pouvais casser des noix, Pilate, si, si, je l'avais dure comme du bois d'olivier. Aujourd'hui, je ne pourrais même plus faire de mal à une tomate pourrie. Et toi ?

Je me contentai de rire en guise de réponse. Je savais qu'une conversation avec Hérode commençait toujours par des obscénités.

— Et toi ? insista-t-il.

– Je ne suis pas venu te parler des prouesses de mon entrejambe, Hérode.

– Prouesses ? Alors, tout va bien pour toi. Je te demande cela parce que, parfois, je me dis que mes défaillances viennent peut-être du pouvoir plus que de l'âge. Mais si tu me dis que... Et Tibère ? Il est plus vieux et a encore plus de pouvoir ! Est-ce que, d'après tes renseignements, il est toujours capable de...

– Je n'en sais rien, Hérode.

Je mentais naturellement. Nous savons que Tibère n'éprouve plus rien et est obligé de faire mettre en scène des orgies ahurissantes pour faire lever une émotion dans sa chair. Mais, pour qu'Hérode changeât de sujet, je me décidai à contredire la vérité.

– Enfin si, je le sais, Hérode.

– Eh bien ? demanda-t-il avec passion.

– Tibère est demeuré... très vert.

Hérode laissa tomber sa tête sur sa poitrine, lassé, dégoûté. On aurait dit qu'on venait de lui arracher son dernier espoir.

– Tu as raison, Pilate. Tibère bande encore. Et c'est pour cela que Tibère est Tibère et qu'Hérode n'est qu'Hérode.

Il renifla. Je craignis qu'à son habitude d'ivrogne, il ne se mît à pleurnicher sur lui-même. Je détournai immédiatement la conversation, estimant passé le temps des préliminaires.

– Hérode, je suis venu te parler de Yéchoua.

– Qu'y-a-t-il à en dire ? C'est un sujet clos. Tiens, bois quelque chose. Je te conseille le vin de Chalas, il est plus liquoreux que le vin de Lassoum, mais nettement moins indigeste que le blanc de Kalzar.

– Nous sommes deux renards, Hérode, et les renards ne parviennent pas à se tromper trop longtemps. Je te connais trop bien. Depuis la mort de ton père, la Palestine a été divisée en quatre. Des quatre frères, c'est toi le seul valable, Hérode, le seul capable. Tu gouvernes très bien la Galilée, ta portion. Toi seul mérites vraiment le titre de tétrarque. Est-il utile que je te rappelle ce que je pense de ton frère aîné ? Je dois la Judée à son incompétence, je lui dois ma place de préfet. Quant à tes deux autres frères, tu l'as su avant moi, ils ne seront jamais que des roitelets sans envergure. Tu es le seul, Hérode, à avoir, outre la légitimité du sang, la légitimité du talent pour t'asseoir sur le trône.

Hérode m'interrompit en ricanant.

– Tu dois avoir quelque chose de bien saignant à me servir pour me flatter autant. J'attends le pire.

— Patience, Hérode, patience. Vous, les Juifs, vous venez de passer des siècles à vous faire conquérir, occuper, mettre en esclavage. Votre histoire est celle de soumissions successives. Et sais-tu pourquoi ? Non pas parce que vous êtes faibles, au contraire, vous avez beaucoup de force et autant de courage. Non, cela vient de ce que vous êtes trop divisés. Même votre foi en ce Dieu unique et sans nom, vous ne la vivez pas de façon identique et vous trouvez le moyen de vous opposer là aussi. Tu es fils d'Hérode le Grand, le plus proche de ton père, le seul digne de ton père, je sais de quoi tu rêves : que ta nation soit de nouveau une, sous la direction d'un seul roi, avec une seule et même foi. Pour le roi, tu t'es choisi. Pour la foi, tu as choisi Yéchoua, ou plutôt le culte de Yéchoua. Tu essaies, en ce moment, de tout rassembler autour de toi et de Yéchoua. Tu te disposes à chasser tout étranger de ton sol, et sans doute moi le premier.

Hérode me regardait en souriant.

— As-tu fini, Pilate ?

— Non !

— Je te répondrai donc plus tard. Après ta leçon. Me permets-tu de boire au lieu de prendre des notes ?

— Tu t'es toujours beaucoup intéressé aux illuminés qui parcourent le pays. Certains prétendent que c'est parce que tu es très religieux, mais je soupçonne qu'il s'agit d'un calcul politique. Vos textes sacrés prévoient qu'un homme viendra, un messie comme vous dites, descendant de David, qui rassemblera tout le peuple d'Israël. Et voilà qu'arrive Yohânan le Plongeur sur les bords du Jourdain, sur ton territoire. Tu t'intéresses à lui, tu rêves de l'utiliser, puis tu découvres qu'il n'est pas manipulable, qu'il vous déteste, toi et Hérodiade, tu finis donc par l'exécuter. Apparaît alors Yéchoua. Je sais par mes espions que, dès le début, tu le rencontres, vous discutez. A la différence de Yohânan le Plongeur, tu le laisses développer son prêche, rassembler les hommes. Je dis « tu le laisses » parce que cela se passe sur tes terres, en Galilée. Un seul geste de toi et Yéchoua disparaissait comme Yohanân. Au contraire, tu l'autorises à circuler, haranguer, agglutiner les passions et les fidèles après lui. Tu as remarqué que cet homme est différent, plus radical et populaire qu'aucun prophète. Sa parole change les gens, le peuple le suit à genoux, des hommes mûrs abandonnent brutalement leur métier, leur foyer pour marcher dans ses pas et vivre d'aumônes. Tu as compris que, sur cet homme, tu peux appuyer un soulèvement des Juifs.

— Ton récit est palpitant, Pilate. Tu débordes d'imagination. Je me demande bien comment tu vas le finir.

— Yéchoua s'attire un grand nombre de fidèles dans ton territoire, la Galilée. Pour achever son œuvre, il doit venir ici, à Jérusalem. Malheureusement, les prêtres du sanhédrin, et particulièrement Caïphe, ne le voient pas du même œil que toi. Ils sont contre Yéchoua. Tu sens un danger. Tu viens à Jérusalem.

— J'y viens chaque année.

— Pas forcément pour la Pâque. Et pas quand tes affaires te demandent de rester en Galilée. Or, cette année, les incendies de Tibériade auraient dû te faire rester sur tes terres. Tu viens quand même. Tu veux prêter main-forte à Yéchoua. Tu le rencontres aux portes de la ville, tu lui demandes de repartir, tu lui expliques la conspiration du clergé contre lui. Obstiné, il refuse de t'obéir. Tu aperçois ses limites, tu comprends qu'il n'est pas ton allié objectif, mais tu ne renonces pas. Tu veux le sauver car tu peux te servir de lui. A cause de la trahison du trésorier, Yehoûdâh, les prêtres parviennent à arrêter Yéchoua et, dans la nuit, à instruire son procès. Cette nuit-là, tu t'agites, tu tentes d'intervenir. Tu leur fais comprendre que leur conseil n'a

aucun droit exécutif, que même s'il le condamne
à mort, ils n'ont pas le droit d'accomplir l'acte.
Du coup, le sanhédrin me le confie. J'interroge
en vain cet homme. Je ne sais pas trop quoi en
faire, mais, à cause de mes relations de bonne
intelligence avec Caïphe, j'aurais tendance à vouloir satisfaire le sanhédrin, donc à exécuter sa
sentence. A ce moment-là, tu m'envoies Chouza,
ton intendant, qui me rappelle que, certes, nous
nous trouvons à Jérusalem, mais que Yéchoua
est natif de Galilée, donc que selon le droit,
on doit te le confier à toi, Hérode, tétrarque
de Galilée. Trop content, je me débarrasse du
prisonnier en te l'expédiant. Tu as récupéré
Yéchoua, il est sauvé, tes plans pourront se réaliser. Tu fais semblant de te moquer de lui, tu
prétends l'humilier en l'habillant en roi des Juifs,
et tu me le renvoies en m'assurant qu'il est inoffensif. C'était, malheureusement, sans compter
sur l'insistance de Caïphe qui, dès que Yéchoua
m'est rendu, alors que je m'apprêtais à le libérer,
fait de nouveau pression sur moi et me demande
d'appliquer la sentence du sanhédrin. On
connaît la suite. Yéchoua meurt sur la croix.

— Oui, Yéchoua meurt sur la croix. Ton histoire ingénieuse finit très mal. Mais elle est finie.

— Du tout. Tu ne t'avoues pas battu. Tu subtilises le cadavre pendant la nuit, tu le caches sans doute ici, au palais, le seul endroit de Jérusalem avec le Temple que mes hommes n'ont pas pu fouiller, puis tu décides de créer la légende de Yéchoua.

Hérode se redressa, soudain furieux. Toute morgue, toute ironie avaient disparu.

– Quoi ! Quelle légende ?

– Arrête de jouer l'innocent, Hérode, tu te fatigues, tu me fatigues. J'ai fait suffisamment de recoupements pour savoir que la rumeur vient de toi.

– Quelle rumeur ?

– Celle que tu as glissée dans l'oreille de Salomé, de Myriam de Magdala et des deux pèlerins d'Emmaüs. Cela a dû te coûter beaucoup d'or.

– Quelle rumeur ?

– Que Yéchoua est ressuscité.

– On dit cela ? On dit cela ? Vraiment ?

Hérode jouait l'effarement à la perfection. Toi qui, à Rome, vois bien plus de spectacles que moi, mon cher frère, tu n'aurais pu qu'admirer les expressions de l'acteur. Il devint pâle, c'est-à-dire un peu plus verdâtre, il roula des yeux exorbités, il mit les mains à son cou, comme s'il suffoquait. Ses lèvres tremblaient sous un souffle court.

— Yéchoua est ressuscité... J'ai tué Yohanân qui l'annonçait... Puis j'ai tué Yéchoua, le Fils de Dieu...

Il s'effondra brusquement sur son sofa et se mit à râler, l'écume à la bouche.

— Je souffrirai toute ma vie éternelle... je suis condamné...

Ses membres étaient agités de spasmes violents, comme ceux d'un chien qui rêve de course. J'avais honte de cette mascarade et j'y mis fin avec autorité.

— Hérode, cesse tes singeries. Je ne suis ni ton public ni un crétin. Je rentre au fort Antonia pour écrire mon rapport à Tibère. Et je t'attends demain pour que tu redresses la situation et mettes fin à cette fable. Tibère décidera lui-même, selon ta conduite, du châtiment à donner à ta tentative de rébellion. Salut.

Hérode faisait celui qui ne m'entendait pas, il continuait à s'agiter convulsivement sur ses coussins. Après l'avoir d'abord admiré pour son astuce, je trouvais maintenant mon adversaire pitoyable et pathétique.

Je rentrai ici. Naturellement, je n'écris pas encore mon rapport à Tibère. Je pense que demain Hérode fera amende honorable, qu'il me livrera le cadavre et que la situation rentrera dans l'ordre. J'aurai fait mon travail sans inquiéter l'empereur.

Toi seul sais vraiment sur quel volcan j'exerce ma préfecture. Toi seul soupçonnes la duplicité de mes interlocuteurs, les dédales de ruse qu'ils me forcent à emprunter. Rome, pour rester Rome, ne peut pas lutter avec les armes de Rome. Nous avons l'intelligence claire et la main armée ; tout est force et rationalité. Ici, les âmes sont tortueuses et les poignards des rumeurs ; tout est espoir et brouillard. Malgré ma satisfaction, cette nuit, d'avoir mené à bien ma tâche, je me sens comme souillé, oui souillé par les moyens qu'il me faut emprunter pour arriver à mes fins. Je t'écrirai demain soir pour te confirmer la réaction d'Hérode et t'annoncer, enfin, je l'espère, mon retour à Césarée. En attendant, porte-toi bien.

De Pilate à son cher Titus

La journée que je vais te raconter m'a plusieurs fois contrarié, agacé, mais elle se finit comme je

n'osais l'espérer. J'ai hâte de t'en livrer la conclusion bien que la conclusion elle-même ne vaille
que par le raisonnement qui y conduit.

Tu sais quel était mon état hier soir. Je pensais avoir repéré les manœuvres d'Hérode dans
ce filet plein de nœuds. Je l'avais menacé d'un
rapport à Tibère et j'attendais donc, sachant
l'homme plus rusé que courageux, son repentir
aujourd'hui.

Le centurion Burrus fut le premier à sollici-
ter une audience. Il avait le visage un peu congestionné et me demanda d'une voix oppressée :

— Est-il vrai que le sauvage, là-bas, dans la
cour, est ton hôte ?

De la fenêtre, il me désigna, au cœur de notre
enceinte, une couche de fortune où était allongé
Craterios, à moitié nu dans ses peaux de bêtes.

— Naturellement, Craterios est mon hôte. Il
fut mon maître avant que je ne porte la toge
virile. C'est un philosophe cynique d'une grande
puissance, sais-tu ?

Burrus devint encore plus rouge.

— Oh ça, pour la puissance, je n'en doute pas.
Il suffit de se pencher pour voir.

— Que veux-tu dire ?

Je regardai plus attentivement en bas et je ne

216

pus retenir un cri. Sans attendre nous avons dévalé les marches pour rejoindre Craterios.

– Salut Pilate, la journée s'annonce bien !

Craterios, d'ordinaire grognon, nous adressait un large sourire. Il avait posé ses peaux, sa besace et se tenait allongé sous le soleil jaune paille du matin.

Je n'avais pas rêvé : Craterios, son énorme sexe turgescent à l'air, était en train de s'astiquer allègrement le membre au milieu de la cour du fort Antonia. Et notre présence devant lui, nos visages ébahis ne changeaient rien au va-et-vient efficace de la rude main.

– Je pense que je vais rester quelque temps à Jérusalem, continua très naturellement Craterios. J'ai parlé hier avec ton épouse, Claudia Procula, une femme qui vaut mieux que ses bijoux. Elle m'a expliqué cette religion juive et, ma foi, à ma grande surprise, je l'ai trouvée assez intéressante. Etonnante même. Sais-tu, de toutes les religions que je connais, c'est la seule qui se rapproche de la philosophie ! Comme chez nos maîtres grecs, on n'y parle que d'un Dieu, un seul Dieu, l'unique.

Craterios discutait tout à fait posément, sérieusement, comme si sa main ne se fût pas occupée de son bas-ventre. Mais moi, je n'arrivais pas à l'écouter, une telle indépendance entre la tête et les organes génitaux m'était impossible, je ne comprenais pas un mot de la discussion.

Je tendis mon doigt vers le lieu d'agitation et demandai faiblement à Craterios :

— Dis-moi, Craterios, mènes-tu un exercice... philosophique ?

— Thérapeutique, dirons-nous plutôt. Thérapeutique et moral ! Thérapeutique car, lorsque le corps déborde de semence, ainsi que le conseillait Hippocrate, il faut prêter le poignet à la nature pour expulser les fluides. Moral car je tiens à ma liberté de penser et d'agir, et je ne veux pas être l'esclave de mes couilles. Si je ne prends pas la peine de vider la bête tous les matins, les fluides me montent à la tête, je deviens fou, je fais des bêtises.

— Je me demande bien ce que peut être une bêtise pour toi.

— Je deviens sentimental ! Je m'attache à la première fille qui passe avec la cuisse large et la hanche forte, je porte sa cruche d'eau, ses provisions, je raconte des fredaines, je complimente, je joue l'avantageux, je vais même jusqu'à faire des promesses... Par contre, rien de tout cela n'arrive si je me soulage au réveil. Je te conseille ma méthode, Pilate. Ne t'en avais-je pas parlé, à l'époque ?

Sans répondre, je regardai l'objet incriminé. Etait-ce l'évocation de la servante ? Il me sembla que l'industrieuse main progressait dans ses œuvres et que le soulagement approchait.

— Les gens me jugent un entêté sexuel, un libidineux cyrénaïque, dit-il en accélérant la cadence de son poignet, alors que je méprise le corps, je méprise le sexe, je veux simplement... me débarrasser... mm... de cette chiennerie... Ah !

Et, dans un spasme, Craterios acheva sa gymnastique matinale. Il en essuya les effets avec ses peaux de bêtes.

— Où en étions-nous ? Ah oui, Pilate, ces Juifs pratiquent une religion qui n'est pas dépourvue d'intérêt. Comme je te disais, ils professent la croyance en un Dieu unique, ce qui me paraît l'intelligence même. D'Anaxagore jusqu'à Platon, c'est le chemin qu'a pris la réflexion des sages. Si Dieu est, il est un. Le seul dieu pensable est un dieu au singulier, l'absolu, l'origine, le foyer de l'Unité, la raison d'être du multiple. Ne trouves-tu pas surprenant que ces mythes expriment spontanément la même théorie que les plus grands philosophes de la Grèce ? Quelle étrange coïncidence ! Le monothéisme, les penseurs l'ont progressivement découvert à force de raisonnement ; alors que les Juifs, eux, en ont eu la révélation dès le début de leur histoire ! De plus, d'après Claudia Procula – une femme exceptionnelle, Pilate, j'espère que tu t'en rends compte –, les Juifs soutiennent aussi que l'âge d'or n'est pas derrière, mais devant. Imagines-tu ? Alors que toutes les religions, voire les philosophies, sont essentiellement nostalgiques, tournées vers le passé fondateur, eux, ils avancent, ils progressent ! Ils mettent le bonheur dans le futur, ils l'attendent, ils l'espèrent, comme si l'histoire n'était pas ronde, cyclique, mais en mouvement, une flèche lancée sur une cible... Claudia Procula m'a précisé cela hier en évoquant leurs livres. Au fait, c'est une femme étonnante, bien au-dessus de sa condition d'aristocrate, je ne sais même pas si tu mérites une épouse pareille.

Sur ce point, j'étais d'accord avec Craterios. Je n'ai jamais compris pourquoi Claudia Procula m'avait choisi, entre vingt prétendants plus riches, plus cultivés, plus glorieux.

— Ton épouse possède une qualité extrêmement rare chez les femmes : l'indépendance. Elle a ses propres goûts, ses propres pensées, ses propres jugements. Elle se déplace à sa guise. Elle n'envisage même pas que son statut d'épouse limite sa liberté. Elle te quitterait, Pilate, si tu la décevais. Et elle reste auprès de toi parce qu'elle t'aime, après avoir vérifié chaque matin qu'elle t'aime encore. Elle se trouve tellement libre qu'elle plaint les hommes, oui, elle éprouve de la compassion pour les mâles qui, à cause de leurs emplois, sont contraints de se soumettre aux comédies sociales et politiques. Elle m'a, d'ailleurs, parlé d'un philosophe d'ici, un certain Yéchoua, qui professait une doctrine qui ne m'a pas semblé très loin de celle de notre grand Diogène. Vie simple, frugale, mépris des puissants, accueil de la femme, respect des hommes à condition qu'ils se montrent dignes d'être des hommes... Je vais me renseigner un peu plus sur ce sage.

— Bien, renseigne-toi. Mais fais-moi plaisir, Craterios : évite les exercices thérapeutiques et moraux en public. Contrairement à ce que tu as l'air de croire, les Juifs ne partagent pas le respect des Grecs pour la philosophie, ni la curiosité des Romains pour l'extraordinaire. Ils ne respectent que leur Loi. Ils sont très pudiques et punissent sévèrement... l'exubérance sexuelle. Tu risquerais de mourir lapidé avant que je ne puisse intervenir.

En haussant les épaules, Craterios se dirigea vers la cuisine pour bâfrer quelques restes.

Un messager d'Hérodiade vint alors nous annoncer que le tétrarque Hérode était souffrant.

L'excuse se montrait aussi grossière qu'inadmissible. Hérode cherchait donc par tous les moyens à gagner du temps. Il persévérait dans sa manœuvre d'intoxication des esprits, il voulait obtenir un soulèvement en Palestine. Je devais intervenir au plus vite.

Suivi par deux cohortes, je galopai au petit palais. Je déployai mes hommes autour de la demeure et je sommai Hérode d'ouvrir.

Chouza, l'intendant, se précipita devant moi et tomba à genoux.

– Hérode est au plus mal, Seigneur.

Je regardai avec mépris ces excès, ces trémolos, ces jérémiades orientales. J'enjambai Chouza et m'ouvris moi-même les portes jusqu'à la salle des festins.

Sur un grand lit, exposé comme on expose un mort, Hérode gisait. Je m'approchai du renard qui, à n'en pas douter, devait simuler un sommeil profond pour éviter notre entretien. Je me penchai sur sa face grasse où fards et poudres, coagulés par la sueur, se fendaient en croûtes sur la vieille peau ridée.

J'avais amené Sertorius, mon médecin. Il se pencha sur le souffle régulier d'Hérode.

– Il dort, dit-il.

– Réveille-le.

Sertorius planta rudement une aiguille dans le bras d'Hérode. Le corps ne bougea pas, le visage n'eut même pas un frémissement des ailes du nez.

Une voix coupante s'éleva du fond de la pièce :

– Il ne dort pas. Sinon, il ronflerait.

La reine Hérodiade se tenait entre deux chandeliers monumentaux, le corps sanglé dans une robe d'apparat, le visage éclaboussé de poudre. A vouloir trop nier le temps, elle l'avait précipité. Perruques et fards substituaient au visage d'une belle femme de quarante ans un masque sans âge. Elle avança en ondulant vers moi, d'une démarche totalement dépourvue de scrupule.

– Il n'est pas mort, mais il s'est évanoui dans un sommeil dont on ne peut plus le sortir. Il n'entend rien.

– Est-ce dangereux ?

– Je l'espère. Je n'ai épousé ce goret puant et faisandé que pour devenir sa veuve. Il le sait d'ailleurs. N'est-ce pas, Hérode, que je te hais et que j'attends que ton vieux cuir pourrisse ?

Hérode, mou comme une huître, ne cilla même pas.

Je ne pus m'empêcher de sourire des manières d'Hérodiade.

— Toujours aussi amoureuse, à ce que je vois.

— Toujours, répondit paisiblement Hérodiade.

Mon médecin examinait Hérode. Il conclut que rien de vital n'était touché chez le tétrarque, mais que celui-ci, suite à une émotion très vive, s'était en quelque sorte retiré de lui-même. Il pouvait très bien revenir de cet engourdissement ou ne jamais en revenir.

— Il en reviendra, trancha Hérodiade. Il en est toujours revenu. Il m'a déjà fait ce coup-là lorsqu'on lui a servi la tête de Yohanân sur un plateau d'argent. Après trois jours, il est revenu à nous et a repris ses insupportables habitudes. Ta visite d'hier lui a fait le même effet que la décapitation de cet ermite à la bouche pleine de merde. Que lui as-tu donc dit ?

Je racontai, sur un ton sévère destiné à l'impressionner à son tour, comment j'avais mis en pièces le plan d'Hérode et comment je l'avais sommé de faire taire toutes ces rumeurs et d'exhumer le cadavre.

Hérodiade m'écouta avec intérêt, ses yeux brillaient d'une flamme noire, le visage absorbé dans une totale fixité.

Elle laissa passer un long silence avant de se réanimer et de me répondre.

— Tu as tort, Pilate. Ton raisonnement visant à accuser Hérode est brillant, mais brillamment vicieux. Le goret est rusé comme un labyrinthe, pourtant tu sous-estimes une chose : Hérode a la foi de ses ancêtres et ne dérogera jamais à la Loi, il est profondément religieux. Oui, il a toujours guetté les prophètes, oui il a éventuellement pensé qu'il pouvait s'en servir comme levier pour reconquérir les quatre régions de Palestine ; mais il ne l'aurait fait que parce qu'il aurait été convaincu que le Messie était bien un messie. Il a très mal supporté que je lui aie extorqué, presque malgré lui, la mort de Yohanân le Plongeur ; il y voyait un inspiré véritable, et il tremblait d'avoir assassiné un ministre de Dieu. Il ne me touchait plus depuis longtemps ; or depuis cet épisode, il ne me parlait plus non plus. Lorsque Yéchoua est apparu, annoncé par Yohanân comme le véritable Messie, Hérode a effectivement mis beaucoup d'espoir en lui. Il voulait l'aider, il lui a proposé de l'argent pour activer son prêche. Yéchoua s'en moquait. Hérode ne se vexait pas. Il voyait, une à une, les prophéties se réaliser, confirmant l'identité de Yéchoua. Lorsque le Nazaréen a annoncé qu'il irait, pour la fête des Pains azymes, à Jérusalem afin d'achever son œuvre, Hérode a fait faire nos bagages afin que nous assistions à son triomphe. Lorsque Yéchoua fut arrêté, Hérode n'eut pas peur un instant. Il était tellement persuadé de sa nature divine qu'il imaginait Yéchoua terrassant ses adversaires, faisant surgir une barrière de feu entre ses juges et lui, ou n'importe quel autre prodige. Il faut dire que Yéchoua nous avait habitués à guérir tant de malades. Lorsque ses espions lui apprirent que le sanhédrin, pas du tout retenu par Yéchoua, mais au contraire poussé par son attitude soumise et entêtée, était en train de voter sa mort à l'unanimité, Hérode est intervenu. Il s'est servi d'arguments juridiques pour envoyer le Nazaréen chez toi, puis ici. Et cette nuit-là... cette nuit-là...

Elle s'arrêta un instant. Elle semblait fatiguée à l'idée de ce qu'elle allait devoir me raconter. Elle renversa sa tête en arrière pour aspirer de l'énergie. Puis, par une manipulation rapide, ouvrit le chaton d'une de ses bagues, en retira une petite dose de poudre qu'elle posa sur sa langue. Les paupières closes, elle semblait reprendre des forces.

— Rien ne se passa comme prévu. Hérode reçut fort gentiment Yéchoua en lui disant qu'il allait le sauver. Yéchoua lui répondit que personne, et surtout pas lui, Hérode, ne pouvait le sauver ; il devait accomplir son destin, c'étaient les hommes qu'il devait sauver, et non pas lui-même. Nous n'y comprenions rien. Yéchoua voulait mourir, il disait que rien n'arriverait sans ce passage par la mort. Il nous sembla déprimé, au plus bas de lui-même, un homme qui ne veut plus avancer. Nous étions inquiets. Nous lui avons demandé de se ressaisir, de nous faire des prodiges. Il ne répondait qu'une chose . qu'il devait mourir et qu'il allait le faire dans des conditions atroces. Moi, je m'étais toujours doutée qu'il n'était qu'un imposteur mais Hérode, cette nuit-là, pour la première fois, accédait à cette idée. Il est entré dans une colère terrible, s'est mis à insulter Yéchoua, le sommant de faire un miracle devant nous. Le Nazaréen ne répondait même plus, prostré, les épaules basses, comme un escroc en bout de course. Hérode a ameuté tout le palais, tout le monde, les gardes, les domestiques, les esclaves ; chacun s'est déchaîné sur Yéchoua en se moquant de lui, en l'injuriant, en le déguisant en femme. Nous attendions une réaction. Nous poussions la provocation au plus loin pour obtenir une réponse. Au lieu de cela, amorphe comme une poupée de son, le Nazaréen se laissait faire. Il fut piétiné, insulté, fardé, attouché, embrassé, palpé, avec dans les yeux une tristesse soumise qui redoublait la rage de tous les participants. Enfin, au comble du dégoût et de la désillusion, nous te l'avons renvoyé, Pilate, dans l'état que tu sais, et couvert de cette fausse pourpre royale, ce manteau déchiré et souillé, pour nous moquer ultimement de sa prétention à fonder le Royaume et te signifier qu'il ne s'agissait que d'un imposteur inoffensif. Je dois d'ailleurs te dire que, si nous n'étions pas convenus auparavant de te le rendre, nous l'aurions mis en pièces et tué ici même cette nuit-là.

Elle soupira longuement. Elle regrettait visiblement cette exécution différée. Un appétit de tuer habitait cette femme étrange.

— Alors, Pilate, tu comprends qu'hier soir, venant lui apprendre la rumeur de sa résurrection, tu as réveillé toutes les craintes d'Hérode. Il a dû imaginer avoir frappé pour la deuxième fois un envoyé de Dieu, la terreur a dû l'envahir de nouveau et l'expédier en sommeil sur ces terres inconnues, désertes et silencieuses, où il se rend lorsqu'il n'a plus le courage de vivre.

Elle me regarda durement dans les yeux.

– Crois-tu à cette résurrection ?

– Evidemment non.

– Moi non plus.

Elle me tourna le dos et se dirigea vers une statue d'or et d'ivoire qu'elle caressa longuement avec ses mains hérissées d'ongles admirables. Elle réfléchissait, j'avais l'impression de n'être plus dans la même pièce qu'elle tant je la sentais absorbée dans sa méditation. Elle venait de s'absenter, sans bouger, devant moi. Soudain, son front se plissa, elle cessa de caresser la sculpture et me regarda, les yeux mi-clos, comme si elle scrutait la vérité au plus profond de la nuit.

– As-tu pensé à un double ?

– Pardon ?

– Moi, ce qui me frappe dans les témoignages que tu me rapportes, c'est que les hommes et les femmes ne reconnaissent pas immédiatement Yéchoua. L'homme porte un capuchon, il ne l'enlève que brièvement puis il disparaît. C'est ce que ferait un sosie qui utiliserait une faible ressemblance.

– Ton idée serait que ces récits sont authentiques, que les témoins ne mentent pas, mais qu'ils ont été abusés par un double de Yéchoua.

– Naturellement. Rien de plus identifiable

qu'un faux témoin. Tandis qu'un témoin de bonne foi, un témoin abusé par une bonne mise en scène, même sous la torture, criera encore avoir vu Yéchoua ressuscité.

J'aperçus immédiatement la force de cette hypothèse. Je devais prendre immédiatement des dispositions. Je pris congé d'Hérodiade, mais sur le pas de la porte, je me crus obligé de proposer les services de Sertorius.

— Veux-tu que je te laisse mon médecin, afin de veiller à la santé d'Hérode ?

Hérodiade eut une moue de mépris.

— Ne t'en fais pas. Hérode tient de la mauvaise plante, vivace, solide, indéracinable, qui n'a même pas besoin de printemps pour refleurir toujours.

Sur ces mots, sa bouche se tordit dans un rictus de vomissement. Décidément, Hérodiade haïssait passionnément Hérode.

Je traversai Jérusalem, mâchant et remâchant la suggestion d'Hérodiade, tentant d'en extraire le suc de plausibilité. La brièveté qui entourait les apparitions de Yéchoua d'un halo de mystère pouvait s'expliquer simplement par l'imposture. L'homme qui jouait le rôle du crucifié ressuscité se manifestait prudemment dans la pénombre, dissimulé sous son capuchon ; il entamait d'abord la conversation avec sa victime pour percer son degré de vulnérabilité, tester son chagrin, sa solitude, et par-delà, son éventuelle tendance à croire à un retour de Yéchoua ; puis une fois le poisson ferré, lorsque le crucifié était venu au centre des préoccupations, l'homme enlevait alors son capuchon. Peut-être même avait-il tenté de créer d'autres témoins mais, faute d'avoir diagnostiqué chez ses interlocuteurs l'envie de voir Yéchoua vivant, il n'était pas allé jusqu'au bout de son plan et avait continué son chemin.

J'avais envie de soumettre cette théorie à Caïphe. J'envoyai un messager au Temple et le grand prêtre, sans attendre, m'arriva. Il ne me laissa pas parler car il ne décolérait pas.

— Va sur le marché et écoute-les, Pilate : les femmes n'ont plus que le nom de Yéchoua à la bouche. Voilà ce qui nous attend, si nous les laissons faire : des femmes qui pensent, des femmes qui donnent leur avis ! Pourquoi pas des femmes au pouvoir ?! Elles provoquent des attroupements sur la place publique et clament qu'une nouvelle ère commence ! Si Moïse voyait cela ! Et de plus, quelles femmes ont reçu la révélation de Yéchoua ? Salomé ! Myriam de Magdala ! Une nymphomane et une prostituée !

Deux virtuoses du bassin ! Deux exaltées qui se reconvertissent, qui passent de la débauche au mysticisme ! D'une transe à l'autre !

– Cette Myriam de Magdala exerce-t-elle toujours son métier ?

– Elle s'est retirée. La pécheresse prétend que c'est Yéchoua qui l'a éloignée du vice. Facile ! Elle avait compris qu'elle atteignait l'âge du rebut. Des chiennes, toutes des chiennes !

Je laissai Caïphe vitupérer un peu puis, profitant d'une respiration, je lui exposai ma nouvelle théorie. Il m'écouta d'abord avec agacement, puis avec intérêt, enfin avec soulagement.

– Naturellement, tu as raison, Pilate : Yéchoua pourrit quelque part tandis qu'un sosie a repris son rôle. Mais qui ?

Nous réfléchissions. Par la fenêtre, je regardais le jour baisser, le ciel devenait violacé, les corps ne portaient plus d'ombre sur les pavés. C'était l'heure indécise où le jour et la nuit glissent l'un sur l'autre sans qu'aucun ne l'emporte. Je ressentais la torpeur de ce moment immobile.

Ni l'un ni l'autre nous ne pouvions trouver, dans nos souvenirs, un sosie de Yéchoua car Yéchoua n'avait pas un physique remarquable. On ne retenait de lui aucun trait précis. Je ne me rappelais qu'un regard, un regard d'une intensité insoutenable, le feu qui couvait dans la prunelle des yeux, une brillance suspecte.

Caïphe me quitta en me promettant de réfléchir et de faire réfléchir les membres du sanhédrin. Mais je ne croyais pas la méthode efficace : le sosie pouvait très bien venir d'ailleurs, de Galilée par exemple, et nous être pour l'instant inconnu. Non, il me fallait le prendre sur le fait, pendant sa mystification. Mais comment prévoir ses déplacements ?

J'examinai de nouveau l'ordre et le lieu de ses apparitions pour y trouver une piste. Je n'y voyais rien, sinon... sinon une prise de risque toujours plus importante. L'escroc avait commencé à jouer sa farce à Salomé qui connaissait très peu Yéchoua ; puis aux pèlerins d'Emmaüs qui avaient suivi Yéchoua plusieurs semaines. Alors, encouragé par son succès, il avait pris le risque de s'approcher de Myriam de Magdala, qui fréquentait le Nazaréen depuis des années... Nul doute que, désormais, il allait s'approcher du noyau central, tenter une apparition auprès des intimes de Yéchoua.

Qui devait-il toucher ? Les disciples, la famille ? Comme les disciples étaient interdits de séjour à Jérusalem, il allait sans doute leur préférer la famille qui avait dû rester ici. S'il était capable de la convaincre, l'affaire était faite.

Je ne convoquai que quatre hommes, dont Burrus. Je leur demandai de mettre des manteaux de commerçants pour cacher leur identité et je les emmenai, à la nuit, sur la place de la fontaine, là où Myriam de Magdala était venue annoncer la bonne nouvelle à la vieille mère du magicien.

Mes hommes se répartirent dans l'ombre bleue. J'étais guidé par la logique du crime : l'imposteur devait se montrer à la mère de Yéchoua et tenter de l'abuser. Nous faisions le guet autour de la petite maison de pisé.

Je ne te ferai pas plus languir, mon cher frère. Pendant la troisième veille après minuit, une ombre encapuchonnée se glissa sur la place. L'homme avançait prudemment. Il se retournait sans cesse. Il prenait les précautions d'un voleur. Nous retînmes notre souffle. L'homme semblait hésiter. Nous avait-il devinés ? Il s'immobilisa un long temps. Puis, sans doute rassuré par la tranquillité, s'approcha de la maison de Myriam. Je retins encore mes hommes. Il hésita encore, regarda derrière lui, puis frappa à la porte.

Là, mes hommes se ruèrent. En un instant, il fut à terre, mains et jambes bloquées, la tête dans le caniveau plein d'ordures. Je m'approchai et

j'arrachai la capuche de l'homme ; je fis apparaître le visage, méconnaissable et grimé, du plus
jeune disciple de Yéchoua.

Yohanân, le fils de Zébédée, celui-là même
qui, auparavant, était revenu en courant vers ses
camarades leur annoncer la disparition du cadavre, celui-là même qui voulait y voir l'intervention de l'ange Gabriel, Yohanân donc avait coupé
sa barbe et frotté ses paupières au charbon. Ainsi
modifié, il ressemblait vaguement à son maître...

Il ne se débattait même pas. Il nous regardait
avec plus de surprise que de terreur.

J'étais tellement habité de sentiments contra-
dictoires, à la fois soulagé de l'avoir arrêté et
écœuré par cette machination, que je ne pronon-
çai pas un mot.

Nous l'avons ramené au fort Antonia et jeté
dans une geôle au sous-sol sans qu'il dise rien
non plus. En ce moment, il gît sous mes pieds,
il fait des prières. Je l'interrogerai pendant la
dernière veille, lorsque j'éprouverai un peu
moins de dégoût pour des comportements si
fourbes.

Puisque j'ai la situation en main, je peux enfin
m'octroyer quelques heures de repos, me laver
de la folie des hommes, laisser revenir des forces
de vie en moi. Te souviens-tu de cette chute que

je fis, lorsque j'avais huit ans, quand nous jouions sur le toit de la villa et que je me pris les pieds dans une tuile ? Miraculeusement, je n'eus pas mal. Stupidement, je n'avais pas eu peur avant. Et tout aussi stupidement, j'eus peur après. Je passai de longues heures à trembler, craignant après coup une mort que je venais d'éviter. Je suis, ce soir, dans le même état : je devrais me réjouir d'avoir mis fin à l'affaire et, cependant, je frémis en songeant aux dangers que je viens d'éviter.

Tu auras le récit de mon interrogatoire demain. En attendant, porte-toi bien.

De Pilate à son cher Titus

Qu'est-ce qu'une surprise ? Un événement inattendu qui provoque en nous de la peine ou de la joie ; c'est bref, une surprise ; on s'en remet toujours, qu'elle soit bonne ou mauvaise. Mais comment appeler une surprise sans fin et sans convalescence ? Une surprise qui nous empêche de revenir à la normale ? Comment appeler une surprise qui ne se résout pas en chagrin ou en plaisir ? Une surprise qui demeure une surprise ?

Une flèche qui nous fige définitivement dans la perplexité ?

Hier soir, je descendis dans le cachot.

Il n'y avait que Yohanân et la nuit.

Le jeune homme se tenait couché sur le ventre, les bras en croix, le visage sur la dalle. Une lune plate, indifférente, lâchait quelques rayons avares à travers les barreaux.

Il était aussi long, aussi grand que Yéchoua. Sa tunique blanche épousait ses larges épaules, sa taille étroite, sa croupe de marcheur, ses jambes hautes et nerveuses...

Je le regardais sans me manifester. J'avais longtemps erré dans le fort endormi. J'avais froid. Je n'aime pas ces nuits glaciales de printemps qui ne tiennent pas les promesses du jour. Je contemplais les mains de Yohanân, paumes plaquées au sol, des mains pâles et tremblantes, des mains plus blanches que la peau blanche des femmes, des mains plus douces que le duvet des joues.

– Approche, Pilate, puisque tu meurs d'envie de me parler.

J'ai sursauté. Sa voix avait résonné sous les voûtes sans que rien de lui ne bougeât.

– Approche.

Je souris. Yohanân avait poussé le mimétisme jusqu'à parler comme Yéchoua, avec ce même timbre d'effusion tendre, cette même familiarité insolite qui refusait de distinguer un empereur d'un berger.

J'avançai vers la grille. Je murmurai :

– Quelle étrange position pour prier...

– Il se tenait ainsi lorsqu'il est mort. En croix, comme un criminel. C'est ainsi que je prierai désormais. Tout à l'heure, j'ai presque senti les clous à mes poignets.

Soudain, il rassembla ses membres, fit demi-tour sur lui-même et s'assit face à moi. Ses bras entouraient ses genoux et ses yeux noirs brillaient dans la pénombre tandis que ses longs cheveux devenaient bleu de cendre sous la lumière morte de la lune.

– Je voudrais lui ressembler le plus possible. Et l'imiter. Tant que ma vie durera.

A la sincérité éperdue qui vibrait dans sa voix, je me pris à soupçonner que Yohanân était peut-être devenu fou. Non seulement il ne niait pas imiter Yéchoua, mais il le clamait haut et fort. Peut-être se prenait-il pour son maître ? Peut-être était-ce malgré lui, sans intention maligne, qu'il avait abusé les témoins ? Peut-être n'avait-il même pas eu conscience de les induire en erreur ?

Je devais mener l'interrogatoire.

– Quoi que le sanhédrin ait dit, j'ai toujours

pensé que ton Yéchoua était un homme droit, juste et sincère. Il n'a jamais voulu tromper personne, même quand il se trompait. Alors pourquoi toi, tu...

— Alors toi aussi, Pilate, tu as recueilli la lumière de sa parole ?

Je déteste cette rhétorique juive, ces images exaltées qui sont le pain quotidien de leur pensée nébuleuse. Je le remis à sa place.

— Non. Simplement, j'ai reçu une éducation grecque et j'en suis resté curieux des sages.

— Mais Yéchoua n'est pas un sage !

— Si, un sage maladroit, un sage entêté, comme Socrate, qui meurt de n'avoir pas voulu se démentir.

— Yéchoua n'est pas un sage !

Le jeune homme s'était fermé. J'avais pensé l'amadouer en lui faisant ce compliment énorme et excessif, comparer son maître à Socrate, mais, loin d'abolir la distance entre nous deux, cela avait construit un mur de silence.

— Pourquoi te fais-tu passer pour Yéchoua ?

Il me regarda sans comprendre. Il avait l'air authentiquement étonné. Je commençai à croire que les gens l'avaient pris pour Yéchoua sans même qu'il s'en doutât.

— Yohanân, écoute-moi. Comment ne puis-je

pas penser que tu organises un subterfuge honteux destiné à tromper tous les sectateurs déçus de Yéchoua ? Tu as toujours eu une vague ressemblance avec Yéchoua et, pour la cultiver, tu te rases la barbe. Excellente idée. La tienne était plus claire, moins fournie que la sienne. Ainsi tu te ressembles moins, et l'on peut imaginer que Yéchoua, s'il s'était rasé, aurait été ainsi... Tu noircis tes paupières au charbon pour te fatiguer et te vieillir. Tu te caches sous un capuchon, tu imites sa voix à la perfection, et, lorsque tu sens que ton interlocuteur est disposé à faire la confusion, tu montres quelques instants ton visage dans la pénombre. Sinon, pourquoi aurais-tu fait cela, toi, un Juif pieux ? Un Juif pieux ne se rase pas !

Yohanân éclata de rire.

— Je n'ai pas rasé ma barbe pour ressembler à Yéchoua mais pour échapper à la surveillance de tes hommes. Tu nous as interdit, à nous, tous les disciples, de remettre les pieds à Jérusalem. Or je savais qu'il allait se passer beaucoup de choses ici. J'ai négligé ton veto et décidé de me cacher. Le capuchon poursuit le même but. Oui je me dissimule, oui je vis en clandestin, mais je ne me fais pas passer pour Yéchoua.

— Alors pourquoi te rendais-tu chez sa mère ?

— Yéchoua aimait profondément sa mère et je suis certain qu'il va venir lui dire la bonne nouvelle. J'aimerais être là, tapi dans un coin, pour assister à son apparition.

Ce garçon me déconcertait. Il pensait violemment tout ce qu'il disait, il semblait incapable d'une feinte.

— Je t'en supplie, Pilate, laisse-moi aller chez Myriam. Je ne veux pas manquer cela.

Il m'avait pris les mains et son regard m'implorait.

— J'ai outrepassé ton ordre, je suis venu clandestinement à Jérusalem, tu pourras m'en punir, certes, mais plus tard, Pilate, plus tard. Je ferai autant de prison que tu voudras, tu pourras même me crucifier, peu m'importe, du moment que j'aurai vu Yéchoua. Laisse-moi l'attendre chez Myriam.

Je m'éloignai pour qu'il me lâche. Il tomba à terre, toujours suppliant.

Puisque ce garçon ne mentait pas, je devais maintenant vérifier la justesse de mon hypothèse : il n'était pas un mystificateur volontaire, mais un mystificateur inconscient.

— Tu nies t'être fait passer pour Yéchoua.

— Bien sûr.

– As-tu rencontré dernièrement Salomé, la fille d'Hérode ?

– Oui.

– Et Myriam de Magdala ?

– Oui.

– Et les deux pèlerins d'Emmaüs ?

– Bien sûr.

Il avouait. Il n'y voyait pas malice. Il ignorait l'effet qu'il avait produit sur eux.

– Que penses-tu de leur témoignage ?

– Je les envie. Oh ! Pilate ! je t'en supplie, laisse-moi attendre Yéchoua chez sa mère. Je n'ai déjà plus besoin de le voir par moi-même pour y croire, mais je serais si heureux de le retrouver. Laisse-moi partir. Je m'engage à me livrer dès que je n'aurai plus de raison d'attendre. Laisse-moi partir.

Je le laissai s'époumoner.

Il finit par se taire.

Il avait compris que je le maintiendrais dans ce cachot. Lentement, il se remit sur le sol, en croix, et recommença à prier. Je le voyais s'apaiser progressivement, son souffle redevenait régulier, les tremblements de ses mains se raréfiaient. Son calme me calmait. Je le contemplai longuement.

Déjà, les pâleurs de l'aube se glissaient dans la mousse des soupiraux. Je songeai qu'il serait peut-être utile que je me repose un peu avant d'affronter une nouvelle journée. Je me levai pour quitter la prison.

— Je t'aime, Pilate.

Yohanân avait prononcé ces mots en me voyant partir. J'en demeurai glacé.

— Je t'aime, Pilate.

Je me retournai vers Yohanân. J'avais envie de l'insulter pour le faire taire.

— Cesse de parler comme lui !

— C'est lui qui me l'a appris.

— Comment peux-tu prétendre m'aimer ? Je t'enferme en prison ; dans quelques heures, je te livrerai au sanhédrin ; tu ne reverras peut-être plus jamais le jour ; tu prétends m'aimer ? M'aimer, moi, qui ai aussi fait exécuter ton maître !

— Il a demandé sur la croix qu'on te pardonne.

— Moi ?

— Toi et tous les autres. Il a murmuré : « Père, pardonnez-leur car ils ne savent pas ce qu'ils font. »

Sans m'en rendre compte, je me jetai contre la grille, je l'attrapai à travers les barreaux et je me mis à le secouer violemment.

— Pas moi, tu m'entends, pas moi ! Tu n'as pas

à m'aimer ! Tu n'as pas à me pardonner ! Je n'en veux pas ! Je n'ai plus besoin de toi !

— Ne sois pas si orgueilleux. Yéchoua t'aimait.

C'en était trop. Yohanân était en prison mais il me menaçait. Il était le chasseur, moi la proie, et je reculais dans la pénombre pour me protéger de son insupportable bonté.

— Vous êtes fous ! Vous êtes tous fous ! Caïphe a bien raison : il faut vous empêcher de penser, de parler ! Il faut vous exécuter, tous !

— Est-ce si indécent de vouloir l'amour ?

— Oui. Je n'en veux pas de ton amour. Je préfère choisir qui m'en donne. Et à qui j'en donne. Domaine réservé.

— Tu as raison, Pilate. Que deviendrions-nous si nous nous aimions tous ? Penses-y, Pilate, que deviendrions-nous dans un monde d'amour ? Que deviendrait Pilate, préfet de Rome, qui doit sa place à la conquête, à la haine et au mépris des autres ? Que deviendrait Caïphe, le grand prêtre du Temple, qui t'achète sa charge à force de cadeaux et assoit son autorité sur la crainte qu'il inspire ? Y aurait-il encore des Juifs, des Grecs, des Romains dans un monde inspiré par l'amour ? Encore des puissants et des faibles, des riches et des pauvres, des hommes libres et des esclaves ? Tu as raison, Pilate, d'avoir si peur : l'amour serait la destruction de ton monde Tu ne verras le Royaume de l'amour que sur les cendres du tien.

Puis-je te l'avouer, mon cher frère ? Devant tant de folie, je m'enfuis.

Je quittai le fort Antonia pour rejoindre notre palais. Je grimpai quatre à quatre les escaliers qui mènent à notre chambre et là, comme un nomade trouve le puits, je me jetai dans le lit où dormait Claudia.

Elle reposait sur le flanc et je me plaquai contre elle. Je la caressai pour qu'elle se réveille. Elle sourit en m'apercevant. Elle cria presque de joie.

– Pilate, je voulais te dire...

Je mis ma bouche en guise de bâillon. Je débordai de tendresse et aussi d'une sorte de joie sauvage, une envie d'étreindre, de caresser, de pénétrer le corps de ma femme. Nous avons roulé dans le lit. Elle voulut encore parler, mais ma bouche l'empêchait. Enfin, elle se rendit, nous nous sommes emboîtés et nous avons fait longuement, furieusement, l'amour.

Notre fièvre avait quelque chose d'une première fois. Il y avait de l'inhabituel dans nos étreintes, peut-être la violence, une sorte d'urgence rapace.

Enfin, quand le plaisir nous sépara, nous glis-

sâmes chacun de notre côté puis Claudia se leva
et vint s'asseoir devant moi.

– Pilate, j'ai quelque chose à te dire de très
important.

– Que tu m'aimes, Claudia ?

– Ça, je viens de te le dire.

– Oui.

– Et tu m'as répondu.

– Oui.

Nous nous embrassâmes encore.

– Pilate, j'ai autre chose à te dire, d'incroyable,
de bouleversant, de...

Elle se tut. Je l'encourageai d'un baiser dans
le cou.

– Eh bien ?

– J'ai vu Yéchoua cette nuit. Il m'est apparu.
Il est ressuscité.

De Pilate à son cher Titus

Comment ai-je fini ma lettre d'hier ?

Je ne sais plus.

Je pense avec difficulté.

Les faits sont plus forts que toute logique. Les
faits s'emballent, galopent. Ils prennent des pistes

inconnues. Ils filent dans le désert. Claudia
m'assure qu'il faut les suivre, les faits, et recons-
truire sa pensée à partir d'eux. J'en suis incapable.
Est-ce une faiblesse ? Je ne peux pas abandonner
le bon sens, je m'accroche à une alternative qui
demande que l'on soit *ou bien* mort *ou bien* vivant,
mais pas les deux. Ces derniers jours, comme tu
l'as lu, j'ai multiplié les astuces de raisonnement
pour garder ma confiance... dans le raisonnement.
Chaque fois, j'ai été démenti. Chaque fois, j'ai
été giflé par la réalité, une réalité têtue, absurde,
impossible, impensable, inacceptable, répétitive,
obstinée, effrayante, ahurissante.

Non seulement Claudia a revu Yéchoua pendant que je tenais son double enfermé dans une
cellule du fort Antonia, mais, cette même nuit,
Yéchoua s'est aussi montré à sa mère, puis à
Chouza, l'intendant d'Hérode. A chacun, il
annonçait identiquement « la Bonne Nouvelle ».

Je ne comprends pas ce qu'est cette bonne
nouvelle. J'ai d'abord estimé, assez naturellement, que c'était sa propre résurrection car ce
doit être agréable de revenir d'entre les morts.
Mais Claudia m'assure qu'il ne peut s'agir d'une
pensée aussi égoïste et personnelle. Yéchoua n'a
pas vécu pour lui. Il n'est pas mort pour lui. Il
ne revient pas non plus pour lui.

Yéchoua apporte un message concernant tous les hommes. Elle en est d'autant plus certaine qu'il a choisi de se montrer à elle, une Romaine. Mais, malgré cette élection, elle s'estime encore incapable de bien saisir l'enjeu. Elle est persuadée qu'il va envoyer d'autres signes...

Imagine ma situation... Je peux mettre tous les témoignages en doute sauf un, celui de Claudia Procula. Je peux fermer mes oreilles à tout récit, toute plainte, toute affirmation, toute accusation, tout déni, sauf s'ils viennent de Claudia Procula. J'en arrive même à soupçonner que Yéchoua a fait exprès de se montrer à mon épouse ; par là, il avait décidé de m'atteindre, de me convaincre. Mais de quoi ? Pourquoi prend-il ces risques ? Que veut-il me dire ?

Pourquoi se cacher et se montrer à la fois ? Pourquoi ce mélange de présence et d'absence ? Si j'étais, comme lui, injustement condamné, et si, par prodige, je revenais de la mort, que ferais-je ? Soit je fuirais à l'étranger pour me protéger de mes bourreaux et éviter de retomber dans leurs mains. Soit je jouerais de ce miracle en me montrant crânement à eux et je me protégerais ainsi par une réputation d'invulnérabilité. Là encore, j'aurais une attitude nette. Ou bien disparaître. Ou bien me manifester. Mais Yéchoua semble échapper à cette logique. Il ruse, il finasse, il biaise, il désarçonne ses adversaires, il s'enveloppe de mystère.

Comment puis-je traquer et retrouver un adversaire que je ne comprends pas ?

J'ai essayé d'interroger Claudia, de la faire accoucher d'une explication. Mais Claudia, presque aussi troublée que moi, quoique pour d'autres raisons, a elle aussi du mal à démêler les intentions du Nazaréen.

— Il faudrait, me dit-elle, mieux connaître les textes de la Loi juive.

J'ai donc décidé d'aller consulter Nicodème, un membre du sanhédrin, qu'on dit ici savant docteur, un expert et un connaisseur des plus infimes détails de la religion mosaïque.

Claudia me supplia d'assister à cette consultation. Elle suggéra aussi que nous nous dissimulions sous de grands manteaux de pèlerins car on pourrait s'étonner que le préfet et la préfète de Rome rendissent visite à Nicodème. Caïphe, plus particulièrement, pourrait en prendre ombrage car il sait bien que Nicodème a toutes les qualités pour être, un jour, désigné par moi-même comme chef du sanhédrin à sa place.

Emmitouflés, encapuchonnés, nous avons

gagné le quartier des potiers, dépassé la place des Innocents, et frappé à la petite porte basse.

Nicodème mit longtemps à nous ouvrir. Lorsqu'il nous examina à travers la lucarne grillagée, je relevai légèrement la tête pour me faire reconnaître. Les loquets jouèrent, il nous fit entrer et referma soigneusement derrière nous.

Je ne m'attendais pas à ce que la maison d'un docteur de la Loi fût ainsi. Je l'avais imaginée pleine de rouleaux, de manuscrits. Je ne voyais que des étagères vides et une cruche cassée.

Nicodème devina mon étonnement.

– Mes biens viennent de m'être confisqués. Caïphe me reproche d'avoir trop prêté l'oreille à Yéchoua, d'avoir voulu lui éviter le procès puis de l'avoir accompagné jusqu'au tombeau. Lui, les prêtres et les pharisiens m'auraient pardonné si Yéchoua s'était contenté de mourir sur la croix ; mais depuis qu'il est réapparu, ils passent leur colère sur moi. Comme ils ragent d'impuissance, ils m'ont transformé en bouc émissaire.

Le petit homme souriait.

– Pour l'heure, ils me laissent encore la maison de mon père. A mon avis, dans une semaine, ils la prendront aussi et je serai totalement spolié.

Cela ne semblait pas l'affecter. L'homme était heureux, volubile, et je sentis que je n'aurais même pas besoin de l'interroger pour qu'il me confie tout ce qu'il savait.

Il nous versa de l'eau dans les deux bols qui lui restaient.

– Nous vivons un moment extraordinaire ; c'est un privilège insigne de voir l'Eternel devenir temporel. Quel honneur ! Pourquoi nous ? Pourquoi ici et maintenant ? Merci Seigneur ! Moïse le premier annonça qu'un jour, un prophète viendrait et créerait la nouvelle Alliance. Puis David, Ezéchiel, Osée, et surtout Jérémie ont, par voie d'inspiration, prédit l'œuvre à venir du Messie. Et Yéchoua se montra. Et lui, à la différence de tous les autres vrais prophètes et faux messies, oui, lui seul, Yéchoua, accomplit une à une toutes les prophéties, réalisa tout ce qui a été annoncé. D'abord, il avait été prévu que le Messie naîtrait à Bethléem, Yéchoua y naquit. Que le sommet de sa prédication se passerait à Jérusalem, et Yéchoua vint y créer des émeutes. Lorsqu'il atteignit l'âge mûr, Yohanân le Plongeur, le dernier prophète avant le Messie, le reconnut au milieu d'une foule anonyme, s'agenouilla devant lui et déclara que le Messie tant attendu était arrivé sur la terre de Palestine. Après cela, les évènements se précipitent et Yéchoua multiplie les confirmations prophétiques. « Exulte de toutes tes forces, fille de Sion ! Pousse des cris de joie, fille de Jérusalem ! Voici ton roi qui vient vers toi : il est juste et victorieux, humble et monté sur un âne, un âne tout jeune. » Comme l'avait prédit Ezéchiel, Yéchoua entra dans Jérusalem monté sur un petit âne que personne n'avait encore bâté ; les gens, reconnaissant le signe, étendirent sur le chemin leurs manteaux, d'autres des rameaux coupés dans la campagne ; ceux qui marchaient devant comme ceux qui suivaient criaient : « Hosanna ! Béni soit celui qui vient au nom du Seigneur ! » C'est là, au mont des Oliviers, que Dieu devait apparaître à la fin des temps selon Zacharie. Les prêtres du Temple, furieux, ordonnent aux enfants de se taire et Yéchoua leur répond : « Vous n'avez donc jamais lu dans l'Ecriture : De la bouche des enfants, des tout-petits, tu as fait monter la louange ? » Bien sûr, certains ont alors prétendu que Yéchoua se servait de sa connaissance des Ecritures pour préparer ses répliques et ses déplacements. Mais alors, s'il n'est qu'un escroc, pourquoi prend-il lui-même le risque de faire des prédictions ? Souvenez-vous de sa colère au Temple, lorsqu'il renversa les comptoirs des changeurs, les sièges des marchands de colombes, les barrières retenant les bœufs et les brebis à vendre, lorsqu'il expulsa les commerçants avec un fouet. Il justifie son acte par l'Écriture : « Ma maison s'appellera maison des prières pour toutes les nations, vous en avez fait une taverne de bandits. » Puis il prend le risque de prophétiser à son tour. « Détruisez ce Temple et, en trois jours, je le relèverai. » Les prêtres, sur le coup, n'ont rien compris et ils ont ricané. « Il a fallu quarante-six ans pour bâtir ce temple, et toi, en trois, tu le relèverais ! » C'est pourtant ce qu'il fait. Nous ne le comprenons qu'aujourd'hui. Le Temple dont il parlait, c'est son corps. Et son corps, il l'a ressuscité en trois jours ! Trois jours !

Devant cette affirmation par trop péremptoire, j'allais dire que c'était jouer sur les mots lorsqu'une pression de Claudia sur ma main me retint.

– Les prophéties exigeaient-elles aussi, demanda Claudia, que votre Messie fût exécuté sur une croix, comme un vulgaire voleur ?

– Naturellement. Isaïe nous en avait avertis. « Mon Serviteur réussira, dit le Seigneur, il montera, s'élèvera, il sera exalté ! La multitude avait été consternée en le voyant, car il était si défiguré qu'il ne ressemblait plus à un homme. Il sera arrêté, puis jugé, supprimé et enterré parmi les mécréants. Maltraité, il s'humilie, il n'ouvre pas la bouche ; comme un agneau conduit à l'abattoir, comme une brebis muette devant les tondeurs, il n'ouvre pas la bouche. » Vous, les Romains et les Grecs, vous ne pouvez pas imaginer un de vos dieux s'accomplissant dans l'humiliation, vous confondez la sainteté et l'héroïsme. Mais nous, nous pouvons saisir le sens de ce supplice. Le Messie accepte la mort pour le salut de tous. Sur sa croix, il ne porte pas ses péchés, mais ceux du peuple. « Le Seigneur a fait retomber sur lui nos fautes à nous tous, disait Isaïe. Il a fait de sa vie un sacrifice d'expiation. Il portait le péché des multitudes et il intercédait pour les pécheurs. » Parce qu'il a connu la souffrance, parce qu'il l'assume, il se charge de tous nos péchés. Il nous demande de les reconnaître, de les expier et, comme lui, de renaître peu après. Oh, si vous saviez, même d'infimes détails de l'Ecriture se sont réalisés. On disait « aucun de ses os ne sera brisé », et toi, Pilate, tu ne l'as ni amputé ni écartelé ; et on l'a descendu de croix intact, je peux en témoigner, j'y étais, en compagnie de Yoseph d'Arimathie. L'Ecriture disait : « Ils lèveront les yeux vers celui qu'ils ont transpercé », annonçant tes légionnaires au pied de la croix. « Des fleuves d'eau vive jailliront de son cœur », et je peux témoigner que, lorsque ton soldat planta sa lance dans sa poitrine, de l'eau mêlée de sang jaillit de sa poitrine. N'est-ce pas merveilleux ? Pourtant cet après-midi-là, moi-même j'ai douté. Le spectacle, trop sordide, me renvoyait à mes rêves d'enfant. Moi aussi, comme Caïphe, comme les prêtres, comme la plupart d'entre nous, j'avais attendu un Messie glorieux, un homme fort, puissant, qui se montrerait d'abord en grand général ou grand roi. Je ne pouvais m'empêcher d'attendre une grandeur charnelle dans le Messie. Et puis, comme mes frères, et à cause de ma formation de docteur de la Loi, j'avais tendance à saisir les choses au pied de la lettre. Ainsi, quand David disait que le Messie délivrerait le peuple de ses ennemis, j'avais d'abord songé, comme les autres, qu'il nous débarrasserait des Romains. Je n'avais pas tout de suite saisi que les ennemis dont Yéchoua délivre, ce sont d'abord les péchés.

Je ne crus pas devoir continuer l'entretien. J'étais allé au plus loin où je pouvais m'aventurer dans les folies juives. Pour être dans l'état de ravissement de Nicodème, il fallait croire deux choses auxquelles je ne pouvais souscrire : croire en ces textes prophétiques déposés par des barbus enragés pendant des siècles sur les terres instables de Palestine ; et croire que Yéchoua, ressuscité, était l'homme providentiel annoncé par ce tissu d'âneries.

– Que vas-tu faire, désormais, Nicodème ?

– Prendre la route de Nazareth. La semaine de sa mort, lorsqu'il prenait son dernier repas avec ses disciples, il leur a annoncé : « Une fois ressuscité, je vous précéderai en Galilée. » Nous savons donc qu'il se manifestera et parlera sur le chemin de Galilée. Maintenant, ce n'est plus nous qui attendons le Messie, c'est lui qui nous attend. Il faut simplement que je trouve une litière...

– Pourquoi ?

Nicodème désigna sa hanche.

– Celle-ci n'avance plus. Elle ne supporte ni de marcher ni de monter une bête. Il n'y a guère qu'allongé que je peux accomplir de grandes distances. Et maintenant que le sanhédrin m'a spolié, je n'en ai plus les moyens. Mais je trouverai bien un ami...

Cette infirmité m'amusa cruellement. Après cette avalanche de nébulosité religieuses, j'étais presque content de voir Nicodème buter sur un détail concret.

– C'est curieux, Nicodème. Pourquoi Yéchoua ne t'a-t-il pas guéri lorsque tu l'as rencontré ?

– Parce que je ne le lui ai pas demandé.

Nicodème m'avait répondu avec le calme du

candide. Agacé, je lui claquai la porte au nez et nous retournâmes au palais.

Crépuscule.

La nuit tombe et ne m'apaise pas. Les lumières finissantes s'enfoncent dans l'horizon sans emporter mes soucis. Par la fenêtre, je vois les collines, la masse sombre des montagnes appuyées contre l'obscurité. Le silence me meurtrit ; il se tait ; il dort sur ses secrets ; il me les dissimule.

Je t'écris et la pâleur de ces feuilles se communique à ma pensée. Je ne pense plus, j'attends. Je refuse ce choix entre une parole sage et une parole folle. J'attends que la raison me revienne. J'attends que le bon sens réorganise les faits.

Tout à l'heure, avant de commencer ma lettre, j'ai subitement ressenti le besoin de parler avec Claudia, de l'embrasser. Mon sang s'accélérait dans ma poitrine. J'ai eu le sentiment que j'allais manquer un rendez-vous auquel j'étais convié. Je suis monté dans notre chambre et là, j'ai compris pourquoi j'avais le cœur battant.

Claudia était partie. Elle m'avait laissé, posé en évidence sur le lit, un mot. Une branche de mimosa empêchait le papyrus de s'envoler.

« Ne t'inquiète pas. Je reviens bientôt. »

Comme tu le sais, je suis habitué à ces petits billets qui m'annoncent des heures de solitude forcée. Claudia est coutumière de ces fugues, je sais qu'elle ne cède qu'à des inspirations irrépressibles et je ne serais plus son époux si je m'avisais de ne pas les supporter.

Je m'allongeai sur la couverture de soie.

La chambre était pleine d'elle, de son parfum ambré, de son goût délicat pour les étoffes rares, les chaises sculptées incrustées de pierres colorées, les bustes étranges rapportés de tous nos voyages. Partout où nous avons été, au gré des mutations, je ne me suis senti chez moi que dans le lit et dans l'odeur de Claudia. Cette fois, je sais où elle est. Cette fois, elle n'est pas allée suivre une caravane, ou remplacer une mère défaillante auprès de ses enfants, ou passer quelques jours au bord de la mer, la tête au-dessus d'un coquillage, cherchant son secret, absorbée dans une de ses méditations qui lui ôte le boire et le manger. Cette fois, elle a pris la route de Nazareth... Elle est gagnée par cette fièvre étrange qui touche les meilleurs esprits de Jérusalem...

Je dois la laisser aller au bout de son illusion. Jusqu'à sa désillusion. Inutile de chercher à la rattraper. Je dois chercher, ici, la solution.

Et, curieusement, j'ai le sentiment que tout est ainsi en ordre. Je me suis dédoublé. Ma force, mes muscles et mon bon sens restent ici, au fort

Antonia, pendant que ma moitié, ma moitié rêveuse, ma moitié sensible, imaginative, ma moitié qui pourrait céder aux mirages de l'irrationnel, accompagne Claudia sur les chemins pierreux de Galilée.

J'ai déposé un baiser sur la branche de mimosa, ne doutant pas que ma femme, où qu'elle soit, recevrait sur son front la chaleur de mes lèvres.

Où es-tu, toi-même, mon cher frère ? Où liras-tu cette missive ? Je ne sais rien des gens qui t'entoureront alors, des arbres et des maisons qui te protégeront, de la couleur du ciel sous lequel tu me déchiffreras. Je t'écris de mon silence pour rejoindre le tien, je t'écris pour abolir la distance, aller de ma solitude à la tienne. Oui, c'est cela. Ma solitude, la tienne. La solitude. Seule chose en quoi, à coup sûr, nous sommes égaux. Seule chose qui nous sépare et nous rapproche. Porte-toi bien.

De Pilate à son cher Titus

J'ai trouvé !

Ton frère est redevenu ton frère, la logique l'a emporté. Mon esprit est en ordre. Il ne me reste plus qu'à en mettre dans le pays.

Tout surnaturel a disparu. Les faits ne s'opposent plus à la raison ; au contraire, ils déroulent le fil d'une machination astucieuse, tortueuse, implacable, une véritable intrigue orientale qui ferait le bonheur d'un historien. Tout danger n'est pas encore écarté en Palestine, mais s'éloigne, en tout cas, le danger de perdre l'esprit. Lorsque tu auras fini ma lettre, tu découvriras qu'il n'y a pas de mystère Yéchoua ; il ne reste qu'une affaire Yéchoua. Encore n'est-ce qu'une question d'heures...

La solution me fut suggérée par Craterios sans que celui-ci s'en rendît compte. Je l'avais récupéré alors qu'il se faisait insulter par mes légionnaires au fort Antonia : ne respectant pas la consigne de nos armées, il mangeait, assis en tailleur, au milieu de la cour. Les soldats criaient : « Chien ! Sale chien ! Va au réfectoire ! A la cuisine », et lui, continuant à s'empiffrer, leur répondait calmement : « Vous êtes les chiens ! Vous rôdez autour de moi lorsque je sors ma nourriture. » J'arrivai au moment où il risquait d'en venir aux mains avec Burrus. Je le fis entrer et m'inquiétai de sa gymnastique matinale.

– J'allais la faire lorsque ton centurion m'a aboyé dessus.

Je le laissai s'exécuter dans un coin de la pièce.

Lorsqu'il poussa son cri de soulagement, il regretta qu'on ne puisse pas satisfaire sa faim aussi simplement, en se frottant le ventre, et nous nous dirigeâmes vers les thermes.

Le marbre fumait de vapeur.

— J'aime les bains car là, au moins, la nudité rend les hommes égaux. Plus de toge et de pourpre pour hausser les uns et écraser les autres.

Naturellement, Craterios trouva encore le moyen de provoquer quelques scandales. Il s'en prit d'abord à plusieurs jeunes hommes, aux corps huilés, superbes et athlétiques, qui, visiblement épris d'exercices physiques, s'entraînaient à lutter et soulever des poids.

— Les beaux hommes dépourvus de culture sont comme des vases de marbre remplis de vinaigre. Vous me faites pitié! Vous passez plus de temps à vous entraîner à devenir coureur, lanceur, qu'à devenir honnête homme. Que mettra-t-on comme épitaphe sur votre tombe? Il était musclé?

Il agressa ensuite un garçon un peu efféminé qui regardait avec trop d'intérêt les athlètes.

— La nature t'a fait homme. Tu veux empirer ton cas en devenant une femme?

Je réussis enfin à l'isoler dans la salle de vapeur, bien qu'il n'aime que le froid, et nous avons parlé. Il me redit son intérêt croissant pour Yéchoua, qu'il tenait pour un philosophe de première valeur, disciple de Diogène comme lui, puisque son idéal était de parcourir les routes pour provoquer les hommes, les désarçonner dans leurs certitudes.

– Comme Diogène, il a abandonné tous ses biens, abandonné sa famille. Il vivait en nomade, acceptant les aumônes. Il faisait table rase des coutumes, des conventions, il ne reconnaissait aucune loi préétablie, il estimait que la vertu est la seule richesse. Je te le dis, Pilate, ce Juif avait choisi, comme moi, à l'exemple de Diogène, le raccourci du chien.

– Comment comprends-tu sa mort sur une croix ?

– Il n'y a rien à comprendre. Le vrai sage ne craint pas la mort car il sait que la mort n'est rien. La conscience ne souffre pas puisqu'elle a disparu. Avec la chair qui pourrit, c'est l'esprit qui pourrit aussi, et les désirs, et l'angoisse. La mort, nous privant de toute possibilité de souffrance, doit être attendue comme une béatitude. C'est d'ailleurs le seul moyen d'être sage : envisager la mort comme une fête.

Je lui appris alors la suite de l'histoire, la disparition du cadavre, puis la résurrection du mort, ses apparitions successives. Il haussa les épaules.

– Impossible !

– C'est ce que je me dis aussi. Mais comment l'expliquer, alors ?

– Très simplement. S'il est toujours vivant, c'est qu'il n'était pas mort sur la croix.

Je ne trouvai pas tout de suite sa consistance à l'affirmation de Craterios. Il fallut un détail, un étrange détail, pour que je saisisse soudain son intérêt. De la salle moyenne nous parvinrent des cris de protestations. Je m'y rendis et découvris que les jeunes gens insultaient un vieillard, ou plutôt un squelette couvert de peau flasque, qui descendait dans la piscine aux carreaux bleu crétois. Son corps portaient des escarres, des croûtes, certaines encore purulentes.

Les jeunes gens lui hurlaient de sortir, l'accusant de souiller l'eau avec ses blessures encore ouvertes, mais le vétéran de la centurie, trop occupé à avancer dans l'hostilité de l'eau froide, ne les entendait même pas.

C'est alors qu'une image me revint, une image qui ne m'avait pas frappé les jours précédents et qui, maintenant, m'arrivait comme un poing dans l'estomac : j'avais vu, lors de ma visite à la ferme de Yoseph d'Arimathie, lorsque je cherchais où l'on pourrait avoir caché le cadavre, un grand homme pâle et blessé autour duquel s'empressaient les servantes... Et si cela avait été Yéchoua ? Yéchoua convalescent, que ni les hommes de Caïphe ni moi n'avions reconnu puisque, bien évidemment, nous cherchions un mort ?

J'ai quitté les thermes pour travailler sur cette idée et voici, mon cher frère, ce qu'à force d'enquête, je peux désormais, ce soir, te dévoiler.

Yéchoua est vivant. Il parle. Il marche. Il respire comme toi et moi tout simplement parce qu'il n'est pas décédé.

Revenons au jour de la crucifixion. J'envoie trois condamnés, deux voleurs et le Nazaréen sur le lieu du supplice vers midi. Yéchoua est le dernier à être monté en croix ; on le cloue vers midi et demi. Or, cinq heures après, Yoseph d'Arimathie vient me prévenir au palais que Yéchoua ayant déjà trépassé, on pouvait l'enterrer. Cela m'arrange car les trois jours de la Pâque juive n'autorisent pas à exposer les morts. J'envoie Burrus vérifier le décès de Yéchoua. Il me le confirme. On exécute alors les deux autres larrons et je donne l'autorisation de décrocher les corps et de les ensevelir.

Or, mon médecin est formel, on ne meurt pas si vite.

J'aurais voulu que tu entendes Sertorius, aujourd'hui, me faire un cours sur les supplices et les agonies. Il m'a expliqué qu'un crucifié ne décède pas de ses plaies, aussi douloureuses soient-elles, ni même du sang perdu lorsqu'on le cloue aux poutres. Non, une crucifixion n'est pas une exécution mais un supplice. Le condamné meurt très lentement. Nos juristes ont adopté cette technique parce que cette longue agonie donne le temps au criminel d'apercevoir l'horreur de ses actes. Selon Sertorius, qui aime les comparaisons médico-juridiques, la crucifixion a des vertus bien supérieures à la lapidation traditionnellement pratiquée par les Juifs. Certes, jeter des pierres aux condamnés permet au peuple d'assouvir sa vengeance et quelques pulsions violentes inexploitées dont la purge est toujours utile, mais l'affaire est trop brièvement menée, un choc sur le crâne conduisant rapidement à la mort. La crucifixion vaut aussi mieux que le feu auquel on condamne l'homme convaincu d'adultère avec sa belle-mère, ou bien le plomb fondu dans la gorge, même si cette dernière méthode permet de garder le cadavre et de l'exposer. La crucifixion, d'après tous nos

265

experts, a le triple avantage de faire souffrir longtemps et de tuer quand même, tout en offrant
un spectacle qui épouvante le peuple. Sertorius
ne tarissait pas d'éloges non plus sur ses vertus
symboliques : lorsqu'on punit un bandit, on le
cloue par les mains dont il se servait pour voler
et les pieds qui lui permettaient de fuir. Bref, la
crucifixion n'est pas juive, mais romaine.

De quoi meurt le crucifié ? D'asphyxie. Le
poids de son corps pèse tellement sur ses bras
que cela lui comprime le thorax et tétanise les
muscles. L'homme se contracte, éprouve de plus
en plus de mal à respirer, donc étouffe lentement.

Je suppliai Sertorius de consulter ses livres afin
de me dire combien de temps l'asphyxie prenait.
Il hésitait.

– En moyenne... c'est difficile... il faut tenir
compte des paramètres complémentaires, comme
la quantité de sang perdu, l'inflammation des
plaies, la chaleur du soleil sur le crâne... on doit
remarquer que certains poumons ou certaines têtes
se congestionnent plus vite... Enfin, on peut dire
qu'en moyenne, le crucifié met trois jours à mourir.

– Trois jours ?

– Certes, on raconte que des sujets particulièrement robustes ont tenu jusqu'à dix jours avant

de rendre leur dernier souffle, mais cela reste exceptionnel.

– Cinq heures de crucifixion paraissent donc ridiculement courtes ?

– Insuffisantes. On a déjà vu des crucifiés décrochés après une journée entrer en convalescence et se porter rapidement comme des charmes, excepté quelques séquelles. Aussi est-ce pour cela que l'on a inventé le bris de tibias.

Le médecin fouilla dans ses accessoires et me rapporta un corps de cire rivé sur une croix. Il s'agissait d'une maquette pas plus haute que ma jambe. Sertorius accrocha la croix à un clou, sur le mur, puis saisit une hache.

– Vois ce mannequin. Je l'ai fait mouler pour mes cours. Par son appui sur les pieds cloués, le crucifié ne pèse pas totalement sur ses bras. Tant qu'il a des forces, il peut se maintenir sur ses jambes, et respirer encore. Aussi, si l'on veut le faire mourir rapidement, on lui coupe les tibias.

D'un coup de hache, il brisa les jambes du mannequin. On vit alors la marionnette s'affaisser, tenue uniquement par ses poignets cloués.

– L'étouffement est alors rapide. C'est ce que l'on pratique, par sécurité, avant de déclouer qui que ce soit.

Je convoquai alors Burrus, le centurion qui

avait été chargé de la vérification. Celui-ci rapporta qu'il avait coupé les tibias des deux voleurs, qui vivaient et juraient encore, mais qu'effectivement, il n'avait pas tranché les chevilles de Yéchoua puisque celui-ci était déjà mort.

— Comment peux-tu en être sûr ?

— On lui a enfoncé une lance dans le cœur et il n'a pas réagi.

— Et s'il avait été simplement évanoui, il n'aurait pas réagi non plus.

— Bien sûr, mais la lance, on la lui a enfoncée. S'il n'avait pas été mort, ça aurait suffi à le tuer.

Sertorius, comme moi, se montrait sceptique. Tout coup n'est pas mortel, nous avons fait assez de guerres pour le savoir.

Je convoquai alors dans l'atelier du médecin le soldat qui avait donné le coup, un petit Marseillais trapu avec une seule longue barre de sourcils très fournis au-dessus des deux yeux.

— Peux-tu nous montrer exactement ce que tu as fait ?

L'homme prit la lance, s'approcha du mannequin et frappa la poitrine. La cire commença par résister et la lame par glisser mais le soldat, pris au jeu de la reconstitution, l'enfonça alors violemment.

Il soupira de satisfaction.

– C'est rentré plus facilement. Mais en gros, c'est ça. Je l'ai frappé au cœur.

Je me tournai vers le médecin.

– Qu'en penses-tu ?

– Je pense que le cœur est de l'autre côté.

Nous sommes alors partis dans un grand éclat de rire. A chaque hoquet, mes douleurs des jours précédents s'envolaient. Plus nous riions, plus je me libérais.

Le Marseillais se renfrogna en fermant les poings ; sous la grimace, son visage semblait encore plus obtus ; il avait moins de front qu'un singe.

– Mais enfin, je sais reconnaître un mort, tout de même !

– Ah oui ? dit mon médecin avec mépris. A quoi le reconnais-tu ? Moi-même je me trompe si je ne fais pas un examen précis.

– Je t'assure que je l'ai enfoncée fort, ma lance. Et profond. La preuve, c'est qu'il en est sorti du liquide. Ça a jailli.

– Jailli ? répéta le médecin. Eh bien, justement, un cadavre ne saigne pas. Il suinte tout au plus un sang épais, brunâtre, qui coule difficilement. Rien qui puisse gicler ! Nous pouvons être déjà sûrs que le crucifié n'était pas mort lorsque vous avez voulu vérifier son décès.

— Mais mon coup l'aura achevé !

— Un coup de lance ne suffit pas. Raconte-nous plutôt comment tu as senti le corps lorsque tu l'as décroché. Etait-il chaud ? Tiède ? Froid ? Encore souple ou déjà raide ? Raconte-nous l'opération.

Le Marseillais devint cramoisi. Il s'absorba dans la contemplation du sol. Je pris le relais du médecin et lui ordonnai de répondre sans délai.

— Eh bien... c'est-à-dire. Ça nous aurait été difficile de nous rendre compte parce que, pendant ce temps-là... nous descendions les deux autres...

— Quoi ! Ce ne sont pas mes hommes qui ont décloué les condamnés !

— Si, pour ceux des côtés, ils n'avaient pas de famille, personne. Mais pour celui du milieu, le Nazaréen, il y avait plein de monde qui voulait s'en occuper... dont ce monsieur qui était venu te voir...

— Yoseph d'Arimathie !

— Oui, alors, comme on était pressés...

Je ne saurais te dire, mon cher frère, si j'étais alors furieux ou soulagé. J'ai joué la colère et fait mettre tous ces hommes au cachot du fort Antonia ; le préfet se doit de punir tout laxisme dans l'exécution de ses ordres. Mais je supporterais mieux de perdre mon autorité que ma raison ; le soulagement de comprendre m'avait gagné. D'ailleurs, lorsque les autres soldats, bouclés, m'ont confirmé n'avoir pas touché le corps du Nazaréen, l'un d'eux, en voulant protester et se vanter de sa compétence, m'a ultimement éclairé :

– Oh, nous, on en a décloué deux pendant que les Juifs ils en déclouaient un seul. On voyait qu'ils n'avaient pas l'habitude. Ils ont dû s'y reprendre à trois fois pour le gros clou du pied. Nous, on sait y faire avec la viande morte, on y va carrément. Eux, ils le traitaient comme s'il pouvait encore sentir quelque chose.

Je me rends compte ce soir que j'ai un ennemi sur la terre de Palestine, un ennemi que je n'avais pas soupçonné, qui manipule Caïphe, moi, le sanhédrin, les disciples de Yéchoua, et peut-être Yéchoua lui-même : il s'agit de Yoseph d'Arimathie. Il prévoit, anticipe, brouille les pistes et se sert des lois et du calendrier pour nous abuser tous. Sachant que les trois jours de la Pâque juive n'autorisent pas de laisser un crucifié exposé, il comptait dès le départ utiliser cette carte : Yéchoua arrêté dans la nuit précédant les fêtes, puis jugé, condamné, n'aurait pas le temps de mourir sur la croix ! Sur le chemin du condamné, il fait porter sa croix par un complice, sans doute pour épargner ses forces, peut-être pour lui glisser à l'oreille son plan. Cinq heures après, Yéchoua donne l'apparence de la mort et Yoseph bondit au palais me l'annoncer, puis, prétextant les usages juifs, me demande de faire exécuter les deux autres pour ensevelir les trois cadavres. Il délivre le moribond avec ses complices, l'emporte précautionneusement dans son propre tombeau, drogue les gardes de Caïphe pour qu'ils s'assoupissent et récupère dans la nuit son blessé. Il lui laisse trois jours de convalescence en le cachant parmi ses domestiques. Puis il commence à le faire réapparaître, toujours brièvement, toujours parcimonieusement, car le blessé doit se sentir encore faible.

Yoseph a peur que le Nazaréen ne décède. Ces jours-ci, il multiplie les rencontres puis, pour créer du mystère, décide de l'éloigner, d'aller le cacher en Galilée. Si le Nazaréen est en mauvaise santé, Yoseph va bientôt faire courir le bruit que Yéchoua va faire une dernière apparition avant de rejoindre le Royaume de son Père.

Si je ne le prends pas de vitesse, Yoseph peut encore faire entériner l'idée que Yéchoua est le Messie. J'ai envoyé plusieurs hommes sur les traces de ces deux escrocs qui risquent non seulement de provoquer un soulèvement des Juifs contre Rome, mais d'attenter à l'idée que l'humanité se fait d'elle-même. Si, dans les jours qui viennent, ils consolident la rumeur de la résurrection, c'est toute la face de la terre qui sera changée, ce sont tous les autres cultes qui seront mis à bas, et c'est la philosophie juive qui couvrira les terres et les océans de sa fumée.

Cette nuit, mes hommes parcourent la Palestine pour mettre la main sur l'imposteur Yoseph et son complice Yéchoua. Ce que je croyais n'être qu'une petite affaire galiléenne pourrait devenir un complot contre le monde entier.

Rassure-toi, ton frère s'est ressaisi. Lorsque tu recevras ma lettre, tout sera sans doute apaisé. J'ai hâte de te le confirmer. En attendant, porte-toi bien.

De Pilate à son cher Titus

— Je comprends pourquoi Rome domine le monde.

Telle fut la conclusion admirative de Caïphe lorsque je lui racontai mes déductions. Nous avons allègrement trinqué ensemble, communiant dans le bonheur de l'énigme résolue. Après quelques verres, le vin de Lesbos aidant, nous avons ri des pièges que nous avait tendus Yoseph : Yéchoua rasé, donc méconnaissable, qui se faisait soigner devant nous par les femmes alors que nous cherchions un cadavre ; Yéchoua ménageant des apparitions brèves à cause de sa convalescence et conférant à cette brièveté un caractère de miracle. Nous nous sommes particulièrement amusés d'un détail de la machination : les bandelettes et le suaire laissés dans le tombeau. Yoseph, lorsqu'il vint récupérer son blessé sur son faux lit d'éternité, exigea sans doute que Yéchoua s'habillât afin de ne pas être reconnu dans les ruelles de Jérusalem ; il prévoyait aussi que les esprits naïfs, ne trouvant plus que les éléments terrestres, appartenant au Nazaréen, en concluraient d'autant plus facilement que le magicien s'était évanoui mystérieusement vers le ciel.

Ma première cohorte revint de la ferme de Yoseph et nous confirma la fuite de celui-ci. Il avait laissé la maison vide, abandonnant ses bêtes et ses vignes à trois femmes impotentes. Celles-ci, un peu secouées, un peu menacées par mes hommes, finirent par avouer que Yoseph et les siens étaient partis pour Nazareth rejoindre Yéchoua.

Mes autres cohortes parcourent déjà les routes de Galilée.

Notre seul point de divergence, à Caïphe et moi, porte sur la complicité de Yéchoua. Caïphe en est convaincu, moi pas.

Caïphe voit dans Yéchoua un imposteur lucide, excessivement intelligent, essentiellement opportuniste qui sait capter les faiblesses et les désirs du peuple. Tout, dans sa démarche, se résume à une conquête progressive et démagogique des suffrages. Il sait combien le respect scrupuleux et quotidien de la Loi pèse aux Juifs : très habilement, il se dégage de la stricte obéissance aux règles et il lance son slogan « Le Sabbat est fait pour l'homme et non l'homme pour le Sabbat. » Il sait combien les femmes souffrent d'être réduites à des ventres dans la société juive : il les flatte et fait vibrer en elles la fibre passionnelle en multipliant les discours sur l'amour. Il sait que la plupart des hommes gagnent juste de quoi subsister : il fait donc l'apologie de la pauvreté et stigmatise les riches. Il sait que la population de Palestine est mêlée, divisée : il développe le thème de la fraternité, il prêche au gros filet. Il sait que les hommes fautent perpétuellement : il invente la rémission des péchés. Il sait les Juifs pieux et attachés aux traditions : il prétend ne pas être venu abolir mais accomplir. Il sait les textes sacrés dans les moindres détails : il s'efforce de réaliser les prophéties afin de se faire reconnaître comme le Messie. Il sait que sa condamnation par le sanhédrin est proche : il fait semblant de prophétiser. Il sait par la loi juive que si on le crucifie juste avant les trois jours de la Pâque, on ne pourra laisser son corps exposé : il organise son arrestation, hâte sa condamnation par son silence. Il sait qu'il doit garder ses forces pour tenir quelques heures sur la croix : il joue la faiblesse, fait porter sa croix par un passant. Il sait qu'on doit le déclouer avant le soir : il fait ses adieux au monde et simule la mort. Il a annoncé qu'en trois jours il se reconstruirait : il se tient à l'abri pendant trois jours puis commence ses apparitions. Caïphe n'a jamais cru à la sincérité du Nazaréen, il n'y a vu qu'une magnifique campagne pour rallier les esprits faibles à sa personne, lever une armée d'une puissance redoutable, une armée dont les armes sont la foi, et la solde le salut.

Je n'ai à lui opposer que des sensations, des impressions confuses. J'aurais tendance à croire que Yoseph se sert de Yéchoua, que celui-ci ne perçoit pas exactement son rôle dans la manipulation, qu'il annonce en toute bonne foi qu'il est vivant, et qu'il ne contrôle pas l'interprétation qu'on fait de ses paroles. Se souvient-il exactement de tout ? Ne prend-il pas lui-même son évanouissement sur la croix pour une sorte de mort dont il serait revenu ? Dans quelle mesure n'est-il pas lui-même convaincu d'être ressuscité ?

Ce que je n'osai pas avouer à Caïphe, c'était que, pour moi, la vraie raison de croire en l'innocence de Yéchoua s'appelle Claudia. Ma femme a toujours manifesté la plus active curiosité pour toutes les religions, mais, fille de l'aristocratie romaine, elle sait reconnaître le démagogue avant tout le monde. Or Yéchoua avait apaisé Claudia qui souffre de notre absence d'enfants ; il l'avait arrachée à ses pleurs, à ses saignements ; il lui avait rendu une paix et une confiance dont je profitais depuis des mois. Certes, Claudia, crédulement, était tombée dans la mascarade de la résurrection, mais comment résister à une mise en scène si parfaite ? Et, encore une fois, qui me prouvait que Yéchoua ne pensait pas, authentiquement, avoir connu la mort puis la renaissance ?

Je suis monté m'isoler au plus haut du fort Antonia. Je n'ose avouer à mes vigiles que je fais leur travail, je guette l'horizon à leur place, je scrute le moindre poudroiement sur les chemins qui arrivent à Jérusalem, espérant à chaque instant reconnaître sous la poussière soulevée la cohorte qui me ramènera Yoseph et Yéchoua.

Porte-toi bien.

De Pilate à son cher Titus

J'attends toujours.

A chaque instant, je trouve une nouvelle raison qui explique le retard de mes cohortes : je calcule les distances, les heures de marche, la fatigue des chevaux, les repas et repos nécessaires. Mais l'impatience est une soif qu'aucune justification n'étanche. Je voudrais sauter du fort Antonia, m'élancer dans le vide et voler moi-même au-dessus de la Galilée. Je fulmine contre mes hommes, je leur reproche leur mollesse. Il me semble qu'à leur place je galoperais, spontanément, sans réfléchir ni hésiter, vers la bergerie ou l'auberge dans laquelle se tapissent Yoseph et Yéchoua. Je supporte mal l'inconfort d'être un chef, de donner les ordres et d'attendre, dans une vacuité angoissée, leur bonne exécution. Je préférerais prendre la place d'un de mes soldats, même celle du dernier homme de troupe, pour fouiller les buissons avec ma lance, renverser les bottes de paille, palper les paillasses et éventrer les coffres.

Fabien est venu me dire adieu. Il continue sa marche. Il se dirige lui aussi vers Nazareth. Il est intrigué par Yéchoua, mais guère plus. Il ne croit pas que ce soit l'homme annoncé par les astrologues car beaucoup de signes lui manquent : la royauté et le signe des Poissons.

— Pour l'instant, il s'agit d'un mendiant qui fait parler de lui. Même s'il est suivi par des milliers de Juifs plus ou moins pouilleux, il ne correspond pas au portrait que j'ai du nouvel Empereur du monde.

Je me taisais, les yeux sur les chemins de l'Ouest. Je n'osai pas lui dire de parler à Claudia ni lui demander, au cas où il la rencontrerait, de lui répéter à quel point elle me manquait.

Il sembla deviner mes pensées.

— Tu songes à ma cousine, Pilate ?

— Oui. C'est idiot. Mais l'amour rend si fragile.

— Au contraire, Pilate, l'amour rend si fort.

Surpris, je me retournai vers Fabien et le dévisageai. Loin de retrouver le séducteur aux yeux brillants, à la bouche souriante et légèrement arrogante, aux dents voraces et blanches entre la perle et le croc, je vis un homme triste, dont les épaules ployaient sous le poids des chagrins innommés. Pour la première fois, Fabien ne m'inspirait ni rivalité ni jalousie, mais une vague pitié. Il répéta :

— L'amour te rend tellement fort. Si tu as l'air droit, solide, inébranlable, Pilate, ce n'est pas parce que tu es grand nageur et bon cavalier, c'est que tu aimes Claudia et que tu en es aimé. J'ai l'impression que c'est là ta vraie colonne vertébrale.

— On ne m'a jamais dit ça.

— On ne dit jamais rien parce qu'on parle tout le temps.

Je demeurai étonné par le ton que prenait la conversation, mais je ne tenais pas à l'interrompre.

— Et toi, Fabien, tu n'aimes personne ?

— Moi ? Je cours après tout ce qui bouge, mais je ne retiens personne. Je ne suis qu'un homme dissolu, Pilate, c'est-à-dire un homme qui n'a aucune confiance en lui. De temps en temps, parce que je n'ai aucune considération pour moi, j'essaie d'en lire dans le regard des autres. J'ai un physique qui fait tomber les femmes dans un lit ; alors je tombe avec. Je trompe ma soif d'amour avec le sexe. Mais je suis incapable de m'engager. Après deux ou trois étreintes, je sens qu'il faudrait aller plus loin, se découvrir, découvrir l'autre, montrer son âme à nu. Je préfère me promener les fesses à l'air que l'âme à découvert. J'ai participé à toutes les orgies de Rome sans me révéler un instant. Toi, en revanche, j'ai l'impression que tu es constamment toi-même. Et la raison en est Claudia.

Je souris, ce qui lui fit baisser les yeux.

– Pourtant, en ce moment, Fabien, tu parles bien à nu.

– Du tout. C'est très couvrant de dire du mal de soi, surtout si l'on sait trouver les bonnes formules : elles vous habillent.

Fabien m'a quitté. A l'instant où je t'écris, je le vois s'éloigner dans l'allée de cyprès, au soleil couchant ; droit sur son cheval, suivi par une dizaine d'esclaves qui portent ses malles et quatre géants de Numidie qui le protègent. Il recherche un Empereur qui n'existe sans doute pas, il fera le tour de notre mer en vain. Il attend de la vie quelque chose qu'elle ne lui donnera pas, et cette attente idiote, c'est son but, sa passion. Cette attente idiote qui l'empêche de vivre, c'est sa vie. Pourquoi les hommes rendent-ils creux ce qui est plein ?

Mais j'entends, mon cher frère, un brouhaha

de chevaux dans la cour principale. Une cohorte est revenue. Mes hommes s'embrassent avec joie au-dessous de moi, ils se congratulent : j'entends qu'ils viennent de ramener Yoseph et Yéchoua !

Je te quitte au plus vite. Tu sais désormais l'essentiel. Tu auras les détails demain.

En attendant, porte-toi bien.

De Pilate à son cher Titus

Je viens d'assister à une des comédies les plus indignes qu'on puisse jouer. J'étais tellement ulcéré qu'on se moquât à ce point de moi, qu'on me prît pour un tel imbécile que je fus un moment, la bave aux lèvres, dans l'envie de tuer. Je ne sais ce qui me retint, au dernier moment, de l'étrangler ; peut-être le sens du ridicule ; ou bien le mépris, l'heureuse paralysie que donne le mépris devant un spectacle excessif, absurde, brutal, déshonorant.

Mes hommes n'avaient ramené que Yoseph d'Arimathie. Yéchoua court encore. Par précaution, le centurion Burrus avait arrêté toute la domesticité qui accompagnait Yoseph, mais je pus constater moi-même que Yéchoua n'en faisait pas partie.

Je fis allumer des torches dans la salle du conseil et j'interrogeai Yoseph d'Arimathie.

– Où est Yéchoua ?

– Je ne sais pas.

– Où l'as-tu caché ?

– Je ne l'ai pas caché. Je ne sais pas. Je le cherche moi aussi.

Pour ne pas perdre de temps, j'ai giflé le vieux Yoseph. Puis, en tournant autour de lui, au milieu des cinq flambeaux qui fumaient et râlaient, distillant une lumière jaune et vacillante, je lui demandai de cesser de feindre et je lui expliquai tout ce que j'avais compris.

Yoseph m'écouta debout, très droit, sur ses maigres jambes de vieillard que son manteau de drap brun, crotté et poussiéreux, laissait apercevoir.

Il étendit la main et nia tout.

– Je te jure, Pilate, que Yéchoua était mort sur la croix et que c'est un cadavre que j'ai déposé au fond de mon tombeau.

– Naturellement. Je ne m'attends pas à ce que tu te dédises. Et tu vas me jurer sans doute qu'il est aussi ressuscité.

– Non, ça je ne te le jurerai pas car moi, je ne l'ai pas revu.

Ses yeux, piqués de veines rouges, laissèrent couler des larmes sur les joues ravinées. Elles allèrent se perdre dans le moisi de la barbe.

– Il s'est montré à beaucoup de gens, sauf à moi. Je trouve cela injuste. J'ai tellement fait pour lui.

Cette fois, il ne se retint plus et pleura à gros sanglots, les épaules secouées par l'émotion.

– J'ai pris soin de lui jusqu'au dernier moment et il préfère apparaître à des inconnus, à ceux qui ont eu peur, à ceux qui l'ont trahi !

Il glissa sur le sol et s'allongea, les bras en croix, le visage à même la dalle glacée.

– Oh, mon Dieu, pardonne mes paroles. J'en ai honte ! Mais je ne peux pas m'empêcher d'être jaloux ! Oui ! Jaloux ! Je crève de jalousie ! Pardonne-moi.

Je me suis reculé avec horreur. J'aurais pu tuer Yoseph pour qu'il se taise, qu'il cesse de me prendre pour un crétin, qu'il avoue enfin un complot qui est si clair. Les protestations d'innocence des coupables sont un cri strident, inharmonieux, bestial, qui insulte l'intelligence des juges, qui perce les oreilles comme le cri, inutile, du cochon qu'on égorge.

Je fis ramasser le vieillard par mes hommes qui le jetèrent au cachot. En ce moment, rationnellement, méthodiquement, mes autres cohortes recherchent Yéchoua. Sans la protection de Yoseph, son réseau, son pouvoir, ses serviteurs, nul doute que le Nazaréen ne soit vulnérable. Sans complicité, il ne pourra demeurer caché trop longtemps. Il nous faut encore un peu de patience, un mot qui se prononce vite, mais une vertu qui s'obtient difficilement.

J'hésite encore à écrire un rapport à Tibère. J'aurais dû l'informer, dès le premier soupçon, des risques de soulèvement que représentait l'affaire Yéchoua. Mais tous les jours, j'ai eu l'impression d'avancer dans son élucidation, de maîtriser mieux la situation. Je n'enverrai les éléments à Rome que lorsque l'affaire sera close. Je dois transmettre les résultats de mon travail, non mes efforts, et encore moins mes inquiétudes. De ces sentiments négatifs, tu es, mon cher frère, le seul confident. J'espère que, malgré ce poids que je t'envoie chaque jour, tu te porteras bien.

De Pilate à son cher Titus

C'est un blessé qui t'écrit.

Ne me demande pas où j'ai été frappé, mon frère ; ce n'est évidemment pas à la main droite qui trace les lettres ; ni à la main gauche, qui tient le parchemin déroulé sur la table ; ni aux jambes qui me soutiennent en ce moment car tu sais bien que j'écris toujours debout. Un coup sur la tête ? Au ventre ? J'aurais sans doute préféré cela, quelque chose qui saigne, qui cicatrise, qui se répare. Le mieux est que je te raconte les faits.

L'aube annonçait une journée riante. Pour une fois, j'avais un peu dormi et le chant du coq pinça un Pilate reposé. Je regardais le ciel pur, le ciel blanc, le ciel qui ne s'use pas malgré tout ce qui s'y passe. Déjà, les palefreniers dans la cour donnaient à boire aux chevaux, les portes bâillaient, la vie rentrait au fort Antonia.

Un affranchi vint me prévenir que mon médecin souhaitait me voir. Je lui répondis que je le rejoindrais dans son atelier.

Là, alors que j'arrivais, rasé de frais, parfumé, m'attendait le premier coup du jour. Sertorius était en train d'examiner les viscères d'une oie.

– Fais-tu des prédictions à partir des entrailles ? demandai-je gaiement.

– Non, j'essaie de comprendre la digestion.

Sertorius s'essuya les mains puis continua à se les frotter de manière embarrassée même après que celles-ci furent propres. Je m'assis sur un tabouret et l'engageai à parler.

– Sachant que tu étais intéressé, Pilate, par la crucifixion du Nazaréen, j'ai continué à faire la lumière sur son cas et repris un à un les éléments en consultant tous les témoins. Et malheureusement, cela m'oblige à revenir sur mon précédent diagnostic.

– Qu'est-ce que tu veux dire ?

– Qu'il est fort possible, voire probable, très probable que le Nazaréen soit bien mort sur la croix.

Il se grattait la tête, comme si ses scrupules étaient une démangeaison.

– L'autre jour, je n'avais pas toutes les données en main, ce qui me faisait surestimer la santé du Nazaréen. Tout d'abord, il était à jeun depuis quarante-huit heures, ce qui l'affaiblissait. Ensuite, la nuit où il fut arrêté au mont des

Oliviers, il suait du sang sur son crâne, tous les témoins s'en étonnèrent. J'ai déjà vu notifié ce phénomène par Timocrate, un confrère grec, pour qui cette sudation exceptionnelle est le symptôme d'une grave maladie. Je peux déjà conclure, qu'avant même son procès, le Nazaréen n'était pas en bonne santé. Mais ce qu'on ne m'avait pas dit, non plus, l'autre jour, c'est que l'homme avait été torturé et fouetté avant d'être conduit au Golgotha.

— On ne meurt pas du fouet ! protestai-je.

— Si ! Cela s'est vu. Car le criminel y perd beaucoup de sang, les muscles sont lacérés. Tes centurions m'ont d'ailleurs expliqué qu'ils fouettaient traditionnellement les condamnés à la croix afin qu'ils meurent plus vite.

— Je n'ai pas fait fouetter Yéchoua pour qu'il meure plus vite mais pour lui éviter la mort. Je pensais que cela suffirait à satisfaire le peuple.

— Médicalement, le résultat est le même. Le Nazaréen se trouvait donc incapable de porter le montant supérieur de la croix jusqu'au Golgotha, il fallut qu'un passant le fît à sa place. Tes légionnaires ont d'ailleurs accepté la proposition de ce Juif parce qu'ils avaient peur que le condamné n'arrivât pas vivant au lieu du supplice. Dans cet état, l'hémorragie des poignets et des pieds, plus quelques heures d'asphyxie sur la croix ont pu suffire à l'achever.

— Mais le sang ? Le sang qui jaillit lorsque le soldat a enfoncé sa lance ? Le sang, déjà épaissi, ne gicle pas d'un cadavre !

— Justement, j'ai obtenu des précisions qui me font, là encore, diagnostiquer différemment. D'après Yohanân, le jeune disciple, et les soldats au pied de la croix, ce qui fusa hors du corps était un mélange de sang et d'eau. Ce qui nous indique que le coup de lance a atteint la plèvre, cette poche qui contient de l'eau. En éclatant, elle a forcément lâché un peu de sang, colorant son liquide, même si le corps était déjà mort. De plus, à supposer que l'homme ne fût alors qu'agonisant, fendre la plèvre aurait suffi à l'achever. En fait, aujourd'hui, au regard de tout cela, je me sens obligé de conclure qu'il y avait quatre-vingt-dix-neuf chances sur cent que le Nazaréen fût bien mort lorsqu'on le décloua.

— Très bien, Sertorius. Alors comment expliques-tu qu'il vive, parle et marche aujourd'hui ? Par la résurrection ?

— L'idée de résurrection n'appartient pas à mon arsenal médical.

— Donc, si la résurrection n'est pas pensable pour toi comme pour moi, cela nous permet de conclure que, s'il y avait quatre-vingt-dix-neuf chances sur cent que Yéchoua fût mort, il n'était donc pas mort puisqu'il vit toujours.

Je quittai l'atelier sans un mot ni un regard pour le médecin. Il s'était soulagé de ses scrupules, il ne m'avait pas ébranlé, il avait juste réussi à me mettre de mauvaise humeur.

On vint alors me prévenir que Yoseph d'Arimathie, du fond de sa cellule, souhaitait me faire des révélations. J'en fus ragaillardi : enfin, nous allions mettre la main sur Yéchoua.

Je trouvai un Yoseph étrangement calme. Il sourit même en me voyant. Il m'annonça qu'il voulait révéler toute la vérité, mais il y posait une condition : que nous nous rendions au cimetière, près du tombeau de Yéchoua.

Je ne pouvais pas imaginer un piège, ni une ruse. Son regard était clair, le vieillard respirait paisiblement, comme un homme qui va se délivrer des secrets qui l'empoisonnent. Je lui passai son caprice.

Suivis d'une garde restreinte, nous arrivâmes devant le tombeau de Yéchoua.

— Eh bien, parle, Yoseph.

— Rentrons dans la tombe. Là, je te montrerai les deux choses que j'ai à te révéler.

D'un geste, j'ordonnai à mes hommes de rouler la pierre. Qu'avais-je à craindre de ces conditions ? Peut-être même Yoseph voulait-il m'indiquer une trappe, un passage secret qui avait permis à Yéchoua de se cacher ou de s'enfuir ? J'étais déjà piqué par les pointes de la curiosité.

La vieille main sèche de Yoseph me prit le bras et nous pénétrâmes dans le vestibule. Il avait plus peur que moi.

Là, il demanda qu'on referme la meulière. Mes hommes hésitèrent. Je donnai l'ordre à mon tour. Les muscles se bandèrent de nouveau, nous entendîmes les souffles raccourcis par l'effort, quelques jurons, puis le jour disparut totalement. Nous étions seuls dans le tombeau obstrué.

Yoseph m'amena à tâtons au fond de la chambre mortuaire et me fit asseoir. Je ne voyais rien. Une odeur fraîche et entêtante avait gagné l'obscurité.

Je m'appuyai contre le roc froid pour attendre les révélations de Yoseph.

– Je n'imaginais pas qu'une tombe sente aussi bon.

– N'est-ce pas ? Il y a ici cent livres de myrrhe et d'aloès, le cadeau de Nicodème, que tu connais sans doute, le docteur de la Loi. Il l'avait fait déposer l'après-midi de la crucifixion.

– Eh bien parle, Yoseph, je t'écoute.

Yoseph ne répondit pas.

– Que veux-tu me montrer ?

Yoseph ne répondit pas davantage.

Etait-ce la fraîcheur ? Etait-ce l'humidité ? Etait-ce l'enfermement ? Je commençais à me sentir légèrement nauséeux.

– Yoseph, dis-moi pourquoi tu nous as fait venir ici ?

– Je veux te convaincre que Yéchoua était mort.

Yoseph avait parlé d'une voix blanche, il avait de la difficulté à respirer. Moi-même, j'avais le cœur qui s'accélérait et je cherchais mon air.

– Allons, parle vite ! Cette odeur est insupportable ! Je ne tiendrai pas longtemps...

Je passai ma main sur mon front et je découvris qu'il était couvert de sueur alors que j'avais froid. Que se passait-il ?

– Yoseph, ça suffit ! Que faisons-nous là ?

– Tu n'as qu'à deviner toi-même...

Sa voix devenait à peine audible, un souffle rauque au bord de l'exténuation.

Puis il y eut un bruit sourd, celui d'une chute.

Je me dressai. Je sentis une chose chaude et molle, sous mes pieds. Je l'enjambai et je courus vers la pierre d'issue, je repris mon souffle et hurlai à mes hommes, à travers la paroi, d'ouvrir.

Je n'entendais plus rien. Je m'approchai de l'unique rai de lumière pour respirer un air plus pur, puis, au bord de la défaillance, j'appelai de nouveau. J'étais devenu sourd et je sentais le monde tout aussi sourd à mes appels. Je venais de sombrer dans une machination. J'ai crié, crié, crié. .

Fnfin le rai de lumière s'arrondit, la pierre commença à rouler, me parvinrent les chants d'oiseaux, les jurons de mes hommes et je vis le soleil vert et blanc du verger fleuri. Je bondis hors de la tombe et m'écroulai dans l'herbe.

Mes hommes allèrent chercher Yoseph, la chose évanouie qui était tombée à mes pieds, et ils l'allongèrent près de moi. Ils nous aspergèrent avec l'eau de leur gourde, nous tapotèrent les joues pour y faire revenir les couleurs sans cesser de nous parler.

Je revenais progressivement à la vie, à moi-même, je me dis que j'aimais l'affairement de mes soldats, que j'aimais ces grosses faces plébéiennes où le sourire était en train d'effacer l'inquiétude.

Yoseph mit plus de temps à se recolorer. Je vis enfin son œil bleu, blanchi par les couches cataracteuses de l'âge, se rouvrir au ciel. Il se tourna vers moi.

293

— Alors, as-tu compris ?

J'avais compris. Les épices et aromates entreposés dans la tombe pour l'aseptiser et accompagner le défunt, cette myrrhe et cet aloès, provoquaient une atmosphère suffocante, irrespirable, mortifère. Yéchoua, moribond ou en bonne santé, n'aurait jamais pu survivre dans cette chambre empoisonnée.

Mes hommes nous remirent debout et nous déposèrent près de la fontaine, à l'ombre du figuier.

Je niais encore la démonstration de Yoseph. Qu'est-ce qui me prouvait que l'on n'avait pas déposé ces offrandes dans la tombe de Yéchoua après qu'il en fut parti ? Au moment où on l'avait retiré ?

Yoseph lisait mes doutes sur mon front.

— Je t'assure que Nicodème avait placé son présent avant qu'on y dépose le cadavre.

Je n'étais pas convaincu. Il ne s'agissait encore que d'un témoignage. Dans cette affaire Yéchoua, on rebondissait de témoignage en témoignage. Quoi de plus fragile qu'un témoignage ? Comment accorder du crédit à des Juifs qui, de toute façon, dès le départ voulaient voir en Yéchoua leur Messie ?

Yoseph me sourit et fouilla dans les plis de son

manteau. Il en sortit un parchemin, noué par un ruban que je connaissais bien, où était glissée une branche de mimosa.

Je frémis.

Yoseph me le tendit. Il savait que j'avais compris. Claudia Procula lui avait confié ce message pour moi.

– Qui croire ? Qui ne pas croire ? Mon bon Pilate, soupira Yoseph. Je sais que tu n'écouteras qu'une seule personne. Lis donc.

Je dépliai la missive.

« Pilate,

« Il y avait quatre femmes voilées au pied de la croix. Myriam de Nazareth, sa mère. Myriam de Magdala, l'ancienne courtisane que Yéchoua aimait tendrement pour sa bonté et son intelligence. Salomé, la mère de Yohanân et de Jacob, les disciples, soutenait la pauvre Nazaréenne. Enfin, la quatrième était ton épouse, Pilate. Je n'ai pas osé l'avouer, ni à toi ni aux autres, j'étais dissimulée sous plusieurs couches de soie afin que personne, sinon mes compagnes, ne me reconnût. Je peux t'assurer, pour avoir enveloppé son corps raide et glacé dans le suaire, que Yéchoua était bien mort ce soir-là. J'en ai moi-même tant pleuré de désespoir. J'étais sotte. Je ne croyais pas assez en lui. Maintenant, la lumière s'est faite. Rejoins-moi vite sur la route de Nazareth. Je t'aime.

Ta Claudia. »

De Pilate à son cher Titus

Deux jours viennent de passer sans que je t'écrive.

J'étais loin de tout, y compris de ma propre pensée. Mille sensations me traversaient la tête mais aucune ne s'arrêtait, ne prenait le temps de s'épanouir en idée, de s'enraciner dans une formulation. Des feuilles mortes agitées par le vent.

Je suis cloîtré dans le mutisme et la surdité. Je n'ai plus pour ce qu'on me rapporte, me décrit, me demande, que de l'indifférence. Je connaissais l'indifférence des blasés, ceux que plus rien ne peut surprendre ; j'ignorais la sorte d'indifférence qui m'atteint, l'indifférence du choqué, de celui qui, trop violemment surpris une fois, ne veut plus qu'on le surprenne encore. Le monde m'apparaît dangereux, nouveau, imprévisible, et je préfère m'en retirer. Imagine un enfant qui, après être sorti du ventre où il se trouvait si bien, avoir crié parce qu'il fait froid, suffoqué parce qu'il faut respirer, aperçu tout ce sang, ces croûtes, ces miasmes, ces chairs déchirées, ces douleurs, entrevu le regard surpris du père, épuisé de la mère, horrifié de ses frères, suspicieux de la sage-femme, ressaisit le cordon, tire dessus en disant : « Laissez-moi, j'y retourne. » Je suis ce nouveau-né-là, traumatisé, tout neuf et cependant nostalgique du monde qu'il connaissait avant.

Je ne suis pas attiré par ce mystère Yéchoua. Je reconnais aujourd'hui que l'affaire Yéchoua n'est pas seulement une énigme, mais un mystère. Rien de plus rassurant qu'une énigme : c'est un problème en attente provisoire de sa solution. Rien de plus angoissant qu'un mystère : c'est un problème définitivement sans solution. Il donne à penser, à imaginer... Mais je ne veux pas penser. Je veux connaître, savoir. Le reste ne m'intéresse pas. C'est pour cela que, depuis deux jours, je ne suis qu'un silence long, compact, piqué de petits murmures sans conséquence, un silence lourd et immobile comme une urne de marbre.

Craterios vient de me réveiller.

Il est venu déjeuner avec moi. Il mangeait si

goulûment et si salement qu'il nourrissait ses pieds en même temps que sa bouche.

Il commença à me reparler de Yéchoua. Je lui demandai de changer de sujet. Il rota et s'assit sur mon bureau, jambes écartées, les couilles à l'air.

— Si, si, je tenais à te dire que je m'étais intéressé à lui les premières fois où Claudia Procula — quelle excellente femme, où est-elle ? vraiment tu ne la mérites pas — m'avait rapporté ses propos. Mais je suis finalement déçu. Nous autres, philosophes cyniques, nous cherchons à lutter contre les souffrances ; j'ai le sentiment, au contraire, que ce Yéchoua exalte les souffrances, il y voit de la grandeur, il leur confère une utilité de rachat. En fait, il se moque totalement du bonheur terrestre, il parle d'un bonheur à venir, dans un Royaume sans frontières, au-delà de la mort. Cela me paraît ridiculement fumeux ! Je soupçonne de plus en plus, chez ce Yéchoua, la volonté de faire l'ange plus que la bête. Au lieu de se soumettre, comme notre maître Diogène, à la nature, de suivre le raccourci du chien, il tente absurdement de nous soumettre à l'esprit. Il s'enivre de mystère. Il parle d'un dieu au-delà des nuages. Il passe définitivement les limites de la bonne philosophie. Particulièrement lorsqu'il parle d'amour. J'ai été choqué. C'est la première fois que j'entends un philosophe parler d'amour. Quelle grossière erreur ! On ne peut rien fonder sur l'amour. L'amour n'appartient pas à la juridiction philosophique. L'amour n'est en rien un concept qui se trouve par le raisonnement ou l'analyse. Je refuse que ce Yéchoua bâtisse toute sa morale là-dessus.

Pour la première fois, je me piquai au jeu de répondre, car les affirmations ronflantes de Craterios m'agaçaient.

— C'est peut-être l'intérêt de ce qu'il dit, justement ! Qu'il parle d'amour ! Quand je vois à quoi la seule raison te conduit, toi, je ne trouve pas motif à ta fierté, non ?

— Mais Pilate, qu'est-ce qui te prend ?

— Tu m'épuises, Craterios, tu n'es que l'ombre d'une imposture ! Tu passes pour un sage alors que tu n'as jamais tendu la main à personne, jamais donné un sou à personne, jamais souri à personne, jamais apporté le moindre réconfort à quiconque. Tu causes, tu causes, et ton action se résume au bruit que tu fais ! Tu n'es qu'un parasite qui a besoin du travail de ceux que tu méprises. Tes raisonnements, lorsqu'ils sont adressés aux autres, ont pour but essentiel de choquer ; lorsqu'ils sont adressés à toi-même, de faire sentir le poids de ton intelligence. Tu es vain ! Tu es Athènes ! Tu es Rome ! Tu ne penses qu'à toi, tu ne parles que de toi, tu n'es rien d'autre qu'une boursouflure !

Craterios sauta de la table et lâcha un pet.

– Enfin ! Je suis content que tu sortes de ta réserve, Pilate, j'avais l'impression que tu étais mort.

– Craterios, ne fais pas semblant de contrôler la situation, d'avoir voulu ma colère ! Et si tu me parles de Yéchoua, réponds à la seule question essentielle qui se pose à son sujet : est-il ressuscité, oui ou non ?

Craterios posa sa grosse main sur mon front.

– Mon pauvre Pilate, cela fait trop longtemps que tu demeures en Palestine : le soleil a fini par avoir raison de toi.

– Est-il ressuscité, oui ou non ? Est-il seulement un sage ou bien le Fils de Dieu ? Est-il le Messie ?

A ma propre surprise, je hurlais, au bord des larmes. Je me voyais faire sans pouvoir me retenir.

Craterios dit, en se grattant pensivement la couille gauche :

– Personne n'a jamais ressuscité.

Je ne pus m'empêcher de lui aboyer encore aux oreilles :

– Comment peux-tu savoir à l'avance ce qui est vrai et ce qui n'est pas vrai ? Ce qui est possible et n'est pas possible ? Crois-tu vraiment tout savoir du monde créé ? Avant que tu vives, qui aurait pu imaginer qu'il existerait un individu aussi répugnant et inutile que Craterios ?

Et je quittai la pièce, sans me retourner sur le philosophe de notre enfance.

Cette colère m'a fait rejoindre la vie. Je viens de préparer une besace de voyage ; j'ai emprunté un manteau de pèlerin ; dès que j'aurai terminé cette lettre, je partirai à la recherche de Claudia sur la route de Nazareth.

Je ne sais si je pourrai t'écrire. Je tâcherai de le faire lorsque je m'arrêterai dans les auberges. Je ne sais pas à la rencontre de quoi je vais, mais une chose est certaine : j'y vais.

Porte-toi bien.

De Pilate à son cher Titus

Je ne suis plus qu'un marcheur au milieu des marcheurs.

Pour l'heure, je n'ai toujours pas retrouvé Claudia, ni appris quelque chose de nouveau.

Chaque jour, les routes se couvrent de plus de monde. On veut voir le Galiléen.

Au gré des villages traversés, les pèlerins s'arrêtent aux fontaines et répètent perpétuellement les mêmes histoires : Yéchoua est apparu aux onze disciples. Ils prenaient leur repas ensemble lorsqu'il frappa, ils le confondirent d'abord avec un mendiant et, fidèles à leur devoir de charité, le prièrent d'entrer pour dîner avec eux ; le vagabond se mit à table, accepta le pain et remercia Dieu ; puis il rompit le pain et le leur donna ; alors seulement leurs yeux s'ouvrirent et ils le reconnurent.

Les aubergistes, peu préparés à autant d'affluence, n'ont plus assez de chambres et dressent des paillasses dans les cours. Je préfère encore dormir plus loin, au milieu des champs, sous les étoiles stupides et muettes, afin que l'on ne me reconnaisse pas.

A bientôt. Porte-toi bien.

De Pilate à son cher Titus

Rien de nouveau, mon cher frère, sinon une barbe naissante. Elle me permet de circuler plus inaperçu. Mais je ne me fais guère d'illusions sur ma capacité de passer pour un Juif : outre mes jambes lisses et poncées qui révèlent le Romain, je sais qu'une nation dépose toujours sa trace indélébile sur les traits d'un visage ; la langue fait des bouches et des dents qui n'ont pas besoin de parler pour qu'on les reconnaisse ; le régime alimentaire fait la texture des peaux ; les mœurs font des regards audacieux ou pudiques, mobiles ou fixes ; le ciel qui les voit naître fait la couleur des yeux. Aussi ai-je la nuque cassée à force de marcher tête courbée, capuchon baissé. Mon cou souffre autant que mes pieds.

Curieusement, alors qu'au départ de Jérusalem je m'estimais isolé au milieu de cette foule de pèlerins, je me sens chaque jour plus proche des autres. Ce qui s'use sur ces chemins pierreux de Galilée, ce ne sont pas seulement mes semelles, mais le sentiment que j'avais d'être unique. Quelque chose me fait éprouver une plus grande proximité avec mes compagnons de voyage, je ne sais pas trop quoi... Peut-être la marche, la soif, la quête de quelque chose d'important... Ou tout simplement la fatigue.

Porte-toi bien.

De Pilate à son cher Titus

Je marche toujours.

A certains moments, je ne suis même plus certain d'avoir un rendez-vous. Il faut que je me remémore volontairement la lettre de Claudia pour me redonner de la force. Je suis persuadé qu'il en est de même pour les autres pèlerins. Où vont-ils ? Ils ne le savent pas exactement ; là où voudra bien apparaître Yéchoua. Pourquoi y vont-ils ? Ils ne le savent pas non plus ; ils sont poussés par quelque chose d'aussi indistinct que la soif, une soif de l'esprit, qui voudrait se rassasier à une vraie source. Ont-ils été conviés ? Aucun ne le fut personnellement car les messages de Yéchoua s'adressent toujours à tout le monde ; seule sa foi permet à chacun d'estimer qu'il a bien le droit d'être là.

Etrange cohorte qui soulève la poussière pour l'élever dans le soleil.

Ce matin, je fis une halte pour vérifier qu'une écharde n'entamait pas la peau encore tendre de mes pieds. Je palpais mes orteils et comptais mes blessures lorsqu'une femme s'approcha.

Elle s'agenouilla devant moi.

– Laisse-moi te laver les pieds.

Avant même que j'eusse le temps de répondre, elle versa de l'eau douce sur mes membres meurtris et commença à les frotter délicatement. J'éprouvai un bien-être immédiat.

Puis elle les essuya avec un linge propre, secoua mes sandales poussiéreuses et me les rattacha. Je n'avais vu que la tête penchée de la femme, ses beaux cheveux noirs coiffés autour d'une raie centrale et partiellement couverts d'un voile.

– Merci, esclave.

Je lui tendis une pièce pour son travail.

La femme releva alors le visage vers moi et je découvris Myriam de Magdala, l'ancienne courtisane, une des premières femmes à avoir suivi Yéchoua, une des premières femmes à l'avoir vu réapparaître.

— Je ne suis pas une esclave.

Elle souriait, nullement vexée. Comme la première fois, j'étais ébloui par le rayonnement serein de son front.

— Pardonne-moi de t'avoir offensée.

— Tu ne m'offenses pas. Si être esclave, c'est faire du bien à son prochain, je préfère être esclave. Yéchoua lui-même lavait les pieds de ses disciples. Peux-tu imaginer cela, Romain, un Dieu qui aime tellement les hommes qu'il s'agenouille pour leur laver les pieds ?

Sans attendre ma réponse, elle sourit encore et se releva.

— Hâte-toi, Pilate, ta femme t'attend avec impatience. Elle fait partie des bienheureuses auxquelles le Seigneur s'est montré.

— Où est-elle ? Quel chemin dois-je prendre ?

— Peu importe. Tu la trouveras lorsque tu seras prêt. Tu sais très bien que ce voyage, nous ne le faisons pas seulement sur les routes, mais d'abord au fond de nous-mêmes.

Et elle disparut, rejoignant les femmes qui l'accompagnaient.

J'ai donc eu la confirmation de mon rendez-vous. Je vais où mes pas me portent. J'espère que mes pieds sont plus intelligents que moi.

J'arrive au bout de l'encre et du parchemin

que m'a procurés l'aubergiste. Ainsi je te quitte en te souhaitant, mon cher frère, de te porter bien.

De Pilate à son cher Titus

Les pèlerins affluent de toutes parts, comme les ruisseaux joignent et grossissent le fleuve. Les mêmes conversations, les mêmes anecdotes, les mêmes espoirs sont charriés par le courant, passant indistinctement d'une bouche à une autre.

Chaque jour je ressens plus l'énergie énorme, redoutable, formidable, qui pousse les flots des marcheurs. Cette énergie qui leur fait les yeux clairs, le front serein et les cuisses inépuisables, c'est la Bonne Nouvelle. Je commence juste à saisir ce qu'ils entendent par là. Ils croient qu'un monde nouveau commence, le Royaume dont parlait Yéchoua. Je m'étais mépris sur ce mot Royaume ; en bon Romain concret, pratique, inquiet et responsable, j'y voyais la Palestine et je soupçonnais que Yéchoua voulait reprendre l'œuvre d'Hérode le Grand, abolir la division en quatre territoires, les réunifier, chasser Rome et se mettre sur un trône unique. Puis, comme Craterios, j'ai pensé qu'il parlait d'un Royaume abstrait, un territoire d'après la mort, comme les Grecs avec l'Hadès, une promesse de salut. Je me suis trompé deux fois. Il s'agit en fait d'un Royaume à la fois très concret et très abstrait : ce monde-ci va être transformé par la parole de Dieu. Il va demeurer en apparence le même, mais revivifié, infiltré de l'intérieur par l'amour. Chaque individu va se changer lui-même. Pour que le Royaume advienne, il faut que les hommes le veuillent. Si la graine tombe sur une mauvaise terre, elle sèche et meurt. Si, au contraire, elle tombe sur la bonne terre, elle croît et porte ses fruits. La parole de Yéchoua n'existera que si elle est reçue. Le message d'amour de Yéchoua ne se réalisera que si les hommes veulent bien aimer.

Je ne sais pas encore, mon cher frère, ce que j'en pense vraiment. Toute mon énergie est pour l'instant mobilisée à comprendre. Je jugerai plus tard. Mais j'apprécie que ce Yéchoua n'assène rien, ne force rien, et fasse continuellement appel à la liberté de ses interlocuteurs. Quelle différence avec les prêtres qui vous assomment de dogmes, les philosophes de raisonnements, les avocats de rhétorique. Yéchoua ni n'impose, ni ne raisonne, ni ne convainc. Il sollicite une disponibilité intérieure, une porte que nous ouvririons librement, et, à cette condition-là, propose son message, son sens, et nous offre une vie différente. Quelle étrange douceur...

A part cela, pas de nouvelles de Claudia. Parfois, mon cœur s'affole puis la marche me calme. Je ne sais combien de temps mettront mes messages à te parvenir de Galilée. Qu'ils t'apportent, avec mes doutes et mes errances, aussi mon affection. Porte-toi bien.

De Pilate à son cher Titus

Toujours rien.

Je me lève avec le soleil et me couche avec lui. Dans l'intervalle, je marche. Notre foule va à l'orient, puis à l'occident, monte, descend. Tous nos mouvements sont vains mais la fatigue, chaque nuit, nous empêche de le penser et le sommeil nous recharge en espoir. En fait, personne ne sait où Yéchoua réapparaîtra. Et moi, j'ignore où m'attend Claudia.

Je te livre juste un détail cocasse, voire troublant.

Plusieurs fois, lors des haltes, je remarquai qu'étaient dessinés des poissons sur le sable. Je n'y prêtai d'abord pas attention, mais lorsque je perçus la répétition systématique de ce dessin, sa multiplication sous forme de cailloux assemblés, de coquilles disposées, je soupçonnai qu'il y avait là un signe.

Je cachai autant que possible mon accent romain et je demandai à une femme, qui portait un poisson en pendentif, ce que cela signifiait.

– Comment ? Tu ne sais pas ? C'est la marque de Yéchoua. « Poisson » en grec se dit « ἰχθύς », et cela donne les initiales de : « Yéchoua-Christ-Fils de Dieu-Sauveur ». Nous l'utilisons comme un signe de ralliement et de reconnaissance.

J'ai songé à Fabien. Le futur roi du monde qu'annonçaient tous les astrologues avait un lien avec le signe des Poissons. Fabien aurait-il abandonné la piste de Yéchoua s'il avait eu connaissance de ce code secret ?

Porte-toi bien.

De Pilate à son cher Titus

Je n'ai toujours pas retrouvé Claudia, mais j'ai la réponse à la question de ma lettre précédente.

Assis pour bivouaquer au bord du chemin, j'avais, accablé par la chaleur, enlevé mon capuchon lorsqu'une main me tapota l'épaule.

— Mon bon Pilate, je n'aurais jamais pensé te voir avec une barbe.

Fabien, le beau cousin de Claudia, me contemplait avec son visage ouvert de Romain bien nourri de femmes et de viandes. Sans attendre ma réaction, il s'accroupit en face de moi, faisant signe à ses porteurs et gardiens de parquer un instant leurs mules dans le champ voisin.

— Quelle déception ! Non, excuse-moi, Pilate, mais je crois que Claudia nous a mis sur une mauvaise piste. Un roi, ce Yéchoua ? Incapable de tenir une lance, de diriger une armée. Au lieu de profiter de l'insondable crédulité du peuple à son égard, il se fait rare, mystérieux, il se dépouille, se mettant plus bas que le plus pauvre des pauvres ! Et maintenant, il annonce son départ proche ! Quelle incohérence ! Quel manque d'opportunisme ! Et cette phrase, cette phrase idiote, si, si, je t'assure, il l'a prononcée, comment est-ce ?.. « Aime ton prochain comme toi-même, y compris ton ennemi. » Absurde ! Inconséquent ! Un roi n'est roi que parce qu'il a des ennemis, qu'il en triomphe et qu'il s'en fait respecter. Un roi n'aime pas ! Non, ce garçon n'a décidément aucun sens politique.

Fabien était si convaincu qu'il ne cherchait même pas mon assentiment. Il se releva.

— Je pars. Je vais maintenant chercher du côté de Babylone. Ces gens-là ont une réputation de bons guerriers. Ce pourrait être d'eux que viendra le Roi annoncé par les devins.

Il époussetait sa toge, comme toujours convaincu d'avoir pris la bonne décision. Je ne pris même pas la peine de lui mentionner ma découverte concernant le signe des Poissons.

— Cela dit, Pilate, je ne suis pas mécontent de te voir arriver dans les parages. Je me mêle sans doute de ce qui ne me regarde pas, mais tu aurais tout intérêt à ce que les idées de ce Juif ne se diffusent pas. Il propose une morale dangereuse, une morale qui pourrait bouleverser tout l'équilibre de notre monde si elle avait le moindre écho. Il prétend que tous les hommes sont égaux.

Tu m'entends, Pilate ? Te rends-tu compte ? Aucun homme ne vaut mieux qu'un autre ! Cela veut dire qu'il attaque l'esclavage ! Imagine qu'on l'écoute, chez les hommes libres, les affranchis et naturellement les esclaves, il pourrait provoquer une révolte, mettre tout l'ordre à bas, devenir un Spartacus qui réussit. Car la faiblesse de Spartacus, c'est qu'il n'était qu'un esclave qui avait ameuté des esclaves, tandis que ce Juif s'adresse à l'humanité tout entière et prétend briser toutes les chaînes. Méfie-toi, Pilate ! Surveille-le ! Boucle-le !

— Je l'ai déjà crucifié. Que puis-je faire de plus ?

Fabien me regarda longuement. Il se repassait ma réponse dans son esprit. Il tentait de se convaincre qu'il avait bien entendu ce qu'il avait entendu. Il y eut un éclair de pitié méprisante dans son regard, puis il éclata de rire, comme pour chasser définitivement ce que j'avais dit

— Que me racontes-tu, Pilate ? Je l'ai rencontré, ton homme, et pas plus tard qu'hier. Pas très solide, pas très fort sur ses jambes. Du charme mais pas de santé.

— Vous avez parlé ?

— Naturellement.

— Et alors ?

— Je n'ai pas été convaincu.

Fabien fit signe à ses hommes qu'ils allaient repartir. Sa rencontre avec Yéchoua l'avait simplement décidé à chercher désormais ailleurs.

Je ne pus m'empêcher de crier :

— Mais enfin, Fabien, tu as parlé avec un ressuscité !

Fabien ne cilla même pas. Il monta sur son cheval et me considéra avec désolation.

— Ah non, Pilate, tu ne vas pas me faire croire que tu gobes ça aussi ! Cela fait trop longtemps que tu demeures en Palestine. Décidément, le pouvoir est romain, la culture grecque, la folie juive...

Il donna un coup d'éperon et disparut.

Je n'avais même pas eu le temps de lui demander où était Claudia. Mais peut-être ne voulais-je pas l'apprendre de lui.

Je deviens compliqué. Ou beaucoup plus simple ? En attendant, porte-toi bien.

De Pilate à son cher Titus

A je ne sais quel frémissement dans l'air, je sentais que j'approchais du but.

Depuis le matin, nous suivions les nuages. Ils

314

avaient commencé à déposer un filet d'encre délavé dans le ciel, puis avaient noirci, s'étaient gonflés, amoncelés, et se dirigeaient vers le mont Tabor. La foule se faisait plus dense sur la route de la montagne et c'était désormais une longue file brune qui serpentait à travers les escarpements.

En passant le premier col, nous avons appris que les onze disciples nous précédaient, qu'ils étaient déjà parvenus au sommet. Nous devions faire vite.

Les nuages se bousculaient dans le ciel, pleins à crever, fumant d'une lumière noire. L'orage allait éclater.

Puis une grande clarté, une épée d'acier étincelante creva les nuages et vint frapper le mont. La foudre venait de tomber là-haut. Je pensai en moi-même : trop tard.

Les gouttes épaisses s'écrasèrent sur nous, longues, drues, serrées. Certains s'abritèrent sous des rochers et quelques-uns, dont je faisais partie, continuèrent d'avancer.

Quand nous fûmes au pied de l'ultime et raide pente, nous vîmes la montagne dégorger les apôtres.

Je faillis ne pas les reconnaître. Au lieu des lâches apeurés, couraient désormais des hommes forts, vigoureux, au visage brillant de santé et de joie. Ils vinrent au-devant de nous et nous embrassèrent tous. Ils parlaient tous en même temps, véloces, enthousiastes, et les mots coulaient facilement de leur bouche, comme s'ils ne leur appartenaient plus :

– Il nous a rejoints à l'abri d'une bergerie, alors que nous partagions le pain et le vin ainsi qu'il nous l'avait appris. Il nous a demandé plusieurs fois si nous l'aimions ; il y avait quelque chose d'angoissé dans sa question, comme si toute sa mission s'écroulerait si nous répondions mal. Il semblait moins paisible qu'auparavant, passait de la tendresse à la violence, avec cette voix tremblante qu'ont les amis qui partent pour un très long voyage. Quand Syméon l'eut rassuré, lui eut dit par trois fois que nous l'aimions, il montra les moutons autour de nous sur la montagne. « Prenez soin de mes brebis. Je vous le dis en vérité : quand vous étiez jeunes, vous enrouliez vous-même votre ceinture et vous alliez où vous vouliez ; mais quand vous serez vieux, vous étendrez les bras, un autre enroulera votre ceinture et vous conduira où vous voulez aller. »

« Nous n'avons pas compris ses mots. Nous les comprendrons sans doute un jour, comme tout ce qu'il nous a dit, quand nous aurons progressé en sagesse.

« Puis il fit venir à lui trois d'entre nous, Syméon, André et Yohanân, les trois qui étaient auprès de lui, la nuit de son arrestation, au mont des Oliviers, lorsqu'il attendait la mort. Il voulait que ceux qui l'avaient connu au plus bas l'aident à gravir la montagne.

« Nous sommes montés au sommet.

« Il était faible, notre Yéchoua, maigre, efflanqué, tel qu'on l'avait cloué sur la croix. Ses plaies brunes ne semblaient pas s'être refermées. Son corps était si frêle, si léger qu'on avait du mal à croire qu'il tînt encore debout. Où allait-il chercher sa force ? Pas dans ses muscles déchirés. Pas dans sa chair vidée de toute eau. Pas dans ses os saillants. Il n'était qu'une carcasse au bord d'un ravin. Mais une force émanait de son front, de ses yeux ; c'était là que s'était réfugiée la vie, une vie forte, têtue, violente, presque en colère.

« Au sommet, Yéchoua glissa, nous avons eu peur que son corps ne se brise. Mais non, il s'était mis à genoux. Il priait. Ensuite, il nous bénit.

« Allez dans le monde entier, auprès de toutes les nations, et annoncez la Bonne Nouvelle à tous les hommes. Baptisez-les au nom de mon Père. Enseignez-leur ce que je vous ai dit. Vous parlerez toutes les langues, même les langues nouvelles. Si vous apposez vos mains sur les malades, ils seront guéris. Si vous prenez des serpents dans vos mains, ils ne mordront pas. Et sachez-le, je vais être avec vous tous les jours, jusqu'à la fin du monde. »

« Et pendant qu'il nous bénissait de nouveau, il se sépara de nous. Il fut transfiguré. Non, ce n'était pas la vie qui revenait sur son visage de moribond, c'était une lumière étrange, plus claire que le cœur du feu, plus claire que le cœur de l'eau qui coule, une lumière si claire que le midi paraissait ténébreux à côté.

« Et ses vêtements aussi blanchirent.

« Après quoi, nous avons senti des présences tout autour de Yéchoua. Et les présences parlaient. Et Yéchoua leur répondait. Et Yéchoua souriait comme s'il retrouvait de vieux amis.

« Nous avions beau fermer nos paupières pour apprivoiser la trop vive lumière, nous ne parvenions pas à distinguer les présences. Mais ceux d'entre nous qui ont l'oreille la plus fine entendirent Moïse qui représentait la Loi et Elie qui venait là pour les prophètes. Ils discutaient avec Yéchoua. Nous ne comprenions pas nous pouvions juste saisir des mots : ils évoquaient Jérusalem, la nouvelle alliance, le départ de Yéchoua.

« Mais cette scène ne devait pas être pour nous car la nuque nous faisait mal, nos paupières se fermaient. Un sommeil puissant, comme une grêle de printemps, s'est abattu sur nous et nous a couchés dans l'herbe.

« Combien de temps nous terrassa cette torpeur ? Le temps d'un froissement d'ailes ? Le temps d'une longue sieste estivale ? Quand nous avons rouvert les yeux, Yéchoua n'était plus là.

« Mais nous avons, au fond de notre mémoire, indépendamment de nos yeux qui ne voyaient pas, le souvenir de Yéchoua montant au ciel, dans sa gloire, soutenu par les deux présences qui se tenaient auprès de lui.

Les onze cessèrent soudain de témoigner.

Le silence vibrait de la vision magnifique. Une émotion nous liait et prolongeait notre exaltation. C'était une de ces heures ouvertes, ces heures où l'on pourrait tout croire, ces heures où l'on se sent le courage de tout changer, de tout recommencer. Le ciel paraissait proche. La pluie avait cessé.

Chacun gardait, au fond de lui-même, la chaleur de ce récit, une flamme qu'il protégeait de tout, une flamme qu'il faisait sienne.

Nous redescendîmes en silence. Il n'y avait que le silence pour exprimer ce plein que nous ressentions tous. Sinon, il aurait fallu crier, hurler sans fin et dans un seul souffle.

Je sais maintenant que Claudia est proche. Que je l'embrasserai très bientôt. Pour l'heure, je ne peux pas t'en dire plus. Je t'aime, mon cher frère, et souhaite que tu te portes bien.

De Pilate à son cher Titus

J'ai retrouvé Claudia.

Elle m'attendait debout, toute droite, au milieu d'un chemin, comme si elle savait que j'allais arriver là, à cet instant.

J'ai cru que j'allais la broyer dans mes bras. Heureusement qu'elle a ri avant que je ne l'étouffe. Puis je l'ai empêchée de parler en l'embrassant longuement.

Les pèlerins passaient autour de nous.

Lorsque j'ai cessé d'être sauvage, elle a ri de nouveau.

— Tu as l'air d'un fou.

Et elle m'a embrassé à son tour, à sa manière, plus féminine, plus coquette, tout en lèvres qui se donnent et se refusent. J'eus immédiatement envie de faire l'amour.

– Ne pars plus, Claudia.

– Je ne partirai plus. Tu dois t'occuper de moi maintenant. Et tous les jours. Je suis devenue fragile. Je porte notre enfant.

De Pilate à son cher Titus

Nous voici de retour à Césarée.

Tous les jours, je contemple la mer et je tente d'imaginer que Rome, que toi, que la maison de notre enfance et le parc aux mille cyprès, vous êtes tapis derrière l'horizon, intacts, et que vous m'attendez. Ne crois pas que je cherche une excuse pour ne pas t'avoir écrit pendant plusieurs semaines ; je n'en ai pas. Sois assuré, mon cher frère, que je t'aime autant, sinon même plus qu'avant. Cependant, la nécessité de correspondre quotidiennement s'est évanouie ; je me suis rendu compte que j'adressais d'abord ces lettres à moi-même – il faut dire que tu y réponds si peu, et si laconiquement – et que, dans chacune, je cherchais surtout à vérifier que j'étais bien romain. J'envoyais mes pensées à ma terre pour renfoncer mes racines, crier que je n'étais pas ici, en Palestine. Je te parlais parce que tu es toi, certes, mais aussi parce que tu es mon frère, mon image peinte, mon visage resté dans les murs, mon double et ma vérité sur une fresque romaine.

Aujourd'hui cela me semble si vain. Etre d'ici ou d'ailleurs, quelle importance ? Est-ce seulement possible ? Epouser un pays, ses particularités, c'est épouser ce qu'il a de petit. S'en tenir à sa terre, c'est ramper. Je veux me redresser. Ce qui m'intéresse dans les hommes, désormais, ce n'est pas ce qu'ils ont de romain, c'est ce qu'ils pourraient avoir de beau, de généreux, de juste, de commun, ce qu'ils peuvent inventer qui rendrait le monde meilleur et habitable.

Pour l'instant je m'acquitte de mes tâches. J'assure l'ordre : je menace, je surveille, je punis. Mais bientôt, dès que notre enfant sera né, nous rentrerons à Rome. Je veux raconter, par moi-même, à Tibère ce qui vient de se passer ici. La vieille marionnette peinte ne m'écoutera sans doute pas. L'empereur ne m'appréciait déjà guère dans mon pur rôle de préfet, barrant toutes mes initiatives, il sifflera de mépris quand je lui narrerai l'aventure de Yéchoua. Claudia est d'ores et déjà persuadée qu'il me révoquera de mes fonctions et, bien qu'elle ait fait autrefois jouer ses relations pour m'obtenir cette promotion, elle s'en moque désormais superbement. Son ventre s'arrondit, nous parlons de Yéchoua, elle envisage l'avenir avec sérénité et gourmandise.

J'avoue que je suis loin de partager son calme. Je ne peux vivre constamment à l'altitude du mont Tabor. Après tout qu'ai-je vu ? Rien. Qu'ai-je compris ? Rien.

J'ai rencontré Yéchoua une fois. Mais peut-on appeler cela une rencontre ? Une rencontre, c'est quelque chose de décisif, une porte, une fracture, un instant qui marque le temps et crée un avant et un après. A ces conditions, je n'ai pas rencontré Yéchoua.

Ce jour-là, on m'avait amené un prisonnier.

Situation mille fois vécue...

Maître des exécutions, je pouvais accepter ou refuser la sentence de mort demandée par le tribunal religieux.

Situation mille fois vécue...

Les juges le trouvaient coupable, l'accusé s'estimait innocent.

Situation mille fois vécue...

L'ai-je seulement regardé ? Ai-je détaillé ses traits ?

Pourquoi aurais-je ouvert plus particulièrement les yeux ? Fonctionnaire romain, je ne voyais que ma tâche. Au nom de quoi aurais-je donné à ce moment banal, routinier, quotidien, une attention différente ?

Yéchoua jouait son rôle. Moi aussi. On ne voit jamais les autres tels qu'ils sont. On n'en a que des visions partielles, tronquées, à travers les intérêts du moment. On essaie de tenir son rôle dans la comédie humaine, rien que son rôle – c'est déjà si difficile –, on se cramponne à son texte, à la situation. Nous étions deux acteurs cette nuit-là. Yéchoua jouait la victime d'une erreur judiciaire. Et moi, Pilate, je jouais le préfet romain, juste et impartial.

– Es-tu le roi des Juifs ?

– Je n'ai jamais dit cela.

– On le dit pourtant.

– Qui ?

– Les hommes qui t'accusent, les hommes qui t'amènent à moi, tout le sanhédrin.

– C'est injuste. Ce sont eux qui le disent, pas moi, et pour me perdre, ils me reprochent de le dire.

– Pourtant tu prétends bien fonder un royaume ?

– Oui.

– Alors ?

– Mon Royaume n'est pas de ce monde.

Il semblait triste, amer, comme dévasté par ce constat d'échec.

Puis il se reprit et me dit avec énergie :

— Si je voulais être roi en ce monde, j'aurais empêché qu'on m'arrête, je me serais fait défendre par mes serviteurs, je ne serais pas là en face de toi. Non, mon Royaume n'est pas de ce monde.

— Tu es donc roi ?

— Oui, je suis roi, roi d'un autre monde, d'où je viens, où je vais retourner, et qui reste, ici, à faire. Je suis venu en Palestine pour parler de la vérité. Tout homme qui s'intéresse à la vérité écoute ce que je dis.

— Qu'est-ce que la vérité ?

J'avais dit cela comme on hausse les épaules, pour me débarrasser d'un visiteur importun. Qu'est-ce que la vérité ? Il y a la tienne, il y a la mienne, et celle de tous les autres. En bon Romain formé au scepticisme grec, je relativisais tout. Toute vérité n'est que la vérité de celui qui la dit. Il y a autant de vérités que d'individus. La vérité n'est jamais une ; c'est pour cela qu'elle n'existe pas. Seule la force impose une vérité, et la force n'a rien d'intellectuel, elle contraint avec ses armes ; par le glaive, par le combat, par le meurtre, par la torture, par

le chantage, par la peur, par le calcul des intérêts, elle oblige les esprits à s'entendre provi-
soirement sur une doctrine. La vérité au singulier, c'est une victoire, c'est une défaite, au
mieux un armistice. Mais ce n'est ni la vérité
ni la paix.

– Qu'est-ce que la vérité ?

J'avais dit cela plus pour moi que pour
l'accusé. Je me tranquillisais. Mais, à ma grande
surprise, ce Juif m'avait bien entendu et s'était
mis à trembler.

J'étais surpris.

Cet homme doutait.

Les fanatiques, d'ordinaire, écrasent leurs doutes en sur-affirmant leur foi. En revanche,
Yéchoua se remettait sincèrement en question. Il
semblait se rendre compte que croire n'est pas
savoir. Il semblait craindre d'avoir fait entière-
ment fausse route. Il entrevoyait que je le prenais
pour un fou illuminé et se demandait, tout bon-
nement, si je n'avais pas raison...

Puis il maîtrisa ses frissons, rassembla ses forces, soutint mon regard et prononça lentement :

– En effet : qu'est-ce que la vérité ?

Il me renvoyait la question.

Et, comme par un retour de balle, c'était moi
qui, maintenant, tremblais sous le coup de

l'interrogation et commençais à avoir peur. Non, je ne détenais pas la vérité, j'avais juste le pouvoir, le pouvoir aberrant de décider ce qui est bon et mauvais, le pouvoir exorbitant de vie et de mort, l'obscène pouvoir.

Le silence s'installa.

La balle s'était perdue entre nous deux.

Nous nous taisions.

Le silence bavardait entre nous. Il y disait mille choses rapides, confuses, mouvementées, indécises.

Et le silence, curieusement, me parlait de moi. Que fais-tu là ? me demandait le silence. Qui te donne le droit de disposer des existences ? Qui t'éclaire pour prendre des décisions ? Un sentiment d'usure me pénétra, une longue fatigue Ce n'était pas la fatigue du pouvoir, celle-là, je la connaissais déjà, elle n'a besoin que de repos pour disparaître ; c'était une lassitude plus insinuante, plus pernicieuse, plus lente, qui m'empoissait le corps comme un poison engourdissant : l'absurdité du pouvoir. Qu'avais-je de plus que ce mendiant juif ? L'intelligence stratégique, une naissance romaine, un poste qui me donnait les soldats et les armes, et plein d'autres choses encore... Mais est-ce que cela avait de la valeur ?

– Qu'est-ce qui vaut ?

Voilà comment le Juif avait transformé ma question sur la vérité. Qu'est-ce qui mérite qu'on se batte ? Qu'on meure ? Qu'on vive ? Qu'est-ce qui vaut vraiment ?

Plus le silence bruissait, plus je me sentais seul. Et déprimé. Mais, curieusement, il y avait quelque chose de délicieux à flotter dans cet état. J'étais libre. Ou plutôt libéré de fers, de liens et de chaînes dont j'ignorais jusqu'ici la morsure profonde, des chaînes qui n'étaient pas celles de l'esclavage, mais du pouvoir...

Après cette longue rêverie, l'impatience des prêtres derrière la porte me fit revenir à ma charge et je tentai de sauver Yéchoua.

Donc, qu'ai-je vu ? Rien. Qu'ai-je compris ? Rien non plus, sinon que quelque chose pouvait échapper à ma compréhension. Dans l'affaire Yéchoua, j'ai essayé ce dernier mois de sauver la raison, la sauver coûte que coûte contre le mystère, sauver la raison jusqu'à l'irraisonnable... J'ai échoué et compris qu'il existait de l'incompréhensible. Cela m'a rendu un peu moins arrogant, un peu plus ignorant. J'ai perdu des certitudes – la certitude de maîtriser ma vie, la certitude de saisir l'ordre du monde, la certitude de connaître les hommes tels qu'ils sont – mais qu'ai-je

gagné ? Je m'en plains souvent à Claudia : auparavant, j'étais un Romain qui savait ; maintenant
je suis un Romain qui doute. Elle rit. Elle bat
des mains comme si je lui faisais un numéro de
jongleur.

– Douter et croire sont la même chose, Pilate.
Seule l'indifférence est athée.

Je refuse qu'elle m'embrigade ainsi dans les
sectateurs de Yéchoua. D'abord, mon poste me
l'interdit : mes alliés objectifs, les prêtres du
Temple menés par Caïphe, réagissent avec violence contre cette nouvelle foi et font la chasse
aux disciples, aux Nicodème, aux Yoseph d'Arimathie, aux Chouza, même à ce pauvre Syméon
de Cyrène, le passant qui porta par hasard la
croix. Ensuite, j'ai trop de questions en suspens
pour arriver à me faire une opinion.

Te souviens-tu de cette maxime que nous
répétait Craterios lorsque nous étions ses élèves ?
« Ne jamais croire ce qu'on est disposé à croire. »
Lors de nos discussions, je l'ai plusieurs fois
opposée à la foi de Claudia.

– Tu as voulu croire ce que disait Yéchoua,
Claudia, avant même qu'il ne prouve qu'il était
l'envoyé de son Dieu.

– Naturellement. J'ai envie de croire que la
bonté vaut quelque chose, que l'amour doit

l'emporter sur tous les préjugés, que la richesse n'est pas ce après quoi nous devons courir, que le monde a un sens et que la mort n'est pas à craindre.

– Si tu as besoin de le croire, tu ne fais que satisfaire un besoin. Tu ne réponds pas aux exigences de la vérité.

– Que seraient les exigences de la vérité ? Le déplaisir ? L'insatisfaction ? Selon toi, on ne devrait croire que ce qui nous angoisse et nous désespère ?

– Je n'ai pas dit cela non plus.

– Ah, tu vois ! Ni le plaisir ni le déplaisir ne peuvent devenir les critères du vrai. Or, ici, il ne s'agit pas de raisonner ni de connaître. Il s'agit de croire, Pilate, de croire !

Mais que voudrait-elle que je croie ? Je n'ai rien vu. Elle, elle a vu. Moi non. Certes, certains ont vu, comme Fabien, et n'ont cependant rien cru. Cela venait de ce que Fabien n'entendait pas non plus. Donc il faut croire et entendre. Cette foi demande trop d'activité. Pour l'instant, elle n'exige aucun culte, à la différence des rites grecs ou romains, mais elle mobilise l'esprit d'une façon dévorante.

Pour cela même, je pense qu'elle n'aura pas d'avenir.

Je l'explique souvent à Claudia. Tout d'abord, cette religion est née dans un mauvais endroit ; la Palestine demeure une toute petite nation qui n'a ni importance ni influence dans le monde d'aujourd'hui. Ensuite, Yéchoua n'a enseigné qu'à des analphabètes ; il a choisi pour disciples de rudes pêcheurs du lac de Tibériade qui, à part Yohanân, ne savent parler que l'araméen, à peine l'hébreu, très mal le grec. Que va devenir son histoire quand les derniers témoins seront morts ? Il n'a rien écrit, sinon sur du sable et de l'eau ; ses disciples non plus. Enfin, sa grande faiblesse fut de partir trop vite. Il n'a pas pris le temps de convaincre assez de gens, ni surtout les gens importants. Que ne s'est-il rendu à Athènes ou à Rome ? Pourquoi même a-t-il choisi de quitter la Terre ? S'il est bien Fils de Dieu, comme il le prétend, pourquoi ne pas demeurer parmi nous à jamais ? Et par là nous convaincre. Et nous faire vivre dans le vrai. S'il restait éternellement sur terre, personne ne douterait plus de son message.

Mes raisonnements provoquent immanquablement l'hilarité de Claudia. Elle prétend que Yéchoua n'avait aucune raison de s'installer. Il suffit qu'il soit venu une fois. Car il ne doit pas apporter trop de preuves. S'il se montrait clairement, continuellement, avec force et évidence, il contraindrait les hommes, il les obligerait à se prosterner, il les soumettrait à une loi naturelle, quelque chose comme l'instinct. Oı ıl a fait l'homme libre. Il tient compte de cette liberté en nous laissant la possibilité de croire ou de ne pas croire. Peut-on être forcé d'adhérer ? Peut-on être forcé d'aımer ? On doit s'y disposer soi-même, consentir à la foi comme à l'amour. Yéchoua respecte les hommes. Il nous fait signe par son histoire, mais nous laisse libres d'interpréter le signe. Il nous aime trop pour nous contraindre. C'est parce qu'il nous aime qu'il nous donne à douter. Cette part de choix qu'il nous laisse, c'est l'autre nom de son mystère.

Je suis toujours troublé par ce discours. Et jamais convaincu.

Les signes du poisson se multiplient dans le sable et la poussière de Palestine ; les pèlerins les dessinent du bout de leur bâton comme la clé secrète d'une communauté qui s'élargit. Mes espions viennent de me rapporter que les sectateurs de Yéchoua s'étaient aussi trouvé un nom : les chrétiens, les disciples du Christ, celui qui a été oint par Dieu, et qu'ils ont désormais un autre signe de reconnaissance qu'ils portent souvent en pendentif : la croix.

J'ai frémi en apprenant cette bizarrerie. Quelle idée barbare ! Pourquoi pas une potence, une hache, un poignard ? Comment pensent-ils rassembler les fidèles autour de l'épisode le moins glorieux, le plus humiliant de l'histoire de Yéchoua ?

Je l'appris à Claudia qui commença à pleurer en songeant au supplice auquel elle avait assisté. Elle n'oubliera jamais l'après-midi au Golgotha où elle avait contemplé, stupéfaite, l'agonie de Yéchoua. Sur le soir, elle avait enveloppé le cadavre déchiré dans un suaire, avec ses illusions... Rien n'avait atténué la violence de ces heures-là, même revoir Yéchoua ressuscité. Je la pris dans mes bras, je voulais absorber son chagrin dans mes muscles, dans ma force. Puis elle cessa de hoqueter, elle posa la main sur son ventre rebondi pour demander à l'enfant de l'excuser. Elle réfléchit à voix haute :

— Ils n'ont pas tort. Même si le signe est horrible, c'est sur la croix que Yéchoua nous manifesta l'essentiel. S'il s'est laissé crucifier, c'est par amour pour les hommes. S'il est ressuscité, c'est pour montrer qu'il avait raison d'aimer. Et qu'il faut toujours, en toute circonstance, même si l'on est démenti, avoir le courage d'aimer.

Mon cher frère, je ne veux pas t'importuner plus longtemps avec mon trouble et mes réflexions. Nous aurons tout le loisir d'en discuter bientôt, quand nous débarquerons à Rome. Peut-être que, pendant la traversée, toutes mes idées disparaîtront d'elles-mêmes et que j'apprendrai, en posant le pied sur le quai d'Ostie, qu'elles devaient rester en Palestine ? Le christianisme, cette histoire juive, est peut-être soluble dans notre mer ? Mais peut-être me suivront-elles jusque là-bas... Qui sait le chemin que prennent les idées ?

Porte-toi bien.

Post-scriptum. Ce matin, je disais à Claudia qui se prétend – sache-le – chrétienne, qu'il n'y aura jamais qu'une seule génération de chrétiens : ceux qui auront vu Yéchoua ressuscité. Cette foi s'éteindra avec eux, à la première génération, lorsque l'on fermera les paupières du dernier vieillard qui aura dans sa mémoire le visage et la voix de Yéchoua vivant.

– Je ne serai donc jamais chrétien, Claudia. Car je n'ai rien vu, j'ai tout raté, je suis arrivé trop tard. Si je voulais croire, je devrais d'abord croire le témoignage des autres.

— Alors peut-être est-ce toi, le premier chrétien ?

DU MÊME AUTEUR

Aux Éditions Albin Michel

Roman

LA SECTE DES ÉGOÏSTES, 1994.

Essai

DIDEROT OU LA PHILOSOPHIE DE LA SÉDUCTION, 1997.

Théâtre

THÉÂTRE 1 : La Nuit de Valognes, Le Visiteur (Molière du meilleur auteur, de la révélation théâtrale et du meilleur spectacle), Le Bâillon, l'École du diable, 1999.

GOLDEN JOE, 1995.

VARIATIONS ÉNIGMATIQUES, 1996.

LE LIBERTIN, 1997.

MILAREPA, 1997.

FRÉDÉRICK OU LE BOULEVARD DU CRIME, Prix de l'Académie Balzac, 1998.

HÔTEL DES DEUX MONDES, 1999.

La composition de cet ouvrage
a été réalisée par I.G.S. Charente Photogravure,
à l'Isle-d'Espagnac,
l'impression et le brochage ont été effectués
sur presse Cameron dans les ateliers
*de **Bussière Camedan Imprimeries***
à Saint-Amand-Montrond (Cher),
pour le compte des Éditions Albin Michel.

Achevé d'imprimer en septembre 2001.
N° d'édition : 20195. N° d'impression : 014158/4.
Dépôt légal : septembre 2001.